「仕方がない」日本人

首藤基澄

Shuto Motosumi

和泉選書

「仕方がない」日本人　目次

凡例

一、引用文の旧字体は新字体にした。論述の都合上重複引用がある。
一、ルビは適宜付した。「羅生門」だけは初出以外のルビは（　）に入れた。
一、地の文への引用の終りは句読点を入れた。ない場合は文の途中引用。

第一章　夏目漱石

一、『こゝろ』

――「仕方がない」先生の心――

多様な読み

漱石を読むのは楽しい。しかし、漱石について何かを書こうとすると、非常に憂鬱になる。先行文献が多過ぎて、誰がどういう説を出しているのか、ほとんど把握困難になっているからである。『こゝろ』[1]（大3・9、岩波書店）などその最たるもので、今私は膨大な先行文献に圧倒されている。そこで、仕方がないのでここでは何番煎じかの読後感を草することにする。とはいっても、私にはやはり小森陽一氏の「『こころ』を生成する『心臓《ハート》』」（『成城国文』昭60・3）が刺激的で、さまざまな批判はあっても、確実に「読み」の幅を広げてくれる論考であったことを記しておかねばならない。

従来の『こころ』の論者は、日本浪曼派から「進歩的」知識人まで、方法や観点の違いはあれ、結局は何らかの形で、「先生」の死を美化せずにはいられなかったのである。かくして『こころ』という〈作品〉は、「倫理」「精神」「死」といった父性的な絶対価値を中心化する、一つの国家的なイデオロギー装置として機能することになってしまったのであった。若い読者たちは、「先生」の「倫理」的、「精神」的な「死」の前に跪《ひざまず》かされ、萎縮し、自己の倫理性と精神性の欠如を、神格化された〈作者〉の前で反省させられてきたのだ。（「『こころ』を生成する『心臓《ハート》』」）

これは漱石の呪縛《じゅばく》を解き放つ読者の自由宣言に等しいことばである。「先生」の「明治の精神に殉死」するという自己処罰が、いかに倫理的、精神的に高いところにあるように見えようとも、現在《いま》を生きる人間の生の要求を遮断するものであっていいはずがない。『こゝろ』は小森氏が指摘した「倫理」「精神」「死」という「父性的な絶対価値を中心化する、一つの国家的なイデオロギー装置」を離れてみれば、漱石の生への希求が透けて見えるようになるのではないか。もちろん、私には小森氏のように「国家の反動的イデオロギー装置と化した『こころ』という〈作品〉を打つ」（同）という気負いはない。ただ凡人の眼で『こゝろ』を読んでいくだけである。そうすると、「先生には慈愛があり、高貴なものがある。」（「解説」、新書版『漱石全集第一二巻』昭31・8、岩波書店）という小宮豊隆のことばや、「自殺によって先生の人格が完成されるに至る経過」（「解説」、『夏目漱石全集10』昭47・1、筑摩書房）を評価する吉田精一などとは違った「先生像」が浮かび上がってくる。「先生」は、決して「高貴」とか「人格」者などということばなどでくれない人物である。

「先生」の信奉者「私」の視座

『こゝろ』の「先生」の最初の信奉者は、いうまでもなく書き手の「私」である。鎌倉の海水浴場で「先生」を見かけた時から、数年間の師事といっていい交際、そして何年かして「先生」のことを筆にするに至るまで、「私」は一貫して「先生」の信奉者であった。「私は最初から先生には近づき難い不思議があるやうに思つてゐた。それでゐて、何《ど》うしても近づかなければ居られないといふ感じが、何処かに強く働いた。斯《こ》ういふ感じを先生に対して有《も》つてゐたものは、多くの人のうちで或は私だけかも知れない。然し其私丈には此直感が後になつて事実の上に証拠立てられたのだから、私は若々しいと云はれても、馬鹿気てゐると笑はれても、それを見越した自分の直感をとにかく頼もしく又嬉しく思つてゐる。人間を愛し得る人、愛せずにはゐられない人、それでゐて自分の懐に入らうとするものを、手をひろげて抱き締める事の出来ない人、――是が先生であつた。」（上―六）と、「先生」との出会いから書き始めながら、ところどころに書く時点での思いを挿入している。「私」は実に巧妙な手を使って、世間に知られていない「先生」の魅力を示唆し、明らかにする。「先生」には「近づき難い不思議」があるけれども、近づかずにはいられないところがあり、「人間を愛し得る人、愛せずにはゐられない人」だけれども、他人を「手をひろげて抱き締める事の出来ない人」だといえば、

「先生」にそういう矛盾した態度をとらせることになったある「事実」に、誰もが心を惹かれることになる。

「私」はそうした「先生」を「思想家」として尊敬していた。「私には学校の講義よりも先生の談話の方が有益なものであつた。教授の意見よりも先生の思想の方が有難いのであつた。とゞの詰りをいへば、教壇に立つて私を指導して呉れる偉い人々よりも只独りを守つて多くを語らない先生の方が偉く見えた」（上―十四）のである。「私」のこうしたことばに煽《あお》られながら、「先生と遺言」を読み、倫理的、精神的な「先生」に「高貴なもの」を読みとるとすれば、書き手「私」の思うツボにはまったということになる。

しかし、それだけが作者漱石の意図したものではない。漱石は、「私」に容易に手の内を見せない「先生」、若い「私」の理解を超える「先生」の存在を対置しており、「私」はその一面を見て信奉、崇敬の念を抱いているに過ぎないことが、作品を読みすすめば明白となる。「高貴」とか「人格」などということばでは把捉《はそく》できない「先生」の生の「事実」に直面させられて、われわれは「逆上《のぼせ》」た「私」とは違う思いに襲われるのである。

過去に籠絡《ろうらく》された「仕方がない」男

金の話をすると興奮するという「先生」が、叔父に父の遺産を騙《だま》し取られたことを告白する場面がある。

「私は他《ひと》に欺むかれたのです。しかも血のつゞいた親戚のものから欺むかれたのです。私は決してそれを忘れないのです。私の父の前には善人であつたらしい彼等は、父の死ぬや否や許しがたい不徳義漢に変つたのです。私は彼等から受けた屈辱と損害を小供の時から今日迄背負はされてゐる。恐らく死ぬ迄背負はされ通しでせう。私は死ぬ迄それを忘れる事が出来ないんだから。然し私はまだ復讐をしずにゐる。考へると私は個人に対する復讐以上の事を現に遣《や》つてゐるんだ。私は彼等を憎む許《ばかり》ぢやない。彼等が代表してゐる人間といふものを、一般に憎む事を覚えたのだ。私はそれで沢山だと思ふ」（上―三十）

他人に騙された口惜しい思いは何十年たっても忘れるものではないが、この「先生」のことばにはゾッとするような凄さ、怖さがある。「先生」にかぶれている「私」も、「慰藉《ゐしや》の言葉さへ口へ出せなかつた。」（上―三十）ほどである。

「先生」が、「屈辱と損害」を死ぬまで忘れることができないというのは私にもよくわかる。しかし、問題はその次である。「私はまだ復讐をしずにゐる。」と「先生」はいう。「私」に思想家と思われている「先生」には全くそぐわないことばである。近代社会では個人的な復讐を禁じているけれども、

「先生」は「考へると私は個人に対する復讐以上の事を現に遣つてゐるんだ。私は彼らを憎む許ぢやない。彼等が代表してゐる人間といふものを、一般に憎む事を覚えたのだ。」という。ここでいう「復讐」以上の「憎む事」とは一体どういうことなのか。それも「彼等」だけでなく「彼等が代表してゐる人間」ということになると、憎む対象が一気にボヤけてしまう。復讐というゾッとすることばが、ここに来て空中をさ迷うことになる。

「先生」は人間を憎んで社会との通路を断ったのか。その「人間」に、Kを失った「先生」自身を含めて「憎む事」になったというのであれば筋道は通るが、ここではそれはわからず、「先生」の異様な言辞のみが「私」の「先生」信奉とは裏腹のかたちで定着されている。「先生」は人間を憎むなどと強がりはいっても、能動的に社会にかかわって生きてはいないのである。

「先生の学問や思想」（上—十一）に敬意を払う「私」が、世間に知られないで、ただ「冷評」しているように見える「先生」のことを残念に思って、その矛盾をついたことがある。

其時先生は沈んだ調子で、「何うしても私は世間に向つて働き掛ける資格のない男だから仕方がありません」と云つた。先生の顔には深い一種の表情がありありと刻まれた。私にはそれが失望だか、不平だか、悲哀だか、解らなかつたけれども、何しろ二の句の継げない程に強いものだつたので、私はそれぎり何も云ふ勇気が出なかつた。

（上—十一、傍点筆者）

この時も、「私」はことばを失っている。「失望だか、不平だか、悲哀だか、解らなかつた」というその表情に、「先生」の存在の核心があらわれているわけだが、「私」はそれを引き出しただけで、一歩踏みこんではいない。それが「私」の役回りであって、そこにある意味を感得するのは読者の仕事ということになる。

「先生」の奥さんは、社会へ出ない「先生」について、「悟るの悟らないのつて、——そりや女だからわたしには解りませんけれど、恐らくそんな意味ぢやないでせう。矢つ張り何か遣りたいのでせう。それでゐて出来ないんです。」（同）という。世間を冷評する「先生」が「矢つ張り何か遣りたい」と思っているのに、どうしてもそれができないでいることを捉えており、妻として「気の毒」（同）だという思いやりを示すことになる。

そうした背景を持つ「先生」の、「私は世間に向つて働き掛ける資格のない男だから仕方がありません」ということばは、われわれ読者にずっしりと重く響いてくる。すぐれた「思想家」と思われる「先生」が、どうして世間に働きかける「資格」がないなどというのか、「私」にも読者にも謎であるが、そう自己を限定して行動しない「先生」は、現実的には世間への対応力を欠いた誠に「仕方がない」男ということになる。過去に籠絡《ろうらく》されて行動できなくなった「仕方がない」男なのである。

島崎藤村は『春』の末尾で、東北の仙台へ都落ちして行く主人公岸本捨吉に呟かせている、「あゝ、自分のやうなものでも、どうかして生きたい。」（『春』明41・10、上田屋）と。多くの場合、「自分のやうなもの」という意識にとりつかれると、どうせ大したことはできないのだからと、自己を投げ出してしまいがちだが、そこを「自分のやうなものでも」と切り返し、ねばり強く生きる意欲を示している。

　これに対して「先生」は自ら行動を抑制して動かない。そこで、われわれはすぐれた「思想家」を、行動力を欠いた「仕方がない」男と把捉することによって、書き手の「私」とは違った補助線を引いて見ていくことになる。

　漱石は、「私」に「先生」をすぐれた思想家と一方的に思いこませ、読者も「私」の視座にそって錘鉛《すいえん》を下ろしていくが、すでに「上」で、すぐれた思想家像に収まりきれない「先生」が提示されているのである。長年に渡って復讐を考え、世間との交渉を断って生きている「仕方がない」男は、「高貴」とか「人格者」ということばに収斂《しゅうれん》しきれない人物であることはいうまでもない。「先生と遺書」はその実態、大切なことを逸《そ》らしそらしした言行不一致の典型のような男の弁明の書である。

　その一例を結婚申し込みについて見てみよう。下宿のお嬢さんを愛するようになった「先生」は次のように述懐している。

　　私は自由な身体でした。たとひ学校を中途で已《や》めやうが、又何処へ行つて何《ど》う暮らさうが、或は何処の何者と結婚しやうが、誰とも相談する必要のない位地に立つてゐました。私は思ひ切つて奥さんに御嬢さんを貰ひ受ける話をして見やうかといふ決心をした事がそれ迄に何度となくありました。けれども其度毎に私は躊躇《ちうちよ》して、口へはとう〳〵出さずに仕舞つたのです。断られるのが恐ろしいからではありません。もし断られたら、私の運命が何う変化するか分りませんけれども、其代り今迄とは方角の違つた場所に立つて、新しい世の中を見渡す便宜も生じて来るのですから、其位の勇気は出せば出せたのです。然し私は誘《おび》き寄せられるのが厭《いや》でした。他《ひと》の手に乗るのは何よりも業腹《ごふはら》でした。叔父に欺《だ》まされた私は、是から先何んな事があつても、人には欺まされまいと決心したのです。（下―十六）

お嬢さんに「信仰に近い愛を有《も》つた」（下―十四）という「先生」が実際はこうした体たらくである。結婚を申し込もうとしてその都度躊躇してしまい、口に出せない。「私は自由な身体」だとか、学校を中退してもいい「位地」とか、調子のよいことばを並べながら、肝腎なことは逸らしてしまう「仕方がない」男なのである。それでも、すぐに弁解はする。「断られるのが恐ろしいからではありません。」「其位の勇気は出せば出せたのです。」などといいつつ、「私は誘き寄せられるのが厭でした。」と、奥さんへの不信感をあらわにする。父の死後叔父に財産を騙し取られたという体験がもとにあって、性格が歪んだということは納得はいくが、それで今なすべきことを逸らしていいということにはならない。

「先生」はなすべきことをことごとくといっていいほど外してしまう。お嬢さんのことをKにうち明けるということもそうであった。Kに一言話せばよいのにそれができない。「私は思ひ切つて自分の心をKに打ち明けやうとしました。尤も是は其時に始まつた訳でもなかつたのです。旅に出ない前から、私にはさうした腹が出来てゐたのですけれども、打ち明ける機会をつらまへる事も、其機会を作り出す事も、私の手際では旨《うま》く行かなかつたのです。」（下―二十九）といい、それを女に関して話をしない時代の所為《せい》にする。房総への奇妙な旅に出て、「私は旅先でも宅にゐた時と同じやうに卑怯でした。私は始終機会を捕える気でKを観察してゐながら、変に高踏的な彼の態度を何うする事も出来なかつたのです。私に云はせると、彼の心臓の周囲は黒い漆で重く塗り固められたのも同然でした。私の注ぎ懸けやうとする血潮は、一滴も其心臓の中へは入らないで、悉《ことごと》く弾き返されてしまふのです。」（同）という仕儀となる。

「精神的に向上心がないものは馬鹿だ」（下―三十）といって憚《はばか》らないKの前で、「先生」は「人間らしい」（下―三十一）生の論理を十分に展開できない。「人間らしい」論理はお嬢さんへの愛が核になっているが、それを「蒸溜して拵《こし》らえた理論」（同）では、「道のために体を鞭《むちう》つ」「難行苦行の人」（同）の心臓を穿《うが》つことなどできはしない。「先生」としてはどんなにKに軽蔑されても、「原《もと》の形」（同）、つまりは愛をためらわずに告白することが何よりも必要であったが、それがどうしてもできなかったのである。

ところが、「難行苦行の人」Kは、やがてお嬢さんと親しく話すようになり、ついにはその愛を「先生」に告白することになる。その告白を聞いて、「魔法棒のために一度に化石」（下―三十六）になり、「一つの塊《かたま》り」（同）になってしまった「先生」は全く何もいえない。この時、己を表現する強さを少しでも持っていて、私も愛していると告白したらどうなったか。

「先生」は生きる上できわめて大切なことを、適切な時にためらわずに表現することができなかった。大切なことを逸らしそらしして追いつめられ、切羽詰ったところで「仮病」を使って結婚を申し込むという挙に出て、自身を倫理的に追いこんでしまった男である。

従って、『こゝろ』は、今どうしたらよいか、どうすべきかという主体性を問う作品ではない。「先生と遺書」の初めの方に、「私は斯《こ》ういふ矛盾な人間なのです。或は私の脳髄よりも、私の過去が私を圧迫する結果斯んな矛盾な人間に私を変化させるのかも知れません。」（下―一）と「先生」は記している。大切なことを逸らす「矛盾な人間」に、適切な判断（脳髄）は期待できないが、「過去」の「圧迫」（跳梁跋扈《ちょうりょうばっこ》）に苦しむ内部は見事に切開され、足が竦《すく》むばかりに展開される。

愛の不可能性

「先生」は「過去」に圧迫、籠絡《ろうらく》され、苦しい恋愛、結婚生活を余儀なくされた。まず猜疑心について。

先に見たように結婚申し込みをためらわせたのも、下宿の奥さんへの猜疑心であった。(2)「誘《おび》き寄せられる」のではないかという疑いが的確な判断を鈍らせたのである。

お嬢さんへの疑いも、読者には思い過ごしとしか見えない。神経衰弱気味で、奥さんによると「取り付き把《は》のない」（下―二十五）Kがうち解けてき、やがてお嬢さんと話しこんだりするようになるが、これは「先生」の、「成るべくKと話しをする様に」（同）という依頼によるものであった。「先生」が大学から帰り、「Kと御嬢さんが一所に話してゐる室《へや》を通り抜け」（下―二十七）た時、「御嬢さんは私の顔を見るや否や笑ひ出しました。」（同）という「笑い」など、あなたの依頼通りにしていますよ、という親愛の表現であるが、「先生」はそれを素直に受け取ることができずに狐疑《こぎ》、邪推し、泥沼の愛の三角関係にのめり込む。いつくしみ慕う愛が猜疑心に取りつかれて、二進《にっち》も三進《さっち》も行かなくなった時、「先生」はきわめて拙劣な方法で結婚を申し込む。そして、今度は「良心の復活」（下―四十六）のために罪悪感に責め苛《さいな》まれることになる。さらにKが自殺するという動かしようのない事件に直面すると、「先生」はどうしたか、というよりどうなったか。「信仰に近い愛」を持ったお嬢さんとの結婚が次のように記されている。

　年来の希望であつた結婚すら、不安のうちに式を挙げたと云へば云へない事もないでせう。然し自分で自分の先が見えない人間の事ですから、ことによると或は是が私の心持を一転して新しい生涯に入る端緒《いとぐち》になるかも知れないとも思つたのです。所が愈《いよ》〳〵夫として朝夕妻と顔を合せて見ると、私の果敢《はか》ない希望は手厳しい現実のために脆《もろ》くも破壊されてしまひました。私は妻と顔を合せてゐるうちに、卒然Kに脅かされるのです。つまり妻が中間に立つて、Kと私を何処迄も結び付けて離さないやうにするのです。妻の何処にも不足を感じない私は、たゞ此一点に於て彼女を遠ざけたがりました。（下―五十二）

親友であり、ライバルであったKが、その自殺によって「先生」を「脅か」す存在になったのである。結婚生活が他者との争いにおいて最後のよりどころとなり活力源となることがあるが、そのよりどころに妻を中にしてKが入りこむという厄介な事態に立ち至っている。結婚することで排除したはずのKが夫婦の中にまで割り込んできて「脅か」した時、「先生」の場合、Kが決定的な抑圧、トラウマとなって行動を規制し、動けなくしてしまったのである。強引に振舞い、Kを振り払って愛するということが、「真面目」な「先生」には不可能であった。そこで、妻となったお嬢さんは、「『あなたは私を嫌つてゐらつしやるんでせう』とか、『何でも私に隠してゐらつしやる事があるに違ない』とかいふ怨言《ゑんげん》」（同）をもらすことになる。

私は一層《いつそ》思ひ切つて、有《あり》の儘《まま》を妻に打ち明けやうとした事が何度もあります。然しいざといふ間際になると自分以外のある力が不意に来て私を抑え付けるのです。（略）其時分の私は妻に対して己を飾る気は丸でなかつたのです。もし私が亡友に対すると同じやうな善良な心で、妻の前に懺悔《ざんげ》の言葉を並べたなら、妻は嬉し涙をこぼしても私の罪を許してくれたに違ないのです。それを敢てしない私に利害の打算がある筈はありません。私はたゞ妻の記憶に暗黒な一点を印《いん》するに忍びなかつたから打ち明けなかつたのです。純白なものに一雫《ひとしづく》の印気《いんき》でも容赦《ようしゃ》なく振り掛けるのは、私にとつて大変な苦痛だつたのだと解釈して下さい。（同）

私など若い時から何度読んでも分らないと思った部分である。しかし、これは夫婦の問題をどうしたらよいかという当為ではなく、人の心がどのように働くかを見定めようとした文章だったのである。どうしたらよいかは「先生」が一番よく知っていた。「私が亡友に対すると同じやうな善良な心で、妻の前に懺悔の言葉を並べたなら、妻は嬉し涙をこぼしても私の罪を許してくれたに違ないのです。」と述べている。Ｋに対しては「仮病」を使うような行為を「罪」と感じる「善良な心」を持っており、それをそのまま妻に「懺悔」告白すれば、夫婦間の問題は一挙に解決するに違いない。それが一番よいことは十分にわかっているけれど、それがどうしてもできないというのである。

ここでは「先生」のことばが、つまりは心が乱れている。「有《あり》の儘《まま》を妻に打ち明けやう」とすると、「自分以外のある力が不意に来て私を抑え付ける」という得体が知れない「力」の束縛は、われわれにもわからないわけではない。すべてを告白して新生を期すよりも、内部に深く秘して悔い改めることが多い日本人は、妻に対しても口が重くなるのである。過去の事件が重大であればあるほど、その圧力が強くなることは容易に想像できる。「ある力」を私はそう考えて了解する。

ところが、「先生」はそれに謎めいたことばをつけ加えて逃げる。「妻の記憶に暗黒な一点を印するに忍びな」いといい、「純白なものに一雫の印気でも容赦なく振り掛けるのは、私にとつて大変な苦痛だつた」という。こういうことばは普通の感覚では理解できない。

問題はこのような「純白」、つまり純粋志向を持ち出して逃げをうつ「先生」の心の働きである。なすべきことは重々承知しながら、逆方向に働く心を扱いかねてなす術がないといった態の「先生」は、過去に圧迫されて不可能になった愛をこう表明する他なかったのである。しかし、真面目な「先生」が夫婦の愛の倫理に対置すべくもない「純白」を持ち出した時、妻の立場を少しでも考える者は、恐らく同情よりも怒りすら感じるに違いない。(3)言い分けにならない言い逃れと思えるのである。

ここで私は一歩踏みこんだ解釈をしてみたい。「先生」は、インキを振りかけるのは「私にとつて大変な苦痛だつたのだと解釈して下さい。」という。事実は「懺悔」(告白)ができないということである。そのできない理由を「純白なもの」にかけるインキで示して理解させようとしているわけだが、これは夫婦の不一致、危機を前にしていかにも不自然な「解釈」といわねばならない。過去、つまりは「Kに脅かされ」て行動できなくなり、不能に陥った「先生」の実に苦しまぎれの弁解である。(4)

「先生」は「妻に対して己を飾る気は丸でなかつた」とはいうけれども、まだ内部を裸にして己を晒すことができないでいる。つまり、トラウマを癒すことを「大変な苦痛」などといって逃げてしまい、妻は隔てられたままである。そして、突然その「解釈」に「純白なものに一雫の印気」などということばを持ち出した時、その裏に妻の体がいまだ純潔であることを匂わせて、暗示しているのではないか。「純白なもの」にインキをかける苦痛という表現の裏に、インキをかけ得ない苦痛があり、妻は処女妻だったのではないか。

不自然な夫婦のかたちが、このような不自然なことばによる「解釈」を付加させたと考えれば、『こゝろ』における性が見えてくる。しかし、漱石はあくまでも性ではなく心を照射しようとし、過去に籠絡された男の心の働きを濃密に書きこんでいる。

恐ろしい心

妻に「懺悔」（告白）し、意欲的に生きることができなかった「先生」は、急に生の立ち迷いを感じるようになる。真面目で「世間が何うあらうとも此己《このおれ》は立派な人間だといふ信念」（下―五十二）を持ち、自負するところがあったために、世間並の自分を意識すると極端に「自分に愛想を尽かして動けなくな」（同）ってしまう。世間並を自認する者よりも極端に脆《もろ》いのである。「先生」はいよいよ仕方がない男となって流れ落ちて行く。酒に溺れた後を次のように表現している。

　酒は止めたけれども、何もする気にはなりません。仕方がないから書物を読みます。然し読めば読んだなりで、打《う》ち遣《や》つて置きます。私は妻から何の為に勉強するのかといふ質問を度々受けました。私はたゞ苦笑してゐました。然し腹の底では、世の中で自分が最も信愛してゐるたつた一人の人間すら、自分を理解してゐないのかと思ふと、悲しかつたのです。理解させる手段があるのに、理解させる勇気が出せないのだと思ふと益〳〵《ます〳〵》悲しかつたのです。私は寂寞《せきばく》でした。何処からも切り離されて世の中にたつた一人住んでゐるやうな気のした事も能《よ》くありました。

（下―五十三、傍点筆者）

　酒を止めた後、「何もする気」にならないので、「仕方がないから書物を読」むという。日本人はしばしば心の立迷い、諦《あきら》め、断念を「仕方がない」といってやり過ごし、流されることがあるが、なすべきことをしない「先生」は、「仕方がない」を連発して止まることがない。ここでも、「仕方がない」から本を読むけれどもそれだけで、その先に一歩踏み出さないため、生活は停滞したままである。「世の中で自分が最も信愛してゐるたつた一人の人間」である妻に、「先生」はなぜ真実を理解させないのか。ここでは「勇気が出せない」といって逃げている。先には「純白なもの」を汚す苦痛を持ち出して逃げた。逃げておいて、「先生」は「私は寂寞でした。」という。「先生」の心情に寄り添って行けば、孤独感はひしひしと伝わってき、存在する者の寂寥《せきりょう》感が表出されているということになる。それがKの自殺を、「失恋」「理想と現実の衝突」ばかりでなく、「たつた一人で淋しくつて仕方がなくなつた結果、急に所決したのではなからうか」（下―五十三、傍点筆者）という鋭い洞察を産むが、しかしそこからさらに進んで、自分も「Kと同じやうに辿つてゐるのだといふ予覚」（同）に襲われるという段になると、心の暴走が恐ろしくなる。寂寥、仕方がない淋しさに立ち止まり、人間の生の根元を問うよりも、死へと急《せ》き立てる心が暴走するのである。(5)

先生は「私はたゞ人間の罪といふものを深く感じたのです。其感じが私をKの墓へ毎月行かせます。」（下―五十四）といい、「罪」故に「自分で自分を鞭《むちう》つ可《べ》きだといふ気になり」（同）、「自分で自分を鞭つよりも、自分で自分を殺すべきだといふ考が起ります。私は仕方がないから、死んだ気で生きて行かうと決心しました。」（同、傍点筆者）という。またしても「仕方がない」である。「先生」はKの墓で祈っているが、なぜか全く回心は訪れない。回心どころか、「何の方面かへ切つて出やうと思ひ立つや否や、恐ろしい力が何処からか出て来て、私の心をぐいと握り締めて少しも動けないやうにするのです。」（下―五十五）ということになり、「何時も私の心を握り締めに来るその不可思議な恐ろしい力は、私の活動をあらゆる方面で食ひ留めながら、死の道丈を自由に私のために開けて置くのです。」（同）という死の意識に籠絡されてしまうのである。

これはもう倫理の問題ではない。さらにいえば罪の問題でもない。端緒はそこにあったが、漱石はそこから仕方がなく死へと暴走する恐ろしい心を描いているのである。
漱石には熊本の五高赴任中に「人生」(6)（『龍南会雑誌』明29・10）という若書きの文章があり、その結びは、

若《も》し人生が数学的に説明し得るならば、若し与へられたる材料よりXなる人生が発見せらるゝならば、若し人間が人間の主宰たるを得るならば、若し詩人文人小説家が記載せる人生の外に人生なくんば、人生は余程便利にして、人間は余程ゑらきものなり、不測の変外界に起り、思ひがけぬ心は心の底より出で来る、容赦《ようしゃ》なく且乱暴に出で来る、海嘯《かいせう》と震災は、啻《ただ》に三陸と濃尾に起るのみにあらず、亦自家三寸の丹田《たんでん》中にあり、険呑《けんのん》なる哉。（「人生」）

となっている。二十九歳の漱石が人生について煩悶している様子が直接に伝わってくる文章である。人生が数学的に説明し得るものでないことはすでに誰もが知っている。「詩人文人小説家」の文章も必ずしも人生を被うものではなく、小説よりも奇なる人生に驚嘆させられることもしばしばある。「若し人間が人間の主宰たるを得るならば」という仮定は、現代の主体性論者の中で、あるいは認識論偏重の知識人の中で、仮定ではなく現実のものとなって横行しているけれども、やはり人生を把捉することはこの上なく難しい。

漱石は人生でとりわけ厄介なのが心であることに注目し、「思ひがけぬ心は心の底より出で来る、容赦なく且乱暴に出で来る」という。津波や地震が、「自家三寸の丹田中」、つまり人間の心の中に起こることを喝破《かっぱ》しているのである。いまだ計算する方法がなく、主体で統御できない恐ろしい心の働きをつきとめ、見据えているということになる。

このエッセイから十八年後、漱石は心をテーマにして小説を書いた。つまり、『こゝろ』は恐ろしい人間の心を裸形のままに定着することを目論《もくろ》んだ小説だったのである。

「先生」は「過去」に圧迫されて「仕方がなく」逃げた。現実的にこうすべきだ、こうしたらいいという時、必ず逆の方向へ心が働いて逃げてしまった。漱石は主体性論を裏切るかたちで働く心を、異様なかたちで追求しつつ、ついに「不可思議な恐ろしい力」死に籠絡されるまでを濃密に書きこんで、「自己の心を捕へんと欲する人々に、人間の心を捕へ得たる此作物を奨《すす》む。」(『心』広告文、大3・10）という一文を草するに至る。テーマは過去に捉えられて流される男（先生）の「仕方がない」心ということになる。多くの文学者は心の問題を、いかに生きるべきかという主体性、倫理の問題に転化して行ったが、漱石は最後まで心を見据えようとしていたのである。

といっても、漱石の『こゝろ』は心の暗い負の半面である。能動的な意欲する心には眼をつぶっている。

「明治の精神に殉死」批判

「先生」は乃木大将殉死の後、自殺した。その死をめぐってさまざまな論説があるが、大野淳一氏はそれを次のようにまとめている。

小宮豊隆『漱石の芸術』では、〈明治天皇の崩御とともに、自分の時代も亦幕が閉ぢられたのだと感じ、……その明治天皇に殉じまつつた乃木大将に刺激されて、嘗《かつ》て自分の犯した罪の贖《あがな》ひに、今こそ自分の命を絶つべきであると、覚悟〉するとされているが、〈自分の時代〉と〈自分の犯した罪〉の内的関連は特に論じられてはいない。玉井敬之『夏目漱石論』（桜楓社、昭51・10）は、『こゝろ』における〈これらの死は、……ある一時代の刻印をおびていることで共通し〉ており、また〈「私の過去を物語」ることで、明治に生れ、明治に育ち、明治の精神によって培われた人間を葬った〉と把握している。ほかに、〈作家の国家への献身〉に〈明治文学の特質〉を見る立場から、先生の自殺は〈去り行く明治の精神〉への殉死だからこそ、〈何ものともつながらぬ、形式を喪失した自我の暴威に対する自己処罰〉たり得たとする江藤淳「明治の一知識人」（決定版『夏目漱石』講談社、昭49・11）や、〈先生の苦しみも……明治という時代のしいたもの〉であり、〈明治の精神に殉死するとは、一面において自身をかく在《あ》らしめた時代と刺し違えることでもある〉と述べる越智治雄『漱石私論』などの論がある。
しかし、そうした様々な解釈の一方で、〈先生がなぜ死ななければならないかということは、おそらく作品そのものからは理解できない〉（柄谷行人『畏怖する人間』冬樹社、昭47・2）という見解のあることも留意すべきであろう。

（大野淳一「夏目漱石」、『新研究資料現代日本文学1』平12・3、明治書院）

これだけでも、いかに多くの論者が「先生」の死をめぐって論及しているかが分かる。これらの論者は柄谷氏をやや別にして、積極的に「先生」の殉死を意味づけようと苦心している。しかし、それが果たして『こゝろ』の自然な読みといえるかどうか。

明治天皇崩御に際して、「明治の精神が天皇に始まつて天皇に終つたやうな気がし」（下―五十五）たというのは自然な感覚であろう。「其後に生き残つてゐるのは必竟《ひつきやう》時勢遅れだといふ感じ」（同）も納得がいく。妻の「では殉死でもしたら可《よ》からう」（同）という「調戯《からか》」いも非現実的であるが故に面白い。「殉死」などということばは前代の遺物で、死語同然であった。そこで、「先生」は「自分が殉死するならば、明治の精神に殉死する積《つもり》だ」（同）と「笑談《ぜうだん》」（同）で答えながら、「何だか古い不要な言葉に新らしい意義を盛り得たやうな心持がした」（同）という。

やがて前代の遺物に則って乃木大将が殉死するという一大事が発生、「先生」は、その二、三日後に自殺を決意、語り手「私」宛に遺書を書いて死ぬということになる。

このように経緯をたどってみれば、すでに「不可思議な力」に籠絡されていた「先生」の死は、乃木大将の殉死が一つの契機となったに過ぎないことが明白となる。それを「明治の精神」に結びつけていくところにそもそも無理があるといわねばならない。

「先生」は「殉死」を「明治の精神」に結びつけて、「古い不要な言葉に新らしい意義を盛り得た」という気になっているけれども、そこには奇妙な錯覚がある。「殉死」は近代ではいかなる場合においても否定される。人間を尊ぶのである。天皇（主君）でなく「精神」に対しても、やはり人が尊い。従って「明治の精神」に「殉死」ということになると、自己矛盾もはなはだしいことばである。

近代の精神は「殉死」などということばを根底から拒否するもので、それは、「先生」のかつてのことばによれば、「自由と独立と己れ」(上—十四)を中核にしている。しかし、明治の実態はこの上を父性的、国家的なもので鎧っていた。そこで、漱石はまず父を消し(病死させ)、就職しないで生活できる社会的に自由な「先生」を設定して明治の鎧を取り払っている。近代の「自由と独立と己れ」を大切にすれば、当然のこととして「殉死」などという不自然な死が入りこむ隙はない。

「先生」は「笑談」で「明治の精神に殉死する積」という自己矛盾に満ちたことばを持ち出しながら、乃木大将の殉死を契機として「自殺する決心をした。」(下—五十六)。これは断じて「殉死する決心をした。」でないことはいうまでもない。

多くの論者が「明治の精神に殉死」にこだわるのは、漱石が結びで天皇崩御、乃木大将の殉死というセンセーショナルな問題を取りこみ、「明治の精神」などということばを持ってきた小説技法による。もちろん、明治の精神が表明されていないわけではないが、『こゝろ』の主眼は心であった。「自家三寸の丹田中にあり」、「海嘯と震災」のように恐ろしい心を剔抉《てっけつ》することにあった。そのために大切なことを逸らしそらしして逃げる日本人の典型を、「仕方がない」男として設定し、いわゆる倫理をはみ出していく「仕方がない」心に真正面から向き合ったのである。そうすることによって、「明治の精神に殉死」などということばに収まり切れない人間の心の闇部が見事に照射されることになったと私は思う。

漱石は切実に生を希求して、憑《つ》かれた心を批判的に抉《えぐ》り出したのである。

注

（1）『東京朝日新聞』（大3・4・20～8・11、『大阪朝日』は17）に連載。大正三年十月、自装で岩波書店の処女出版として刊行。

（2）大きく包みこむ人（たとえば親）がいたら、「先生」は違った人間になったと考えられる。

（3）大学で『こゝろ』を読むと、女子学生の大半がこの「先生」につまずく。

（4）三島由紀夫は『金閣寺』（昭31・10）で、金閣に憑かれて不能になった男を描いている。

（5）芥川龍之介は失恋を井川恭に告白した第二信に次のように書いている。

イゴイズムをはなれた愛があるかどうか　イゴイズムのある愛には人と人との間の障壁をわたる事は出来ない　人の上に落ちてくる生存苦の寂寞を癒す事は出来ない　イゴイズムのない愛がないとすれば人の一生程苦しいものはない
周囲は醜い　自己も醜い　そしてそれを目のあたりに見て生きるのは苦しい　しかも人はそのまゝに生きる事を強ひられる　一切を神の仕業とすれば神の仕業は悪むべき嘲弄だ
僕はイゴイズムをはなれた愛の存在を疑ふ（僕自身にも）僕は時々やりきれないと思ふ事がある何故こんなにして迄も生存をつゞける必要があるのだらうと思ふ事がある　そして最後に神に対する復讐は自己の生存を失ふ事だと思ふ事がある（略）

（芥川龍之介書簡、井川恭宛、大4・3・9）

芥川は「先生」と同様の「寂寞」「さびしくつて仕方がない」状態に陥っているが、やがて芸術家となることを決意して危機を脱出した。

（6）内田道雄『夏目漱石集II』（昭44・10、角川書店）参照。

（平成十四年）

二、漱石の「仕方がない」態度
――「現代日本の開化」と「草枕」――

「仕方がない」開化

明治四十四年（一九一一）八月、大阪朝日新聞社が主催した連続講演会に参加した夏目漱石は、「道楽と職業」（十三日、明石）、「現代日本の開化」（十五日、和歌山）、「中味と形式」（十七日、堺）、「文芸と道徳」（十八日、大阪）という演題で講演している。この連続講演は『朝日講演集』[1]にまとめられ、読書人の注目するところとなっているけれども、中でも「現代日本の開化」が、特に「漱石の数多い文明論の白眉[2]」として注目を浴びている。三好行雄は、「『現代日本の開花』は、漱石の思想の核心を示すものとして、特に重要な意味を持つ。[3]」といい、丁寧な分析を試みた。「開化の原理とパラドックス」「文明批評の背理」「悲酸な国民」という三つの項目を立てた三好は、そこに「西洋に触れてしまった日本人の鎮魂歌[4]」を読みとる。そして、漱石は「反近代の感受をめざめさせた明治の知識人であった。[5]」と見事に裁断してみせた。その手さばきの鮮やかさに、私は目を見張るばかりであったが、しかし、時が経つにつれて、この鮮やかさは、漱石を置き去りにした論理操作の見事さで、実際の漱石はもう少し違った態度で、この現代（近代）日本の開化（近代化）を受けとめていたのではないか、と考えるようになった。そこで、ここでは近代を生きた人間漱石の開化の問題を中心に論じてみたいと思う。

漱石の「現代日本の開化」の中心点は次の部分である。

西洋の開化（即ち一般の開化）は内発的であつて、日本の現代の開化は外発的である、こゝに内発的と云ふのは内から自然に出て発展すると云ふ意味で丁度花が開くやうにおのづから蕾が破れて花弁が外に向ふのを云ひ、又外発的とは外からおつかぶさつた他の力で已むを得ず一種の形式を取るのを指した積《つもり》なのです、

（「現代日本の開化」、傍点筆者）

西洋の開化（近代）と日本の開化の違いを鮮明にした部分である。これが内発的な近代と外発的な近代の基本的な指摘であることは、何人も容易に見てとれるが、漱石の慧眼《けいがん》は単なる比較にとどまらない。まったく自己の心を痛めない外部批評をこととしたものであれば、数ある文明論の一つに組みこまれてしまうけれども、漱石は己の肉体を切り刻む存在の問題として、われわれにつきつけている。つまり、現代を生きる日本人として避けて通れない人生上の態度決定を迫るのである。

西洋の開化が、AからBへ、BからCへと、内部の自然な欲求にしたがって発展してきたのに対し、日本の近代化（現代日本の開化）は「外からおつかぶさつた他の力で已むを得ず」こういう「形式」

をとっているという。つまり、外部から押し付けられた「仕方がない」開化（近代化）である。「外発的」な開化（近代化）といっただけでは、開化の一つの方向をイメージするにすぎないが、それを「仕方がない」（已むを得ない）開化といい直してみれば、評価軸のより明確な、価値判断を含んだ開化の認識に到達する。

西洋のように、AからBへ、BからCへという発展とは違う日本の近代は、「急に自己本位の能力を失つて外から無理押しに押されて否応無しに其云ふ通りにしなければ立ち行かないといふ有様になつた」（「現代日本の開化」、傍点筆者）ものである。さらに漱石のことばでいえば、「時々に押され刻々に押されて今日に至つたばかりでなく向後《かうご》何年の間か、又は恐らく永久に今日の如く押されて行かなければ日本が日本として存在出来ないのだから外発的といふより外に仕方がない、」（同、傍点筆者）ということになる。ここに、外から時々刻々押されに押されて「仕方がなく」開化（近代化）した日本の現状を見据え、それをそのまま認めるより他「仕方がない」というところまで追いつめられた生身の漱石の姿がはっきりと見えてくる。

漱石は開化の問題を人間と切り離して考えてはいない。文明をものとして眺めるだけではないのである。「仕方がない」開化という認識は、人間の心のあり様を注視したところに生まれてくるもので、ものともの、文明と文明の比較対照をこととするだけでは生じようがない。

漱石は「開化は人間活力の発現の経路である、」（同）という。そして「人間活力の発現」には二種類の活動があるという。「積極的」と「消極的」である。「積極的」なものは、「悉《ことごと》く自ら進んで強ひられざるに自分の活力を消耗して嬉しがる」（同）もの、つまり、「道楽と名のつく刺激に対し起こるもの」（同）で「此精神が文学にもなり科学にもなり又は哲学にもなる」（同）という。

「消極的」なものとは、「義務といふ言葉を冠して形容すべき性質の刺激に対して起こるもの」（同）で、「義務の束縛を免れて早く自由になりたい、人から強いられて已むを得ずする仕事は出来る丈分量を圧搾して手軽に済ましたい」（同）という思いが強く、「活力節約の工夫」（同）をすることになる。現代の文明を代表する汽車や汽船、電信、電話、自動車など「怪物」のような機械文明の発達は、この「活力節約の工夫」の成果である。

此二様の精神即ち義務の刺激に対する反応としての消極的な活力節約と又道楽の刺激に対する反応としての積極的な活力消耗とが互に並び進んで、コングラカツて変化して行つて、此複雑極りなき開化と云ふものが出来るのだと私は考へてゐます、（「現代日本の開化」）

人間の精神・心理の動きに着目して開化を考える漱石の文明観が、ここに明確に示されている。複雑多岐にわたる開化の荷い手としての人間の内部を照射してみれば、活力節約と活力消耗が「コングラカツ」ている複雑な現実への対応に、それぞれの生き方に応じた線引きが可能となるわけで、近代と前近代の比較を数値で示すことで割り切るような方法が排除され、人間の価値基準によって多様に分かれることになる。人間の心の問題として見れば、上代から現代に至る長年月の活動の「工夫」の結果、生活は向上しても、それに比例して、心が必ずしも楽になるとは限らない。そこに、漱石は「一種妙なパラドックス」（同）を見てとっており、単純な進化論者では決してなかったということになる。開化を論じながら、「打明けて申せば御互の生活は甚だ苦しい、昔の人に対して一歩も譲らざる苦痛の下に生活してゐるのだと云ふ自覚が御互にある、否開化が進めば進む程競争が益劇しくなつて生活は愈困難になるやうな気がする」（同）とまでいう。物を見て人を見ない文明論者と根底から視点を異にしているのである。「開化が進めば進む程競争が益劇しく」なって苦痛が増すという実感を「打明けて」いく漱石は、抓《つね》れば痛い肉体を持つ人間の心をのぞきこみ、そこを起点として考察を進めていく。

「昔の人間と今の人間がどの位幸福の程度に於て違つて居るかと云へば――或は不幸の程度に於て違つて居るかと云へば――活力消耗活力節約の両工夫に於て大差はあるかもしれないが、生存競争から生ずる不安や努力に至つては決して昔より楽になつて居ない、否昔より却つて苦しくなつてゐるかも知れない、」（同）という実感に基づく「認識」が動かしようもなくあったのである。この生存の苦痛、生の不安を切り捨てることなく掬《すく》い取ることによって、文学者漱石の文明論は、大きく時代の水準をつきぬけて屹立《きつりつ》することになる。

人間の活力は「消極」と「積極」と両面にわたって発揮され、発展してきたものの、その「生活の吾人の内生に与へる心理的苦痛から論ずれば今も五十年前も又は百年前も、苦しさ加減の程度は別に変りはないかも知れない」（同）という「生存の苦痛」は、確実に存在する。そして、この「一大パラドックス」を前提とした上で、現代（近代）日本の外発的な開化の問題は論理的に整合されていったのである。

日本の近代は、「外からおつかぶさつた他の力」による「仕方がない」開化であった。この外からの力で「仕方がなく」行動する日本人の態度は、習い性となって現在もつづいている。「戦後まもなく、アメリカの週刊誌に、日本人にとって、民主主義とは“It can't be helped democracy”だという記事がのった。『仕方なし民主主義』である。▼仕方なく、おしきせの民主主義の衣を着たかと思うと、今度は『仕方なし再軍備』へ向かう。『ああ一体どこまで行ったら既成事実への屈服という私たちの無《む》窮動《きゅうどう》は終止符に来るのでしょうか』と丸山真男さんが嘆いていた[6]」という指摘は間違っていない。そこで、「仕方がない」日本人の態度の解明は、われわれの避けて通れない課題であるといわねばならない。

「仕方がない」開化を「人間活力の発現の経路」に則って遂行するとすれば、内発的な西洋人とは比較にならないほどの「活力」を発揮しなければ立ち行かないことになり、日本人は「不満と不安」

の念を懐きつつひたすら走るしか方法がない。人間の「活力」に注目し、心に力点を置く漱石は、そこで次のように断定する。

……彼等西洋人が百年も掛つて漸く到達し得た分化の極端に、我々が維新後四五十年の教育の力で達したと仮定する、体力脳力共に吾等よりも旺盛な西洋人が百年の歳月を費やしたものを、如何に先駆の困難を勘定に入れないにした所で僅か其半《なかば》に足らぬ歳月で明々地に通過し了るとしたならば吾人は此驚くべき知識の収穫を誇り得ると同時に、一敗また起つ能《あた》はざるの神経衰弱に罹《かか》つて、気息奄々《えんえん》として今や路傍に呻吟《しんぎん》しつゝあるは必然の結果として正に起るべき現象でありませう、

（「現代日本の開化」）

西洋の一〇〇年を、日本人が四、五十年で走り抜けなければならないとすれば、日本人は西洋人の倍以上の「活力」を必要とするという計算になる。「人間活力の発現の経路」としての開化を前提として持ち出した漱石が、人間を離れた所で議論しないとなると、「体力脳力共に吾等よりも旺盛な西洋人」に追いつくために、どれほどの「活力」を強いられることになるか。それはもはや尋常な人間業を超えている。当然の結果として、「神経衰弱に罹つて、気息奄々として」「路傍に呻吟」することにならざるを得ないだろう。これを三好行雄は「日本人の鎮魂歌」と断定したわけだが、漱石はそう

簡単に日本人である自己を投げ出してしまってはいない。「現代日本の開化」が「他の力」による「仕方がない」近代化であることを自覚した上で、過去を引き受けた現代の人間の生き方を問題にするのである。それは名案ではないと断りながら、外発的な開化を、「たゞ出来るだけ神経衰弱に罹らない程度に於て、内発的に変化して行くが好からうといふやうな体裁の好いことを言ふより外に仕方がない。」（同、傍点筆者）といって長い話の結びとしたことでうかがい知れよう。

日本の内発的な開化（近代化）は「反近代の感受をめざめさせる」といったものではなく、近代以前を自然に引き受けて、「仕方がない」開化を、「神経衰弱に罹らない程度」に内発的な開化に変えていくより他に「仕方がない」というのである。ここから「神経衰弱に罹らない程度」という一見微温的な「仕方がない」生の態度が生まれてくる。これが近代（現代）日本の開化に誠実に対応して神経衰弱に罹った漱石の、日本人のために書いた一つの生の処方箋であった。

狼群に伍するむく犬の「神経衰弱」

明治三十三年（一九〇〇）、漱石は最初の高等学校少壮教授の海外派遣に選ばれた。藤代禎輔、芳賀矢一らも一緒だったが、漱石はその際「英語研究ノ為メ満二年間英国へ留学ヲ命ス」[7]という辞令の「英語」にこだわった。「余の命令せられたる研究の題目は英語にして英文学にあらず。」（『文学論』序）[8]と目的を気にしている。文部省の専門学務局長上田万年に会い、「多少自家の意見にて変更し得るの余地ある事」（同）を確かめ、ようやく気が進まないながらも「征西の途に上」（同）ることになる。そして、つらい二年間を英国で過ごし、帰朝後次のような激越なことばを吐く。

倫敦《ロンドン》に住み暮らしたる二年は尤《もつと》も不愉快の二年なり。余は英国紳士の間にあつて狼群に伍《ご》する一匹のむく犬の如く、あはれなる生活を営みたり。（略）謹んで紳士の模範を以つて目せらるゝ英国人に告ぐ。余は物数奇《ものずき》なる酔興にて倫敦迄踏み出したるにあらず。個人の意志よりも大なる意志に支配せられて、気の毒ながら此歳月を君等の麺麭《パン》の恩沢《おんたく》に浴して累々《るいるい》と送りたるのみ。

（『文学論』序）

温々とはいかないまでも、それほどの苦痛を伴わない留学をして、あたかも西洋人にでもなったような顔をして帰朝して来る者がいるかと思えば、「尤も不愉快の二年」といい、「狼群に伍する一匹のむく犬」というように追いこまれ、隔絶感に苛まれて帰ってきた漱石のような人もいたという事実に、今われわれは注目しなければならない。「個人の意志よりも大なる意志」つまり「官命」によって「英語」（英文学）を学ぶために留学しながら、その英文学に完全に絶望したのである。かねて「英文学に欺かれたるが如き不安の念」（同）を持っていた漱石は、「風俗、人情、習慣、遡《さかのぼ》つては国民の性格」（「私の個人主義」(9)）まで明確に違うことに想到した時、日本人である自己をあいまいにごまかすことなくつきつめていった。西洋人の「尻馬にばかり乗つて空騒ぎ」（同）をするいわゆる西洋流に馴《じゅん》致《ち》されることのない自己に絶対の価値をおいて、「自己本位」（同）に生きることを覚悟したのである。漱石は英文学の研究から日本人として文学の本質を問う方向へ進路を定めたのである。

余は下宿に立て籠《こも》りたり。一切の文学書を行李の底に収めたり。文学書を読んで文学のいかなるものなるかを知らんとするは血を以つて血を洗ふが如き手段たるを信じたればなり。余は心理的に文学は如何なる必要あつて、此世に生れ、発達し、頽廃するかを極めんと誓へり。余は社会的に文学は如何なる必要あつて、存在し、隆興し、衰滅するかを究めんと誓へり。（『文学論』序）

本質的な研究を脇目もふらずに遂行しようとする漱石の徹底ぶりは目を見はるばかりである。「此一念を起こしてより六七ヶ月の間は余が生涯のうちに於て尤も鋭意に尤も誠実に研究を持続せる時期なり。而も報告書の不充分なる為め文部省より譴責《けんせき》を受けたるの時期なり。」（同）というように集中し、集中しすぎて問題を引き起こすことになる。漱石は「神経衰弱にて気分勝れず、甚だ困り居候。」(10)と妻鏡子に認《したた》めているが、この間の事情を江藤淳は「金之助の状態を決定的に悪化させたのは、おそらく文部省からの例の『学術研究・旅行報告ヲ慥《たし》カニスベシ』という手紙である。前の手紙が来てからすでに一年が経過したのに、彼は依然として報告すべき何の成果もあげていないと感じていた。屁大な読書の量と蠅の頭ほどの細字で書いたノートは単なる準備であって成果ではない。彼は白紙のまま報告書を文部省に送りかえし、そのことによって急速に最悪の状態におちこんでいった。[11]」と明らかにしている。ついに岡倉由三郎が「夏目狂セリ」という電報をうつまでに漱石は事態を悪化させていった。[12]「個人の意志よりも大なる意志に支配」されて英国に留学し、きわめて独創的な方法で、懸命に文学の解明を試みようとしながら、「活力」の限界をこえて、自己崩壊の寸前までいってしまったのである。考えてみると漱石は短距離走者のような勢いでマラソンを走っていたということになる。

　大学予備門予科が明治十九年（一八八六）、第一高等中学校と改称され、予科二級から一級への進級試験を欠席して落第、原級止めおきとなってから大発奮、勤勉な学生となって、以後卒業まで首席を通している。明治二十三年（一八九〇）九月、東京帝国大学文科大学英文科に入学、文部省貸費生となり、大学卒業後は大学院へ進んで研究し、厭世的気分に陥りながらも、ひたすら自己を鞭打ちつづけていた。江藤淳は『小学読本』（巻一、田中義廉編輯）巻頭のことば、「人に、賢きものと愚かなるものとあるは、多く学ぶと学ばざるとに、由《よ》りてなり、賢きものは、世に用ゐられて、愚かなるものは、人に捨てらるること、常の道なれば、幼稚のときより、能く学びて、賢きものとなり、必無用の人と、なることなかれ」に注目し、これが「ほとんど金之助のこれ以後ロンドン留学までの生活の基調音を決定しているといってもよい[13]」と考えている。漱石の生の態度を問題にすれば、一途な上昇志向を堅持し、自己を鞭撻しつづけた努力の人であったといわねばならない。

「必無用の人と、なることなかれ」という明治の時代の志向を、個人の「生活の基調音」として、開化の「活力」の問題に引きつけていえば、「義務の束縛」を自分に課して走りつづけ、「活力」を消費し、全く余裕のないところまで追いこまれたということになる。心理的、社会的に文学の本質をきわめようとする壮大な目論見《もくろみ》は、それが完成の日を見るよりも遥かに前に「夏目狂セリ」となって挫折してしまった。

英国人は余を目して神経衰弱と云へり。ある日本人は書を本国に致して余を狂気せりと云へる由。（略）

帰朝後の余も依然として神経衰弱にして兼狂人のよしなり。親戚のものすら、之を是認するに似たり。

（『文学論』序）

明治三十九年（一九〇六）十一月、『文学論』の序を書く頃になっても、漱石の神経はまだ十分に恢復しているとはいえず、憤激の激しさはとどまるところがないといった感じである。近代化を急ぐ日本の知識人が強いられた「活力」の限界への挑戦は、自然科学分野よりも人文分野においてより決定的にあらわれ、神経にダメージを与えることになった。

彫刻家の高村光太郎が「あしきもの追儺《やら》ふとするや我船を父母います地より吹く風[14]」というような

心情を懐いて、米、英、仏への留学の途についたのは、漱石に遅れること六年、明治三十九年（一九〇六）であったが、さまざまな体験をして、明治四十二年に次のような文章を書くに至る。

独りだ。独りだ。

僕は何の為めに巴里に居るのだらう。巴里の物凄いCRIMSONの笑顔は僕に無限の寂寥を与へる。巴里の市街の歓楽の声は僕を憂鬱の底無し井戸へ投げ込まうとしてゐる。君は動物園に行つたことがあるだらう。そして虎や、獅子や、鹿や、鶴の顔を見て寂寥を感じなかつたか。君の心と彼等の心と何等の相通ずる処も無い冷やかなINDIFFERENCEに脅されなかつたか。虎の眼を見て僕はいつも永久に相語り得ぬ彼と僕との運命を痛み悲しんだ。此の不自然な悲惨の滑稽を忍ぶに堪へなかつた。かかる珍事が白昼に存在してゐるのに、古来何の怪しむこともなかつた人間の冷淡さに驚愕した。それだよ。僕が今毎日巴里の歓楽の声の中で骨を刺す悲しみに苦しんでゐるのは。白人は常に東洋人を目して核を有する人種といつてゐる。僕には又白色人種が解き尽くされない謎である。僕には彼等の手の指の微動すら了解することは出来ない。相抱き相擁《あいよう》しながらも僕は石を抱き死骸を擁してゐると思はずにはゐられない。その真白な蠟《ろう》の様な胸にぐさと小刀《クウトウ》をつつ込んだらばと、思ふ事が屢々《しばしば》あるのだ。僕の身の周囲には金網が張つてある。どんな談笑の中団欒の中へ行つても此の金網が邪魔をする。海の魚は河に入る可からず、河の魚は海に入る可からず。駄目だ。早く帰つて心と心をしやりしやりと擦り合せたい。

寂しいよ。

（「出さずにしまつた手紙の一束」[15]）

この光太郎の「出さずにしまつた手紙の一束」は、前年パリで友人宛に書いたものを投函せずに持ち帰り、一まとめにして発表したものである。自己の内面をストレートに吐露したこの手紙に、吉本隆明がもっとも早く注目し、「西欧と日本との眼もくらむばかりの文化と社会と人間意識の落差」[16]に起因する孤絶意識をつきとめ、大きな反響を呼んだが、光太郎も漱石と同様に日本人である自己の問題に逢着していたのである。白色人種の「手の指の微動すら了解」できないという人種の厚い壁の自覚が、ついに「その真白な蠟の様な胸にぐさと小刀をつつ込んだらば」という幻覚を生み、エッフェル塔の上から足を踏み出しそうな衝動にかられることになる。この苦渋によって、光太郎は「敗闕《はいけつ》」（失敗・屈辱）の意識をライトモチーフとして、真の自立を希求する詩人となっていった。[17]「狼群に伍する一匹のむく犬の如く」漱石はロンドンの暗い部屋に籠って耐え、光太郎はパリの街をさすらい歩いた。いずれも日本人の「活力」のぎりぎりの限界にまで自分を追いこんで、西洋の模倣でない創造に賭けたのである。二人ともゴムが延び切ってしまうような危ない橋を渡り、「仕方がない」日本の開化を根底から支えた文学者であった。

積極的な活力「道楽」

明治三十五年（一九〇二）十二月五日、ロンドンを発ち帰国の途についた漱石は、三十六年一月二十三日、神戸に着き、翌日東京に帰着したということになっている[18]。友人大塚保治らの尽力により、四月から第一高等学校講師（年俸七〇〇円）、東京帝国大学文科大学英文科講師（年俸八〇〇円）に任じられ、一高で英語を週二十時間、東大で週三時間の講義を担当することになった。東大での講義は鑑賞批評を得意とした前任者ラフカディオ・ハーンと違い、文学を科学的に研究しようとした生硬なものであったため、学生には不評判であったという[19]。漱石は「不幸にして余の文学論は十年計画にて企てられたる大事業の上、重に心理学社会学の方面より根本的に文学の活動力を論ずるが主意なれば、学生諸子に向て講ずべき程体を具せず。のみならず文学の講義としては余りに理路に傾き過ぎて、純文学の区域を離れたるの感あり。」（『文学論』序）と自身の立場を正確に認識しているが、東大での講義を重荷と感じ、口惜しい思いをしていたことがわかる。「能もなき教師とならんあら涼し[20]」には、すでに自嘲ともとれる感懐が表出されており、この頃ひどい神経衰弱で妻鏡子と別居をするところまでいく[21]。鏡子は、漱石は病気だと医者に聞いて腹を据え、神経衰弱によるさまざまな仕打ちに耐えて家庭崩壊の危機を切り抜けていった。したがってその生活感覚はもっと注意されていい[22]。鏡子はたまたま訪ねて来た高浜虚子に漱石のことを頼みこむ、「どういふものか此頃機嫌が悪くつて困るのです。

少し表てに出てお友達でも訪問でもすれば慰むところもあらうと思ふのですけれどもさういふことはちつともしません。それで寺田さんにもお頼みしたのですが、あなたにも閑《ひま》な時にはチトどこかに引張り出してくれませんか。」[23]と。芝居見物は効果をあげなかったが、文章の勉強会「山会」への誘いは、「吾輩は猫である」(『ホトトギス』明38・1)を生み、大好評を博して長期連載となり、漱石を大いに慰めたばかりか、やがて作家漱石を誕生させる重要な契機となったことは、改めていうまでもない。漱石が最初に「山会」へ出かけた模様を虚子は、「当日、出来て居るかどうかをあやぶみながら私は出掛けて見た。漱石氏は愉快そうな顔をして私を迎へて、一つ出来たからすぐこゝで読んで見て呉れとのことであつた。見ると数十枚の原稿用紙に書かれた相当に長い物であつたので私は先づ其分量に驚かされた。それから氏の要求するまゝに私はそれを朗読した。氏はそれを傍らで聞き乍ら自分の作物に深い興味を見出すものゝ如くしばしば噴き出して笑つたりなどした。私は今迄山会で見た多くの文章とは全く趣きを異にしたものであつたので少し見当がつき兼ねたけれども、兎に角面白かつたので大に推賞した。」[24]と記している。陰鬱にうち沈んだ漱石が、自分の文章の朗読を聞いて、「しばしば噴き出して笑」うということは、楽しみながら書く「道楽」の文章の効用以外の何物でもない。「敢為邁往の気象」で、絶えず自分に課した「義務の束縛」に呻吟していた漱石が、「道楽」によって暫時解放されたのである。「現代日本の開化」にもう少し引きつけていえば、「吾輩は猫である」は、「外発的」な外からの虚子の刺激によって引き出されたものではあるが、「義務」ではなく「道楽」で、楽しんで「活力」を消耗している点に、今われわれは注意しなければならない。壮大な構想による『文学論』は、後進国日本の威信を賭けたもので、のっぴきならない苦闘を強い、ついに神経衰弱に罹ることを避けられなかったけれども、「開化」の「活力」の積極的な消耗である「道楽」が、日本人漱石を救ったのである。妻鏡子の立場からそれを見ると、「創作方面のことは私にはよくわかりませんが、べつに本職に小説を書くといふ気もなかつたところへ、ながい間書きたくて書きたくてたまらないのをこらへてゐた形だつたので、書き出せばほとんど一気呵成に続けざまに書いたやうです。これから翌年（明治三十八年—筆者）にかけて『猫』の続きを書き、『幻影の盾』だとか、『一夜』だとか、『薤露行《かいろこう》』だとか、その翌年にも、『猫』の続きのほかに、『坊つちやん』や『草枕』などを書きまして、ほとんど毎月どこかの雑誌に何か発表しないことはなかつたくらいでしたが、書いてゐるのを見てゐるといかにも楽しさうで、夜なんどもいちばんおそくて十二時、一時ごろで、たいがいは学校から帰つてきて、夕食前後十時ごろまでに苦もなく書いてしまふありさまでした」(25)。これはあくまでも漱石の外からの観察であるが、「いかにも楽しさう」に、「苦もなく」、朝飯前ではなく夕食前後に書いた漱石初期作品の成立状況が彷彿《ほうふつ》としてくる。「道楽」を「積極的」な「活力」の「消耗」といった漱石は、人間の精神的な活動に最も深くかかわった文学者の一人であるが、それが「義務の束縛」から解放された時、古今未曾有の諧謔《かいぎゃく》を生み、傑作を創出することになったというところに日本の開化（近代化）の皮肉がある。

「吾輩は猫である」は、鏡子・虚子の連携による外からの刺激に端を発して日の目を見た快作であった。つまり「外発的」な「道楽」による作品ということになる。この「外発的」を「内発的」なものにして、内からの自然にあふれ出るものを書いた作品が「草枕」で、漱石の「神経衰弱に罹らない工夫」の一つの結晶と見ていい。

写生説の発展「非人情」

漱石は俳句を早くから趣味として楽しんでいた。仕事としての英文学に対していえば、生活を支えるものではない俳句は、「活力消耗」の「道楽」である。正岡子規を師として本格的に作句を始めたのは明治二十八年の松山時代からで、松山・熊本時代の五年間に最も多作をしており、生涯の俳句の三分の二がこの地方暮らしの形見として残されている。

漱石は「神経衰弱に罹らない工夫」をして俳句の世界に着目した。すでに英国へ留学する前から、「俳句に禅味あり。西詩に耶蘇味あり。故に俳句は淡白なり。洒落なり。時に出世間的なり。西詩は濃厚なり何処までも人情を離れず。」(「不言之言」)[26]と考察していたが、霧深いロンドンに身を置いて、俳句と西詩の違いを一層痛感したに違いない。[27]しかし、留学から帰朝後しばらくは、「義務の束縛」にあって、『文学論』に取り組み、「道楽」である「俳句」には遠ざかりがちであった。

俳人虚子の慫慂《しょうよう》で、写生文に「道楽」の楽しみを見出した漱石は、明治三十九年、かつて「道楽」

としてよく通じていた俳句の世界を散文にして、「未だ西洋にもない」「日本には無論ない」「文学界に新しい境地を拓」(「余が『草枕』」)[28]くことになる「俳句的小説」をものしたのである。

「俳句的小説」は、「世間の真相を穿《うが》つたものを書く心理小説」や、「一つの哲理を書き現はす傾向小説」(同)とは違って、「唯一種の感じ――美しい感じが読者の頭に残りさへすればよい。」(同)という。漱石は作品の世界を明確に限定している。この意図を無視すると作品の真の面白さを見落とすことになる。当然のことだが、「世間の真相を穿つた」小説が、「美を生命」とする「俳句的小説」の上位にくるというものでも、また下位に位置するというものでもない。

「不言之言」で、「人情を離れ」ない西詩と、「淡白」「洒落」で「時に出世間的」である俳句に注目していた漱石は、「草枕」でその俳句の方法を一つの人生態度として典型的に提示した。それが「非人情」の立場である。漱石を俳句に導いたのは正岡子規であったが、この「非人情」の立場に逍遙《しょうよう》する導きをしたのもまた子規であった。

「草枕」に俳句の方法からアプローチした研究に、西村好子「『俳句小説』としての『草枕』」[29]があるが、「草枕」成立の核心には触れていないし、より早く檜谷昭彦に「あえて言えば、夏目漱石は『草枕』において自己の状況を確認しつつ、その絶望的な美の世界を亡友正岡子規への鎮魂曲としたのではなかったか。」[30]という指摘があるけれども、具体的な表現の類似性までは論及していない。そこで、ここではまず具体的に子規と「草枕」の類似性を確認しておきたい。

子規は明治三十年に写生による俳句革新の勝利宣言を行った。『日本』に一月から三月まで連載した「明治二十九年の俳句界」がそれで、四〇〇字にすれば百数十枚におよぶ力作評論である。「吾人は又昨年の俳句界に於て今迄曾て有らざるの変化ありしことを認むる者なり。(31)」と革新を確認した後、写生説を展開し、当世俳人論を丁寧に試みている。子規は俳画一体のかたちで自然の美を説く。

A今こゝに一本二本の野花を巧に画きたる者ありと仮定せよ。吾は之を見て美を感ずべし。少くも天然の実物を見て起すだけの感を起すべし。否実物を見るよりも更に美なる感を起すことさへ少からず。是其形状配置の巧なるにも因るべけれど又周囲に不愉快なる感を起すべき者なきにも因るべし。即ち絵画の材料として美なる者のみを摘み来りしに因るなり。（略）

然るに或る理想家が全く之を排して無用の者と為すは其実、天然美の模写を以て無能力と為すのみにあらずして天然物其物の美を感ぜざる者多きに居る。一草一木の画を見て何等の感を起さぬ人は多く実物の一草一木を見て感を起さぬ人なり。B此種の人の美と感ずるは多く天然にあらずして人間に在り。C天然的に見たる人間にあらずして人情的に見たる人間に在り。即ち人間の美は天然の美よりも多しといふに在り。吾の説は之を否定してD人間の美必ずしも天然の美よりも多からずといふなり。或は忠孝を以て美の極致と為し或は恋愛を以て美の極致と為す者あれども吾は必ずしもしか思はず。非情の草木、無心の山河亦た時に之に劣らぬ美を感ぜしむるなり。此説は略々《ほぼ》前に簡単複雑の説と同一致なる者なれば復たこゝに言はず。天然は多く簡単にして人情は多く複雑なりとの一語を言ふを以て足れりとすべし。

以上主として絵画に就きて論じたれども俳句に於けるも同じ事なり。吾人は此等の点に於て絵画を論ずるも俳句を論ずるも其他の文学美術も同一ならざるべからずと信ずるなり。世人或は文学を重んじて絵画を軽んずる者あり。或は理想を絵画に要求せずして文学にのみ要求する人あり。吾人は此等の謬見《びゆうけん》を破らんがために、且つ印象の点に於て其極端を現さんがために特に絵画を論じたり。絵画を詳論したるは即ち俳句を詳論したるなり。（「明治二十九年の俳句界」、傍線筆者）

洋画家中村不折に絵画における写生の説を吹きこまれた子規が、これを俳句に応用して懸命の論陣を張っているところである（傍線E）。漱石はこの子規に触発されて主人公を「画工」にしたばかりか、俳句を作り、漢詩を作る文人にして「非人情」の立場を標榜させる。

詩人に憂はつきものかも知れないが、あの雲雀を聞く心持ちになれば微塵の苦もない。菜の花を見ても、只うれしくて胸が躍る許りだ。蒲公英《たんぽぽ》も其通り、桜も――桜はいつか見えなくなつた。かう山の中へ来て自然の景物に接すれば、見るものも聞くものも面白い。面白い丈《だけ》で別段の苦しみも起らぬ。起るとすれば足が草臥《くたび》れて、旨《うま》いものが食べられぬ位の事だらう。

[a]然し苦しみのないのは何故だらう。只此景色を一幅の画として観、一巻の詩として読むからである。画であり詩である以上は地面を貰つて、開拓する気にもならねば、鉄道をかけて一儲けする了見も起らぬ。只此景色が――腹の足しにもならぬ、月給の補ひにもならぬ[b]此景色が景色としてのみ、余が心を楽しませつゝあるから苦労も心配も伴はぬのだらう。自然の力は是に於て尊とい。[c]吾人の性情を瞬刻にして陶冶《たうや》して醇乎《じゆんこ》として醇なる詩境に入らしむるのは自然である。

[d]恋はうつくしかろ、孝もうつくしかろ、忠君愛国も結構だらう。[e]然し自身が其局に当れば利害の旋風《つむじ》に捲き込まれて、うつくしき事にも、結構な事にも、目は眩《くら》んで仕舞ふ。従つてどこに詩があるか自身には解しかねる。

これがわかる為めには、わかる丈の[f]余裕のある第三者の地位に立たねばならぬ。三者の地位に立てばこそ芝居は観て面白い。小説も見て面白い。芝居を観て面白い人も、自己の利害は棚へ上げて居る。見たり読んだりする間丈は詩人である。

それすら、普通の芝居や小説では人情を免かれぬ。苦しんだり、怒つたり、騒いだり、泣いたりする。見るものもいつか其中に同化して苦しんだり、怒つたり、騒いだり、泣いたりする。取柄は利欲が交らぬと云ふ点に存在するかも知れぬが、交らぬ丈に其他の情緒は常よりは余計に活動するだらう。それが嫌だ。

[g]苦しんだり、怒つたり、騒いだり、泣いたりは人の世につきものだ。余も三十年の間それを仕

通して、飽々《あき〱》した。飽《あ》き々々した上に芝居や小説で同じ刺激を繰り返しては大変だ。余が欲する詩はそんな世間的の人情を鼓舞する様なものではない。俗念を放棄して、しばらくでも塵界を離れた心持ちになれる詩である。

（「草枕」、傍線筆者）

「草枕」の主人公「画工」が、自分の芸術観、旅の目的を展開していく重要な場面である。山路を登り、自然に深く入りこみながら、その自然を「一幅の画として観、一巻の詩として読む」（傍線a）見解を小気味よく展開し、「画工」独自の「詩境」への参入が試みられているが、この前提に子規の「明治二十九年の俳句界」を置いてみれば、「草枕」の「画工」が突然変異のごとく登場してきたものではないことが明白となる。もちろん個性の違いは否定しようがない。しかし、確実にこの二つの文章は響き合っている。その響き合っているところを具体的に指摘すれば次のようになる。

　第一に自然の美の感受が考えられる。子規は「今こゝに一本二本の野花を巧に画きたる者ありと仮定せよ。吾は之を見て美を感ずべし。少くとも天然の実物を見て起すだけの感を起すべし。」（傍線A）といい、自然と自然を画いた絵を同一視してその美を問題にする。「画工」も自然に参入して、深い感動を覚え、「此景色が景色としてのみ、余が心を楽しませつゝある」（傍線b）ことを確認し、利害関係を超越した「詩境」を求めていたことを明らかにする。つまり、自然を醇乎として味わう立場に立っているのである（傍線c）。

第二は「人情的」な美の表現についてである。子規の「或は忠孝を以て美の極致と為し或は恋愛を以て美の極致と為す者あれども吾は必ずしもしか思はず。非情の草木、無心の山河亦た時に之に劣らぬ美を感ぜしむるなり。」（傍線D）という表現と、「草枕」の「恋はうつくしかろ、孝もうつくしかろ、忠君愛国も結構だらう。」（傍線d）という表現は強く響き合っている。子規が「人情的」な美と「非情の草木、無心の山河」の美を並置したのを受けながら、漱石は「画工」に、「然し自身が其局に当れば利害の旋風に捲き込まれて、うつくしき事にも、結構な事にも、目は眩んで仕舞ふ。」（傍線e）といわせている。人情と自然を並置できない衝動につき動かされているのである。

第三に「天然的に見たる人間」から「第三者」の立場「非人情」の立場の着想が考えられる。[32]子規は自然の美を感受しない人について、「此種の人の美と感ずるは多く天然にあらずして人間に在り」（傍線B）という。それも「天然的に見たる人間にあらずして人情的に見たる人間に在り。」（傍線C）という時、人情そのものへの関心に集中し、それをつき離して見る視点を持ち得ていないことに注目している。「天然的に見たる人間」、つまり自然の中の一点景となる人間への関心ではなく、人情に齷《あく》齪《せく》する人間から目を離そうとしない人間の多いことを明らかに照射したわけで、この「天然的に見たる人間にあらずして人情的に見たる人間」という一般の人々の視点にとらわれない子規の主張をつきつめていけば、人間も「天然的」に見るということになり、漱石の「非人情」の立場に直通することになる。「人情的に見たる人間」にあらずして「天然（自然）的に見たる人間」ということは直接利害関係の無い「余裕のある第三者」(傍線f)である。

以上で明らかなように、子規は自然の美を人情の美と同列に置くことに腐心したが、漱石は人情の美を切り離してあえて「第三者」の立場に立ち、「詩境」を味わおうとする。子規の示唆した方向をつきとめ、一つの極限を示していると見ていい。あえて試みる「第三者」の立場のこちら側には、「智に働けば角が立つ。情に棹《さを》させば流される。意地を通せば窮屈だ。」(「草枕」)という兎角に「住みにくい」人の世がある。「画工」はこの厳然としてある「住みにくい」人の世から考察を始めており、それを無視しているのではない。「画工」のことばでいえば、「苦しんだり、怒つたり、騒いだり、泣いたりは人の世につきものだ。余も三十年の間それを仕通して、飽々した。」(傍線g)とまでいうように、抜きさしならぬ人の世を生きてきていることを考えれば、それを裏返しにし、人情に跼蹐《きよくせき》しない「詩境」を志向するのも十分に納得がいくはずである。「画工」は苦しい現実に耐え、心身のバランスをとるために、子規の方法を足場にし、槓杆《こうかん》として「第三者」の立場に立つ「詩境」を手に入れ、心を解放することになったのである。

このように子規から漱石へ、写生説を徹底させて「非人情」へという方向を確認すれば、「草枕」は確実に子規へ捧げられた鎮魂曲ということになる。

「非人情」の癒し

子規の「明治二十九年の俳句界」に触発・喚起されて自在に心を解き放っていく「画工」を描く漱石は、人情を離れない西洋ではなく、「超然と出世間的に利害損得の汗を流し去つた心持ちになれる」（『草枕』）「東洋の詩歌」への没入を口にする。英文学を学ぼうと英国に留学し、完膚《かんぷ》なきまでに打ちのめされた漱石が心の拠り所としたのが「東洋の詩歌」であって、漢詩や俳句によって心を安らわせ、立ち直らせようとしているのである。「画工」は「独坐幽篁裏、弾琴復長嘯、深林人不知、明月来相照。只二十字のうちに優に別乾坤《けんこん》を建立して居る。此乾坤の功徳は『不如帰《ほととぎす》』や『金色夜叉』の功徳ではない。汽船、汽車、権利、義務、道徳、礼儀で疲れ果てた後、凡てを忘却してぐっすりと寐込《ねこ》む様な功徳である。」（同）という。「汽船、汽車、権利、義務」と目まぐるしく現代人に伸《の》し掛かってくる開化の怪物を見据えて、「画工」はまず「凡てを忘却してぐつすり寐込む」というように休息を考えるのである。したがって「画工」が「東洋の詩歌」を口にする時、「開化」（近代化）に疲れた人間の心の安全弁として位置づけされている。ことばを換えていえば、それは魂の避難所と考えられているといえよう。

二十世紀に睡眠が必要ならば、二十世紀に此出世間的の詩味は大切である。惜しい事に今の詩を作る人も、詩を読む人もみんな、西洋人にかぶれて居るから、わざ〳〵呑気な扁舟《へんしう》を泛《うか》べて此桃源に溯るものはない様だ。余は固より詩人を職業として居らんから、王維や淵明の境界を今の世に布教してひろげやうと云ふ心掛も何もない。只自分にはかう云ふ感興が演芸会よりも舞踏会よりも薬になる様に思はれる。ファウストよりも、ハムレツトよりも難有《ありがた》く考へられる。かうやつて、只一人絵の具箱と三脚几を擔《かつ》いで春の山路をのそ〳〵あるくのも全く之が為めである。淵明、王維の詩境を直接に自然から吸収して、すこしの間でも非人情の天地に逍遙したいからの願。一つの酔興だ。」（「草枕」）

この「画工」のことばは重要である。「非人情」の立場を固定して考え、作品の結びで「非人情」の挫折をことあげする論者もいないわけではないが(33)、最近は宮内俊介「『酔興』としての『非人情』」(34)のように柔軟に理解する論考もでてきている。それをその形成過程において把握してみるというのが、私の目論見であったが、ここに引いた「草枕」のことばを注視すれば、作者漱石の置かれた危機的状況における心の風景が何ら覆《おお》うことなく表現されていることがわかる。「呑気な扁舟を泛べて此桃源に溯る」などという比喩に惑わされがちだが、二十世紀における日本人の心は「画工」によって確実に描き取られているのである。

われわれの「活力」は睡眠によって復活する。「出世間的な詩味」によって睡眠をとり、それが

「演芸会よりも舞踏会よりも薬になる」という「画工」は、「非人情」の立場を積極的な癒しの場と考えているが、それを「酔興」（物好き）と規定するところに特別の心性がある。「物好き」は「義務」の観念からは遠く離れた心性で、個人の内部的欲求の基本をなすが、現代の教育はそれに目を背け、抑圧するかたちで、等し並に国家社会に有用な人材の育成に傾注してきた。先に「現代日本の開化」で見たように、「人間活力の発現」には「積極的」と「消極的」の二種類があり、その「消極的」な面を「義務の束縛」でしばる教育をし、仕事を強いれば、一個の人間としての心身のバランスが崩れるのは必定である。「積極的」に「悉く自ら進んで強いられざるに自分の活力を消耗して嬉しがる」状態がどこかになければ人間として立ち行かない。「三十年の間」人との関係で神経を擦りへらした「画工」が最も必要としたのが、「悉く自ら進んで強いられざるに自分の活力を消耗して嬉しがる」こと、つまり「酔興」「物好き」であって、それが心身のバランスを保つ何よりの「薬」であった。「画工」が「只一人絵の具箱と三脚几を擔いで春の山路」を行くのは、「淵明、王維の詩境を直接に自然から吸収して、少しの間でも非人情の天地に逍遥していたいからの願。一つの酔興だ。」という時、解放された（い）心のはずみが感じられる。亀井秀雄「『草枕』のストラテジィ[35]」は漱石の語りの工夫を問題にしているが、心のはずみに注目して見れば、「非人情」という語りは、そう限定することによって可能になった「酔興」（物好き）の積極的な人間解放の試みであったといわねばならない。[36]
鬱々として東大の英文科で「仕方がなく」講義する漱石は神経衰弱に罹っていた。国家有用の人物たらんとした漱石が、自己本位の立場に立って構想した『文学論』は、十の力を二十にも三十にもして出すことを強いられ、それでも容易に完成しない大事業であった。心身のバランスを崩した漱石は、「神経衰弱にして兼狂人」（前掲）と自ら認めねばならなかった。漱石は留学中の辛い日々を、「謹んで紳士の模範を以て目せらるゝ英国人に告ぐ。余は物数奇なる酔興にて倫敦迄踏み出したるにあらず。個人の意志よりもより大なる意志に支配せられて、気の毒ながら此歳月を君等の麵麭《パン》の恩沢に浴して累々と送りたるのみ。」（前掲）と「草枕」を書いたすぐ後に書いていた。「物数奇なる酔興」で英国まで出かけたのであれば、漱石の留学はまた全く違った結果をもたらしたに違いないが、「個人の意志よりもより大なる意志に支配」された留学は、「義務の束縛」でひたすら努力を強い、ついに「活力」を消費し尽して神経衰弱に罹る他なかったのである。

ところが、「草枕」は「義務の束縛」から解放された「物数奇なる酔興」の世界である。「物数奇なる酔興」で山路を行く「画工」の心は沈鬱とは全く逆で、心楽しく躍動している。躍動する心が把捉する世界はリズムがあり、切れ味がいい。そして「出世間的の詩味」をたっぷり湛えて、現在から自然の一点景である人間の歴史を照射し、「西洋人にかぶれて居」ない日本人の本来の「開化」の相を浮かび上がらせる。それは桃源郷で非現実的な快楽に耽るというのではなく、日本人の魂を癒す試みであったと見ていい。

今、その基本的なものをあげれば、第一に峠の茶屋の婆さんの「二十世紀とは受け取れない」（「草枕」）美しい顔と生活ぶりがある。そこには伝統そのものの安らぎがあり、「仕方がない」開化のあおりが肉身にまでは及んでいないのである。第二は観海寺の大徹和尚の禅の世界で、出世間的な時空を所有している。この脇役に支えられて第三に「画工」と那美さんの危うい関係が描かれることになる。那美さんが城下へ嫁いでいく話を聞いて花嫁の絵を描きながら顔が浮かばず、「ミレーのかいた、オフエリヤの面影が忽然《こつぜん》と出て来て、高島田の下へすつぽりとはまつた。是は駄目だと、折角の図面を早速取り崩す。」（「草枕」）という仕儀となる。このオフィーリア・イメージに漱石の体験をからめて読みとる論考が多いが、(37) 高島田にオフィーリアの顔をはめたような人間が近代の日本人の図柄だったのである。この不気味さは近代の混乱した日本人の象徴以外の何ものでもない。ここから出発して、やはり近代（二十世紀）に毒された那美さんの顔が絵になるというところまで、「詩境」を追い求め、俳句の方法を駆使して、混乱した近代に幕を引いて巧妙に隠しながら、危うく成立させた「草枕」は、「仕方がない」開化にさらされて神経衰弱に罹った漱石が、「仕方がなく」「神経衰弱に罹らない工夫」を張りめぐらせて獲得した癒しの世界だったということになる。「神経衰弱に罹らない」ための「仕方がない」態度、「非人情」による魂の救恤《きゅうじゅつ》だったといい換えてもいい。狂気を孕みながら、「非人情」の「仕方がない」態度によって、日本の「仕方がない」開化の様相を白日のもとに晒した小説「草枕」は、「文学界に新しい境域を拓」いた、いまだかつてない「俳句的小説」の傑作だったのである。

注

（1）明治四十四年十一月、朝日新聞合資会社。
（2）三好行雄「現代日本の開化」（『鑑賞日本現代文学5夏目漱石』昭59・3、角川書店）
（3）注2に同じ。
（4）注2に同じ。
（5）注2に同じ。
（6）「天声人語」（『朝日新聞』昭60・7・26）
（7）明治三十三年（一九〇〇）五月十二日。
（8）『文学論』（明40・5、大倉書店）。「序」は明治三十九年十一月の執筆。
（9）大正三年十一月二十五日、学習院輔仁会で講演。翌年三月『輔仁会雑誌』に掲載。
（10）明治三十五年九月十二日付妻鏡子宛。
（11）江藤淳『漱石とその時代』第二部（昭45・8、新潮社）
（12）注11に同じ。
（13）注11に同じ。
（14）「新詩社詠草」（『明星』明40・1）
（15）『スバル』（明43・7）
（16）吉本隆明『高村光太郎』（昭32・7、飯塚書店）
（17）拙著『高村光太郎』（昭41・10、神無書房）
（18）村田由美・岩本晃代「夏目漱石関係旧制第五高等学校資料について」（『方位』第19号、平8・9）

によれば、熊本大学に保存されている「英国留学始末書」には、「一月二十日、長崎港着同二十一日熊本着」という記述がある。
(19) 注11に同じ。
(20) 明治三十七年七月作俳体詩「無題」の冒頭。
(21) 夏目鏡子述・松岡譲筆録『漱石の思ひ出』(昭3・11、改造社)
(22) 注21に同じ。
(23) 高浜虚子『漱石氏と私』(大7・1、アルス)
(24) 注23に同じ。
(25) 注21に同じ。
(26) 『新小説』(明31・11、12)
(27) 平川祐弘『夏目漱石非西洋の苦闘』(昭51・8、新潮社)に鋭い分析がある。
(28) 談話「余が『草枕』」(『文章世界』明39・11)
(29) 『国語と国文学』(平2・1)
(30) 「『草枕』の世界」(『解釈と鑑賞』昭45・9)
(31) 「明治二十九年の俳句界」(『日本』明30・1)
(32) 『文学論』の第二編第三章に「非人情」の説明がある。
(33) 清水孝純「『草枕』の問題——特に『ラオコーン』との関連において」(『文学論輯』第21号、昭49・3)
(34) 『方位』(第6号、昭58・7)

(35)『国文学』(臨増、平6・1)
(36) 重松泰雄「漱石初期作品論ノート (二) ――『草枕』の本質――」(『文学論輯』第12号、昭40・3)
平岡敏夫『漱石序説』(昭51・10、塙書房)
東郷克美「『草枕』――水・眠り・死」(『別冊国文学　夏目漱石必携II』昭57・5)
清水孝純「漱石における水底の呼び声――『草枕』の封じこめたもの」(『敍説』平2・1)
(37) 小森陽一「写生文としての『草枕』――湧き出す言葉、流れる言説」(『国文学』平4・5)

(平成九年)

第二章　芥川龍之介

一、「羅生門」――「仕方がない」生の論理――

踟《ち》蹰《ちゆう》逡《しゆん》巡《じゆん》する下人

「羅生門」は、大正四年十一月の『帝国文学』に柳川隆之介のペンネームで掲載され、大正六年五月刊行の作品集『羅生門』（阿蘭陀書房）の巻頭に布置された。さらに、翌七年七月の『鼻』（春陽堂）に再録され、それが現在は定稿とされている。

芥川は「或日の暮方の事である。一人の下人《げにん》が、羅生門の下で雨やみを待つてゐた。」（「羅生門」初出、以下同じ）と筆を起こして、王朝末期の廃都の模様を描き、四、五日前、主家に暇を出された下人の、「明日の暮しをどうにかしやうとして」（同）思いわずらうさまを的確に表現する。勿論、語り手がいるが「作者はさつき」（同）という言葉が挿入され、作者と重なる。芥川は語り手の立場において作品の世界を統御するわけである。そこで、まず下人の内部に分け入ってみよう。

どうにもならない事を、どうにかする為には、手段を選んでゐる遑《いとま》はない。選んでゐれば、築土《ついぢ》の下か、道ばたの土の上で、饑死《うゑじに》をするばかりである。さうして、この門の上へ持つて来て、犬のやうに棄てられてしまふばかりである。選ばないとすれば――下人の考へは、何度も同じ道を低徊した揚句に、やつとこの局所へ逢着した。しかしこの「すれば」は、何時までたつても、結局「すれば」であつた。下人は、手段を選ばないといふ事を肯定しながらも、この「すれば」のかたをつける為に、当然、その後に来る可き「盗人になるより外に仕方がない」と云ふ事を、積極的に肯定する丈の、勇気が出ずにゐたのである。　（「羅生門」）

この下人の踟《ち》蹰《ちゅう》逡《しゅん》巡《じゅん》には注意しなければならない。芥川はここで、下人の生の選択を極端に制限している。餓死することを避けようとすれば、生きる手段を選んでおれない。「手段を選ばない」とすれば、「盗人になるより外に仕方がない」というように、直線的な論理の上を低徊させながら、最後のところを「積極的に肯定する丈の、勇気」を与えていないのである。

三好行雄氏は、「下人のたゆたいは、かれの臆病に起因するのではない。」（『芥川龍之介論』昭51・9、筑摩書房）といい、「行為をためらわせる禁忌の感覚」（同）は、「人間としての最後の倫理」「超越的なモラル」（同）に起因するという。モラル抜きの思いにブレーキをかけるのが一般的なモラルなので、人間としての倫理を持ち出せば、ここでは「最後の」とか「超越的な」というような形容は必要ないであろう。それよりも、下人はこの時点では、まだ飢餓に陥っていないという条件を私は看過したくない。飢餓の極限における人間の餓死か盗人かではなく、その一歩手前の、ともかくも飢餓を感じない状態で、明日を思いわずらって低徊しているのである。極限情況というような切迫感はまだない。鳥居邦朗氏は、下人を拘束するものとして、「彼の現実世界に対する臆病さ」（「下人は盗人になれなかった」、『武蔵大学人文学会雑誌』昭51・6）を指摘し、「下人は、帝大生芥川とほとんど等身大の青白い青年になっている」（同）という。下人の迷いに、「青白い青年」をイメージして、芥川とダブらせてもおかしくはない。そこで、そうした踟躕逡巡する下人が、この後どう行動するか、つまり、下人が「勇気」を出していかに現実の情況にかかわっていくかが作品の眼目となる。

老婆の悪を憎む心

下人は、まず「雨風の患《わづらひ》のない、人目にかゝる惧《おそれ》のない、一晩楽にねられさうな所」（「羅生門」）を求めて、羅生門の楼上に上る。これは、雨の夜の廃都であれば、当然の保身の行為である。ところが、笹淵友一氏は、「芥川は下人を明日の当もない人間として登場させながら、そういう人間の心理のリアリティについては完全に洞察を欠いているのである」（「芥川龍之介『羅生門』新釈」、『山梨英和短期大学創立十五周年記念国文学論集』昭56・10、笠間書院）と批判する。明日のあてのない人は、「た

とい眠っている間でも、その存在が他人の目にふれることで、万一の僥倖《ぎょうこう》を期待するだろう。」(同)
というわけだが、治安のよい時代に、汽車の中ででも眠るような調子でいられるかどうか。繊細な神経の持ち主でなくても、無防備な寝姿は人目に晒したくないと思うのが普通であろう。死骸よりも人目を怖れる、それが乱世を生きる人間の心理である。従って、私は下人が寝所を求めて楼上に上ることに全く違和を感じないし、「人間の心理のリアリティ」に欠けるとも思わない。雨の日であれば一層自然な行為とみていい。

死骸のころがっている楼上で、下人は「檜皮《ひはだ》色の着物を着た、背の低い、痩せた、白髪頭の、猿のやうな老婆」(「羅生門」)を目撃し、「六分の恐怖と四分の好奇心とに動かされて、暫は呼吸をするさへ、忘れてゐた。」(同)ほどである。まさに異様な遭遇といわねばならない。下人は「大きな面皰（にきび）を気にし」ている外は概ね平凡だが、老婆には「猿のやうな」という侮蔑的な形容がついている。呼吸を忘れるほどの奇異な情況を、「六分の恐怖と四分の好奇心」などと表現するのは、数字の指示するものとは逆の、事実から浮いた曖昧な裁断ということになるが、若い芥川はそうしたことには頓着せずに話を進める。

下人は、老婆が屍骸から長い髪の毛を抜くのを見る。そして、「その髪の毛が、一本づゝ抜けるのに従つて下人の心からは、恐怖が少しづゝ消えて行つた。さうして、それと同時に、この老婆に対するはげしい憎悪が、少しづゝ動いて来た。――いや　この老婆に対すると云つては、語弊があるかも知れない。寧《むしろ》、あらゆる悪に対する反感が、一分毎に強さを増して来たのである。この時、誰かがこの下人に、さつき門の下でこの男が考へてゐた、饑死をするか盗人になるかと云ふ問題を、改めて持出したら、恐らく下人は、何の未練もなく、饑死を選んだ事であらう。」（同）という。下人の、老婆への「はげしい憎悪」、「あらゆる悪に対する反感」は募り、盗人よりも餓死を選ぶというほどに強くなっている。こうした下人の心理の動きに主題の一つを見る通説(1)は至当である。情況の推移に応じて大きく変化する心理の描出は、頼りない日常の心理状態を、一つの典型として定着して見せたという面白さがある。「一分毎に強さを増す」などという表現に留意すれば、芥川が下人の振幅の大きい極端な心理の把握に力を注いでいることは明白である。しかし、それだけに、下人は自己省察に欠ける単純な人間となり、思想の奥行きが感じられない憾《うら》みがある。思想と行動で、人間の個性は明確になるが、極端な心理の変化の照射にポイントをおけば、人間性の造形が希薄になることは避けられない。いずれにしても芥川作品の人物たちが、おしなべて人間的魅力に乏しいのは、否定しようのない事実である。

下人の心理は、一八〇度転回し、「悪を憎む心」が「勢よく燃え上」（同）る。彼には、髪の毛を抜くことが合理的には善か悪かわからなかったが、「この雨の夜に、この羅生門の上で、死人の髪の毛を抜くと云ふ事が、それ丈で既に許す可からざる悪であつた。」（同）わけである。平岡敏夫氏がいうように、ミステリアスな雰囲気が強調されている。(2)普通の民家か病室であれば、髪の毛を抜くことも、何か理由が考えられ、直ちに悪とは結びつかないであろう。それが、盗人が棲み、屍体の放置された羅生門の上であれば、容易に悪と結びつくわけである。そこで、下人は一転して、「許す可らざる悪」を憎むことになる。異様な情況下で、考えを逆転させた下人のナイーブさ、無類の人の好さは、ほほえましいというべきか。まだ悪に染まない下人像の造型である。

「仕方がない」生の論理

ナイーブな下人と対決する老婆はどうか。「瞼《まぶた》の赤くなつた、肉食鳥のやうな、鋭い眼」（「羅生門」）といい、「皺《しわ》で、殆《ほとんど》、鼻と一つになつた唇」（同）といい、「鴉《からす》の啼くやうな声」（同）を出すという老婆の姿は、徹底して無惨である。芥川は陰惨な像を鮮明に定着し、人間的なやさしさは峻拒《しゅんきょ》している。ナイーブなだけに捉えどころがない下人と違って、明らかに嫌悪の対象としての像ということになる。

老婆は、「この女の髪を抜いてな、この女の髪抜いてな鬘《かつら》にせうと思うたのぢや。」（同）といい、さらに次のように弁明する。

成程、死人の髪の毛を抜くと云ふ事は、悪い事かも知れぬ。しかしこういう死人《（ママ）》の多くは、皆その位な事を、されてもいゝ人間ばかりである。現に、自分が今、髪を抜いた女などは、蛇を四寸ばかりづゝに切つて干したのを、干魚だと云つて、太刀帯《たてはき》の陣へ売りに行つた。疫病にかゝつて死ななかつたら、今でも売りに行つてゐたかもしれない。しかも、この女の売る干魚は、味がよいと云ふので、太刀帯たちが、欠かさず薬料に買つてゐたのである。自分は、この女のした事が悪いとは思はない。しなければ、餓死《(ママ)》をするので仕方がなくした事だからである。だから、又今、自分のしてゐた事も、悪い事とは思はない。これもやはりしなければ、餓死《(ママ)》をするので、仕方がなくする事だからである。さうして、その仕方がない事をよく知つてゐたこの女は、自分のする事を許してくれるのにちがひないと思ふからである。（「羅生門」）

この有名な老婆の言葉は、いかなる意味を持っているか。三好行雄氏は、ここに第三者の「許し」の主張を見、「飢餓の極限でひとは確実に死ぬ、という人間存在に課された絶対の条件が、善と悪との相対世界をすっぽりとつつんで、そうすることの仕方なさを照らしだす。」（『芥川龍之介論』、傍点筆者）という。仕方のない情況は明白に表現されている。つづけて三好氏は、「だから、老婆は女の行為を咎《とが》めないし、それを咎められぬ女が自分を〈許してくれる〉ことを疑わない。そして下人も、その許しあう世界に身を投じることで、〈では、己が引剝《ひはぎ》をしようと恨むまいな〉という言葉を所有できたのである。」（同）といい、「悪が悪の名において悪を許す——人間が人間の名において、といいかえてもよい——そうすることを許容する世界が現前したのである。倫理の終焉する場所である。」

（同）と、高い調子で述べるが、これは作品の世界から遊離した論理である。すでにこの三好説への反論は、高橋陽子(3)、浜川勝彦(4)、笹淵友一氏(5)等によって出されている。引剝《ひはぎ》にあって、必死に抵抗する老婆に注目すれば、「許しあう世界」が「現前」しているなどとは、とうてい考えられない。死者は生者の悪を許しても、生者は自分の身に及ぶ悪を許さないのである。

老婆は確かに「許し」を口にした。しかし、それが即「悪が悪の名において悪を許す」世界を意味しない。老婆は「成程、死人の髪の毛を抜くと云ふ事は、悪い事かも知れぬ。」と、死体損壊の悪を一応認めている。それを認めた上で、それがいかなる場合に悪でなくなるか、二つの条件をあげて明らかにする。まず第一に、「その位な事を、されてもいゝ人間ばかり」というように、因果応報により、悪に対する罰を当然のことと考えている。因果応報の思想が、日本人の生活に深く根を下ろしていることは、今さらいうまでもないが、老婆はそれを拠りどころに、悪を裁く立場に立っているのである。これは悪を許すのとは根本的に違う。蛇を干魚と偽って商った女の挿話は、いかにも面白い。見事に騙された太刀帯の顔が彷彿とするほどで、虚無的な世界とは異質の、庶民のバイタリティーが感じられる。そして、第二に、「餞（ママ）死するので仕方がなくした事」は悪ではないということ。老婆はここで二つの側面から弁明している。餓死をしないための仕方のない行為であることを強調しながら、さらに、仕方のないことを知っている女は、「自分のすることを許してくれるにちがひない」と、駄目をおすのである。

老婆の言葉は、その論理的整合性からすれば、最後の女の「許し」は蛇足である。「仕方がない」生のための行為は悪ではないのだから、女からの「許し」など、今さら必要としないはずである。それなのに老婆は女の「許し」を口にした。それは、生きるために「仕方がない」行為が、現実のモラル、規範を越えているために、三好氏が「第三者の〈許し〉」というように、他者の「許し」（同意）を必要としたのである。老婆は女の許しを口にしながら、その時、当然のこととして下人の許しを期待していた。というよりも、そもそもが下人の許しを得るための話で、それがそうならないところに意外性があり、ブラックユーモアの味のする人間喜劇がある。

こうしてみると、老婆の言葉の核心は「許し」を得るための「仕方がない」にあるとみていい。それを私は今「仕方がない」生の論理と呼ぶ。「仕方がない」、日本人がこういう時、決して事態は一様ではない。思考停止により、虚無的な心情を表現する「仕方がない」は、ある場合には、浅いニヒリズム、諦念（観）となり、ある場合には、異常な事態に直面して、モラル、規範を越える行為に踏み切るバネとなる。従って、われわれが「仕方がない」で流されていく時、主体を放棄した諦念による無為・非行動と、何を仕出すかわからない異常な行動の両極の間を揺れ動いているといわねばならない。全く歯どめのない「仕方がない」は、超越的な神（もの）に対する思考方法を持たない日本人の、非論理的な精神構造を象徴する言葉である。

浅野洋氏は、「芥川龍之介―『羅生門』をめぐって―」（『日本の説話6近代』昭49・3、東京美術）で、

「羅生門」の成立に、武者小路実篤の「或日の一休和尚」（『白樺』大2・4）の影響を想定している。浅野氏の紹介した武者小路の一休は、「……餓えてする泥棒はわるいことではない。自分の身体を餓えさすよりは泥棒する方がいいのだ。餓えずに泥棒することは俺でも賞《ほ》めはしない。しかし餓えてする泥棒は賞めていい。俺は前から餓えたら泥棒してやらうと思つてゐた。」「その日ぐらしの土器売のやうなものの商売道具でさへ餓えたものはぬすんでいいと云ふことを俺は皆に知らしてやりたいのだ。」（「或日の一休和尚」）という。浅野氏はこの武者小路の思想を体現した一休に「〝愉快なエゴイズム〟とでも呼ぶしかないような、自己完結的行動倫理の明朗性」（「芥川龍之介」）を読みとり、「羅生門」の芥川との近似性を明らかにしている。誠に卓抜な推論といわねばならない。二作品の情況設定は驚くほど近く、「羅生門」成立の一つの鍵が「或日の一休和尚」にはあるとみていい。といっても、芥川が武者小路の糟粕《そうはく》をなめたわけではない。一休と老婆の言葉に注目してみれば、両者の違いは明白である。一休の「自分の身体を餓えさすよりは泥棒をする方がいいのだ。」「餓えてする泥棒は賞めていい。」という言葉は、全くためらいのない、絶対的な個我の主張である。これが老婆になると、「饑《(ママ)》死するので仕方なくした事」は「悪いとは思はない」と、トーンダウンし、情況に耐える言葉となる。超凡な一休は、非現実的な「自己完結的行動倫理の明朗性」を示すが、凡俗の老婆の「仕方がない」生の論理は、現実の重圧を直接的に喚起し、日本的心性を指示することになる。こうしてみると、現実に跼蹐《きよくせき》する芥川は、理想主義者武者小路の絶対的な個我を、われわれの生活の場の極限に引き戻して造型しているといえよう。

下人の行動

下人は、老婆の「仕方がない」生の論理に接して、「或勇気」を得、行動を起こした。しかし、それは、決して新しい論理に共感したからではない。下人は、老婆と「おなじ論理」を、彼の「認識の内部」に育てていた（三好行雄『芥川龍之介論』）。「手段を選ばない」とすれば、「盗人になるより外に仕方がない」という「仕方がない」生の論理である。従って、下人に三好氏がいうような「〈許す可らざる悪〉を許すための新しい認識の世界」（同）が必要だったとは思えない。認識の程度に差はあっても、すでに同じ方向を向いていたのである。

「この髪を抜いてな、この女の髪を抜いてな、鬘《かつら》にせうと思うたのぢや。」

下人は、老婆の答が存外、平凡なのに失望した。さうして失望すると同時に、又前の憎悪が、冷な侮蔑と一しよに、心の中へはいつて来た。（「羅生門」）

下人は、太刀を鞘《（さや）》におさめて、その太刀の柄を左の手でおさへながら、冷然として、この話を聞いてゐた。（同）

「きつと、さうか。」

老婆の話が完ると、下人は嘲るやうな声で念を押した。さうして、一足前へ出ると、不意に、右の手を面皰から離して、老婆の襟上をつかみながら、かう云つた。

「では、巳《（ママ）》が引剥《ひはぎ》をしやうと恨むまいな。巳《（ママ）》もさうしなければ、饑死する体なのだ。」

下人は、すばやく、老婆の着物を剝ぎとつた。　（同）

下人の思惟から行動へは、こうして行われた。これについて、高橋陽子氏は、「下人による老婆の着物引き剝ぎは、老婆の乗っている論理に対する軽蔑と嘲笑をこめて行なわれており、引き剝ぎそれ自体よりも、この侮蔑のほうに実質がある。下人は、老婆のこの陳腐な論理によって許された（もしくは許す人を得た）と感じ、それだから、行動を起こしたなどということではない。彼はこんな子供じみた論理に、自分を内属させることなどはできないのである。」（「『羅生門』と『偸盗』」、日本女子大学大学院の会『会誌』昭55・9）と強調している。下人の「侮蔑」への着眼は鋭く、「許し」説への批判にも私は賛成である。私は下人が老婆の論理に「自分を内属させた」とは思わないが、しかし、二人の論理が異質であるとも思わない。老婆は下人の「仕方がない」生の論理を、より徹底させているに過ぎないのである。老婆の言葉に、下人が「冷然として」いられたのはそのためである。勿論、同一の論理を持つ老婆との出会いは、論理的な共感を呼び、「許しあう世界」が成立してもよかったはずである。下人が老婆を許す常識的な人情の世界の出現である。ところが、老婆の（大方の）予想を裏切って、下人は弱い老婆の着物を引き剝いだ。思弁的な下人が、他者を踏み台にしてでも生きようとする意志を鮮明にし、行動者となったのである。「その日ぐらしの土器売のやうなものの商売道具でさへ餓えたものはぬすんでいい」と一休はいったが、下人も同様に自己主張し、行動したのである。

下人の行動は、最初に欠如していた「勇気」に支えられていた。老婆の弁明を聞いている中に、「下人の心には、或勇気が生まれて来た。」（「羅生門」）わけだが、それは老婆を「憎悪」し、「侮蔑」するところに生まれたのである。芥川は老婆を徹底して無惨に形象している。嫌悪の対象として、意図的にグロテスクにしたといってもいいほどである。下人は、そうした老婆への「憎悪」「侮蔑」を槓杆《こうかん》として、ともかくも行動に踏み切ったのである。下人の引剝が老婆に対して徹底性を欠き、着物だけ盗ったのはそのためである。大正七年の改稿では、下人は「老婆の襟上をつかみながら、嚙みつくやうにかう云つた。」（『鼻』所収、傍点筆者）となり、「憎悪」「侮蔑」が一層強く態度に表れ、行動へのバネとなっていることがわかる。(6)

「憎悪」「侮蔑」を槓杆として、下人の「仕方がない」生の論理は、老婆の「仕方がない」生の論理をうち倒し、一つのドラマが完了する。芥川は結びを、

下人は、既に、雨を冐《（ママ）》して、京都の町へ強盗を働きに急ぎつゝあつた。

（「羅生門」）

とした。思弁的な下人が、明確な目的を持った行動者に変身している。それが、改稿では、

　下人の行方は、誰も知らない。

（「羅生門」、『鼻』大7・7、春陽堂）

となり、姿を消してしまう。すべてが羅生門上での老婆との対決に限定され、「嚙みつくやうな」と見事に対応させている。芥川は行為の持続性ではなく、一回的な行為の光芒に焦点をあて、嫌悪感をむき出しにした対決の構図を鮮明に浮かびあがらせているといえよう。

踟《ち》躕《ちゅう》逡《しゅん》巡《じゅん》する下人は、こうして行動者となった。

裸形人――ローファーの人間喜劇

「羅生門」の構造を、以上のように主人公下人の行動にポイントをおいてみると、三好氏が、「倫理の終焉する場所にたちあう精神を、〈虚無〉と名付け」（『芥川龍之介論』）、下人の後を追った「老婆のさかしまの白髪と、彼女ののぞきこむ〈黒洞々たる夜〉と、この風景こそ、芥川龍之介がかかえこんでいた〈虚無〉の対象化である。下人を呑みほした黒い夜は、いかなる救済をもうちにふくまぬ〈無明の闇〉に通じる」（同）というのは、あまりにもスタティックな把握といわねばならない。笹淵氏

が、「黒洞々たる夜」は、「物理的、視覚的空間、闇の空間」で、「虚無という象徴的空間をおき替えることは絶対に不可能である。」（「芥川龍之介『羅生門』新釈」）というのは、正当な批判である。芥川の「雙眼色」は「暗い」という思いこみで、作品を「無明の闇」で塗りつぶすのはよくない。

「下人は、既に、雨を冐《(ママ)》して、京都の町へ強盗を働きに急ぎつゝあつた。」という最後の一句は、虚無感に苛まれる思念の人の表現でないことは明白で、すでに迷いをつき抜けた行動者である。下人は引剝をし、強盗をしようとしている。ここに評者の倫理感をストレートに持ちこめば「生きんが為に、各人各様に持たざるを得ぬエゴイズムをあばいている」（吉田精一『芥川龍之介』昭17・12、三省堂）というような見解が出てくるのは当然であろう。しかし、盗人に向かって、お前はエゴイストだときめつけても、全く意味がないように、エゴイズム論はここでは不毛である。

下人は、「仕方がない」生の論理を実践に移した。「その日ぐらしの土器売」と同様の老婆の着物を、彼は情け容赦なく引き剝いで行った。その生の原点で選びとった行動に、芥川は大きな意味を持たせていると私は思う。関口安義氏は「己を繫縛《けいばく》するものからの解放の叫び」（「羅生門・芋粥」、『批評と研究　芥川龍之介』昭47・11、芳賀書店）を読みとり、斬新な視座を提出している。下人の行動を負の方向で捉えず、正の評価軸を設定してみせたのである。他人の「仕方がない」生に屈従するのではなく、己の「仕方がない」生の宣言を試み、ダイナミックに行動する下人は、時代の閉塞《へいそく》情況をつき破り、「己を縛る律法からの完全な解放」（同）により、真の「裸形人」（自我主義者）の生に直面する。生

の原点に立ち戻って生きるのである。(7)

この生《な》まなましさは、本朝の部には一層野蛮に輝いてゐる。一層野蛮に？　――僕はやつと「今昔物語」の本来の面目《めんもく》を発見した。「今昔物語」の芸術的生命は生まなましさだけには終つてゐない。それは紅色人《こうもうじん》の言葉を借りれば brutality（野性）の美しさである。或は優美とか華奢《きやしや》とかには最も縁の遠い美しさである。

（「今昔物語鑑賞」昭2・4）

と芥川は書き、「之こそ王朝時代の Human Comedy（人間喜劇）であらう。」（同）という。「この優美とか華奢とかには最も縁の遠い美しさ」、つまり野性の美しさを、われわれは「羅生門」にも読みとることができる。いささか思弁的であった下人が、「仕方がない」生故に、引剝をし、強盗になるところは、野性の美の形象というのがふさわしい。老婆を痛めつけ、「雨を冒《ママ》して」「強盗を働きに急ぎつゝあつた。」という表現には、負け犬とは全く異質の息遣いがあり、躍動感がある。「黒洞々たる夜」にも怯むことのない行動がある。従って、「羅生門」の核心は野性美にあるといってよく、そこにはローファーの思想が脈うっている。習俗や道徳にとらわれず、己の本然の欲求を重要視した有島武郎のローファーの思想は有名だが、「羅生門」の思想も、そうした同時代の概念を導入して把握する必要がある。荒々しく行動する下人は、ローファーそのもので、われわれは下人が、習俗や道徳に、鋭く対決している作品の構造を、看過してはならない。
そこで、三好氏の、「人間のエゴイズムの究極としての存在悪――人間存在自体の担わねばならぬ悪の形を、飢餓の極限で、悪を悪の名において許しあう無明の闇とともに描いた。」（『芥川龍之介論』）という把握は、全く逆の認識を示したものとみていい。芥川は、「仕方がない」生を生きる下人を通して、行動への憧憬、つまり、ローファーへのひたすらな志向（野性美）を表現しており、そこに、人間喜劇「羅生門」のテーマがあると私は思う。

芥川の現実と創作

自分は半年ばかり前から悪くこだはつた恋愛問題の影響で、独りになると気が沈んだから、その反対になる可く現状と懸け離れた、なる可く愉快な小説が書きたかつた。そこでとりあへず、今昔物語から材料を取つて、この二つの短篇――「羅生門」と「鼻」――を書いた。

（「あの頃の自分の事」）

これは、「羅生門」論で、必ずといっていいほど問題にされる文章である。芥川には、「悪くこだはつた恋愛問題」のために、沈鬱な気分で過ごしていた時期があった。大正四年の手紙を見れば、そのこだわり方が尋常でないことがよくわかる。吉田弥生が婚約したことを知って、芥川は愛を意識し、求婚しようとしたという。

家のものにその話をもち出した　そして烈しい反対をうけた　伯母が夜通しないた　僕も夜通し泣いた

あくる朝むづかしい顔をしながら僕が思切ると云つた

（井川恭宛、大4・2・28）

ここには「仕方がない」と、結婚を断念した芥川の諦念が色濃く出ている。脆くも現実に妥協してしまったのである。この無念さが「羅生門」の世界に、逆の形で生かされることになったのではないか。「現状と懸け離れた」小説の世界では、力が逆転する。現実を、「家のもの」の中では最も強硬な反対者だったと思われる伯母と芥川の対決に集約すれば、「羅生門」の老婆と下人の対決は、見事に照応する。芥川がわざわざ肉食鳥のような眼をした老婆を設定したのは、芥川家で特異な位置を占める伯母への憎悪・侮蔑の反映と考えられ、それだけに下人の行動には、芥川の行動への憧憬が強くこめられているとみていい。「仕方がない」現実にこだわりながら、「作品の中で自己のエゴを生き切って」（佐藤泰正「羅生門」、『芥川龍之介必携』昭54・2、学燈社）いる芥川の、生活と芸術の方向を、われわれはそこに読みとることができる。芥川は、現実の生活は生き切るねばりに欠けるが、芸術の中では自己を生き切るのである。

芥川は書簡に、「周囲は醜い　自己も醜い　そしてそれを目のあたりに見て生きるのは苦しい　しかも人はそのまゝに生きる事を強ひられる（略）僕はイゴイズムをはなれた愛の存在を疑ふ（僕自身にも）僕は時々やりきれないと思ふ事がある　何故こんなにして迄も生存をつゞける必要があるのだらうと思ふ事がある　そして最後に神に対する復讐は自己の生存を失ふ事だと思ふ事がある　僕はどうすればいゝのだかわからない」（井川恭宛、大4・3・9）と記し、「悪くこだはつた恋愛」の傷みを問題にしている。青春の煩悩の直接的な表現だが、こうした問題を「羅生門」にそのまま持ちこんで解釈しようとすると、「各人各様に持たざるを得ぬエゴイズムをあばいている」とか、「倫理の終焉する場所にたちあう精神」虚無を描いたということになる。現実の芥川は、確かに厭世的になっていた。しかし、それ故に荒々しく行動するローファーの世界を希求していたのである。

海老井英次氏は、「僕は此頃ラツフでも力のあるものが面白くなつた」（井川恭宛、大3・11・30）というような言葉に注目して、「大正三年秋における芥川の芸術観、人生観の転回」（「羅生門―その成立の時期」、『国文学』昭45・11）を問題にし、「羅生門」の成立を「大正三年末から四年初頭の起筆、以後間もなくの成立」（同）と推定した。芥川の転化は、作品の解釈に有効と私には思われるが、「ラツフでも力のあるもの」への志向を強調する芥川は、意外にも「『無窮』の力をたたへろ」（「山」）とうたった高村光太郎等と交差する地点に立っていたのである。

信輔は才能の多少を問はずに友だちを作ることは出来なかつた。（略）実際彼の友情はいつも幾分か愛の中に憎悪を孕んだ情熱だつた。（略）少くともこの情熱以外に Herr und Knecht（主従―筆者）の臭味を帯びない友情のないことを信じてゐる。況んや当時の友だちは一面には相容れぬ死敵だつた。彼は彼の頭脳を武器に、絶えず彼等と格闘した。ホイツトマン、自由詩、創造的進化、――戦場は殆ど到る所にあつた。彼はそれ等の戦場に彼の友だちを打ち倒したり、彼の友だちに打ち倒されたりした。この精神的格闘は何よりも殺戮の歓喜の為に行はれたものに違ひなかつた。しかしおのづからその間に新しい観念や新しい美の姿を現したことも事実だつた。如何に午前三時の蠟燭の炎は彼等の論戦を照らしてゐたか、如何に又武者小路実篤の作品は彼等の論戦を支配してゐたか、（略）

（「大導寺信輔の半生」）

勿論、これは小説なので誇張があり、信輔即芥川ではないが、芥川の心的傾向を知るよすがとはなる。友情を「愛の中に憎悪を孕んだ情熱」とすれば、そこに平安な一体感は得られない。「友だちは一面には相容れぬ死敵」という言葉には、知的優位性に己の存在感の一切をかける知的スノビズムの本音がある。こうした人には、同等・平等の考えが我慢ならない。従って、「羅生門」の下人が、老婆を憎悪し、「仕方がない」生の論理をつきつめて引剝をしたのも、知的優位を誇る芥川の悲しい性の反映といえないこともない。人間的なやさしさよりも、頭脳の働き、論理の徹底が優先するのである。

信輔の友だちとの「格闘」を、「ホイットマン、自由詩、創造的進化」とあげていけば、下人の行動を支える思想的故郷が明確になる。ホイットマン・ベルグソン、そして武者小路実篤は、いずれも生の思想、生の哲学の主唱者で、高村光太郎も多大な影響を受けた人物である。芥川は、こうした当時の文壇で注目されていた人物・思想を「友だち」との格闘（愛と憎悪）を通して体得、既成の道徳にとらわれない下人のような裸形の人間を形象したとみていい。「或日の一休和尚」との関係は、この点からも否定できないであろう。

芥川が真に己の資質に目覚め、同時代の文壇の着衣をぬいだ時、「羅生門」の終末は改訂された。「下人の行方は、誰も知らない。」と。芥川が芥川となり、行動への無制限な思い入れを断念したのである。

注

（1）吉田精一『芥川龍之介』（昭17・12、三省堂）
（2）シンポジウム「芥川龍之介の志向したもの」（『国文学』昭50・2）
（3）高橋陽子「『羅生門』と『偸盗』」（『会誌』昭55・9、日本女子大学大学院の会）
（4）浜川勝彦「『羅生門』攷」（『女子大国文』昭55・1、京都女子大学）
（5）笹淵友一「芥川龍之介『羅生門』新釈」『山梨英和短期大学創立一五周年記念国文学論集』昭56・10、笠間書院）

（6）浅野洋氏は、「噛みつくやうに」に、下人の「焦燥」（「芥川龍之介――「羅生門」をめぐって――」、『日本の説話6近代』昭49・3、東京美術）を見ている。

（7）海老井英次氏は、「ドラマの核心としての〈自我〉の覚醒」（『芥川龍之介　鑑賞日本現代文学11』昭56・7、角川書店）があるという。

（昭和五十七年）

二、芥川の出発
――ロマン・ロラン、トルストイの影響――

はじめに

芥川の出発を告げる「羅生門」（『帝国文学』大4・11）の理解に、決定的な重みを持ったのが次の手紙であった。

イゴイズムをはなれた愛があるかどうか　イゴイズムのある愛には人と人との間の障壁をわたる事は出来ない　人の上に落ちてくる生存苦の寂莫を癒す事は出来ない　イゴイズムのない愛がないとすれば人の一生程苦しいものはない。
周囲は醜い　自己も醜い　そしてそれを目のあたりに見て生きるのは苦しい　しかも人はそのまゝに生きる事を強ひられる　一切を神の仕業とすれば神の仕業は悪むべき嘲弄《てうろう》だ
僕はイゴイズムをはなれた愛の存在を疑ふ（僕自身にも）僕は時々やりきれないと思ふ事がある
何故こんなにして迄も生存をつゞける必要があるのだらうと思ふ事がある　そして最後に神に対する復讐は自己の生存を失ふ事だと思ふ事がある（略）
（井川恭宛、大4・3・9）

この手紙は吉田弥生への結婚申し込みが、家族の反対で破談に終わった後の心境を直接に伝えるもので、これを手がかりとして、吉田精一は「羅生門」について、「下人の心理の推移を主題とし、あわせて生きんが為に、各人各様に持たざるを得ぬエゴイズムをあばいている」（『芥川龍之介』昭17・12、三省堂）と捉え、「羅生門」受容の方向を明示することになる。吉田精一はつゞけて、「思うに彼が自らの恋愛に当って痛切に体験した、養父母や彼自身のエゴイズムの醜さと、醜いながらも、生きんが為には、それが如何ともすることの出来ない事実であるという実感が、この作をなした動機の一部であったに相違ない。」（同）と説明する。「羅生門」のモチーフをさぐり、作家の体験とテーマを関連づけて明らかにしたきわめて理解容易な提言で、これを踏まえた研究が高校の国語教育現場に導入され、補足説明されて現在に至っている。

もちろん、最近そうした情況に批判の目を向ける新しい研究が出始めてはいる。レオニード・アンドレーエフなどのロシア文学の影響を丹念に探求した和田芳英氏の仕事もその一つで、氏は「現段階における芥川研究の諸家の論考ではやゝもすれば『羅生門』成立のその前後を捉えて〈恋愛の破局〉がもたらした〈胸中の苦しみや悲しみ〉の体験を過大に解釈しすぎている。」（「芥川龍之介初期作品の基底にあるもの」、『叢』第二十四号、平7・5、大谷中・高等学校）と主張し、芥川の出発期の問題に新しい光を当てようとしている。

そこで、私も新しい光を求めて、以下少しばかり考察してみたい。

愛の「イゴイズム」――「イワン・イリイッチの死」

大正四年三月九日付手紙で、私が最初に疑問を持ったのは、「僕はイゴイズムをはなれた愛の存在を疑ふ」といったすぐ後に、カッコして（僕自身にも）とつけ加えた表現に注目したことによる。人、人間について、「イゴイズムをはなれた愛があるかどうか」というように、一般論で書き始めた文章を受けて、「僕はイゴイズムをはなれた愛の存在を疑ふ」といえば、それは自身の立場の表明であることは明白で、わざわざ「僕自身にも」などとあえてカッコつきで補足する必要はないはずである。「僕自身にも」といえば、「僕」（芥川）以外のことを問題にしていて「僕」も含むという論述であることは、何人の目にも疑いようがない。したがって、「イゴイズムをはなれた愛があるかどうか」という手紙は、直接的には人間一般の問題についての考察ととるのが、文章読解としては正しいといわねばならない。それが「僕自身にも」で、芥川自身の問題と重なり、「僕は時々やりきれないと思ふ事がある」と、それらの問題を同時に背負いこんで自分の問題として論述したのである。あることを論じつつ、自身の問題に重ねるというスタイルである。

とすると、この手紙は何かの問題があってそれを受け、踏まえた「人間認識」を報じた文章と考えられる。

この手紙の前の二月二十八日付の、やはり有名な手紙は、「ある女を昔から知つてゐた」と書き始め、その女性（吉田弥生）が他の男性と「約婚」したことを知り、急いで求婚しようとして家庭に反対され、「仕方がなく」断念、一週間ほどして、ある会合でその女性が「従兄妹同志」であることを知らされる。これが前半で、多くの研究者はこの「失恋事件」をストレートに「イゴイズムをはなれた愛」に結びつけて論じてきた。しかし、私は今この手紙の後半に注目する。後半には次のような一節がある。

空虚な心の一角を抱いて帰つて来た　それから学校も少しやすんだ　よみかけたイヴンイリイツチもよまなかつた　それは丁度ロランに導かれてトルストイの大いなる水平線が僕の前にひらけつゝある時であつた　大へんにさびしかつた
（井川恭宛、大4・2・28、傍点筆者）

この後、女性がヒポコンデリック（心気症ぎみ）になり、「幸福を祈つてゐる」という手紙が来て、「失恋事件」はひとまず終る。断念から一ト月近く経って、その「失恋事件」を報じる手紙は次のように結ばれている。

東京ではすべての上に春がいきづいてゐる（略）すべてが流れてゆく　そしてすべてが必止るべ

き所に止る　学校へも通ひはじめた　イヴンイリイツチもよみはじめた

唯かぎりなくさびしい　（同）

青年芥川は、「失恋事件」の報告をしているが、それだけではないのである。失恋の衝撃の大きさが学生生活にも影響を与え、読書にも影を落としている。読書家芥川にとって、それは決してどうでもよい些事とはいえない。大きな打撃を受けた芥川が、ようやく平静を取り戻し、再び読書を始める。それがトルストイの「イヴンイリイツチ」（「イワン・イリイッチの死」）であった。

「イヴンイリイツチもよみはじめた／唯かぎりなくさびしい」と結んだ次の手紙が、「イゴイズムをはなれた愛があるかどうか」であった。ということは、流れからすれば、「イゴイズムをはなれた愛があるかどうか」は「イヴンイリイツチ」についての感想ということになる。少なくとも後の「僕自身にも」ということばと重ね合わせれば「イヴンイリイツチ」を「失恋事件」故に身につまされて読んだ感想と考えるのが最も自然である。

芥川と「イヴンイリイツチ」の出会いは、「ロランに導かれてトルストイの大いなる水平線が僕の前にひらけつゝある時であつた」と説明されている。そこで、まずロマン・ロランの『トルストイの生涯』に注目してみよう。ロランは「イワン・イリイッチの死」が、文学などに全く興味を持たない人々にも読まれ、「最もフランスの大衆を感動させた作品の一つである」といい、簡単に内容を紹介している。

「イワン・イリイッチの死」は、裁判所の休憩時間に同僚のイワン・イリイッチの死を知らされた検事、判事たちが、死者を悼むどころか、自身の立場や増俸のことばかり考えており、妻は妻で、国庫から少しでも多くの金を引き出そうとする場面から始め、イワン・イリイッチの生涯を的確に照射する。法律学校を出て嘱託官吏、予審判事、検事、控訴院判事と出世し、外形的には幸福に見えるイワン・イリイッチが、他人と心を通わせることのない無惨な生活をしていたことを浮き彫りにしていくのである。彼は生の本質を考えず、家具や部屋の装飾に心魂を傾けるが、ある時、踏み台から足をすべらせたことがもとで病気となり、妻や子供と一層離反していく。医者はおきまりの処方箋を書くだけで、親身の治療など望むべくもない。衰弱し、肉体的苦痛にうめき悶えながら、死の二時間前から、「死の代わりに光」を見て死んでいく。法橋和彦氏は、「作者は一俗吏の生涯の回想と転期の苦悶を通して、ロシア官僚機構の硬直した非人間性を指弾した。一見チェーホフの『退屈な話』にもかよう病魔に犯された男の孤独のテーマを扱いながらも、その痛烈な生活批判は異色のものである。それは作者自身の転期を画した『懺悔』の告白にうかがわれる死に対する不安・恐怖・懊悩・回心の様相が芸術的に再現されたからであろう。個人の心理葛藤を鋭く分析しつつ、家庭生活に巣食う一切の日常性、平均性をあばきだし、魂の荒廃の深い社会的基盤を開明《（ママ）》した点に本書の精彩があるのである。」（「イヴァン・イリッチの死」、『世界文学鑑賞辞典Ⅳ ロシア ソヴェト』昭37・9、東京堂）という。つまるところ人間のエゴイズムを暴いた小説である。

芥川が「イゴイズムを離れた愛があるかどうか」といったのは、この「イワン・イリイッチの死」のことであったことはもはや疑いようがない。「イゴイズムのある愛には人と人との間の障壁をわたる事は出来ない」といい、「人の上に落ちてくる生存苦の寂莫を癒す事は出来ない」というのも、イワン・イリイッチの生を見据えてのことばである。「イワン・イリイッチの死」を、失恋事件に遭遇した芥川は、身につまされて読んでいるのである。自身のことかイワン・イリイッチのことか判然としないまでに、身に引きつけて読んでいるとみていい。「人と人との間の障壁」にイワン・イリイッチは懊悩し、芥川も吉田弥生への思いを涙を流して断念せざるを得なかった。共に「生存苦の寂莫」にほぞを噛む思いで耐えていたのである。

「周囲は醜い　自己も醜い」の一節も例外ではない。これも直接的にはイワン・イリイッチに関する表現であり、また芥川の実感でもあったと思われる。夏目漱石は「芸術は自己の表現に始って、自己の表現に終る」（「文展と芸術」大元・10）といい、白樺派は「自己」を絶対視した。芥川はすでに大正三年十一月三十日付の井川宛手紙で、「世の中にはいやな奴がうぢやく〳〵ゐる　そいつが皆自己を主張してるんだからたまらない　一体自己の表現と云ふ事には自己の価値は問題にならないものかしら　ゴーホも『己は何を持つてゐるか世間にみせてやる』とは云つたが『どんなに醜いものを持つてゐるかみせてやる』とは云はなかつた」と認《したた》めていた。自己の表現を疑うことなく信じる芸術家への鋭い刃を見せているわけだが、それだけに自己の存立の基盤が危うくなるのは必定で、「生きる」ことの苦しさは倍加する。そこで、ここでは「一切を神の仕業とすれば神の仕業は悪《にく》むべき嘲弄だ」という神の問題が提示される。和田芳英氏はこれはアンドレーエフ「地下室」巻頭のエピグラムの影響であるという。(1) 私は、イワン・イリイッチが疼痛にのたうちながら死の二時間前に「一点の光明」を見たという生を重視する。イワン・イリイッチの「非人間性を指弾」しながら、トルストイは自身の信仰上の信念から、最後に救恤《きゅうじゅつ》の光を与えた。ところが芥川はそうした神が信じられないのである。「神の仕業は悪むべき嘲弄だ」は、神を信じない者にとってイワン・イリイッチの救恤は神の「悪むべき嘲弄」としか思えない。芥川は子供をいたぶるような「神の仕業」に立腹せずにはいられないのである。

要するに芥川は「失恋事件」により、トルストイの「イワン・イリイッチの死」を徹底して自身の問題として読んだのである。自身の孤立に己の手足を食うような思いで耐える芥川は、それだけに一層激しく「イゴイズムのない愛」を希求し、「人と人との間の障壁」を超えようと模索することになる。

「イゴイズムをはなれた愛があるかどうか」と書いた三日後、芥川は失恋事件の終りを告げる。「僕は霧をひらいて新しいものを見たやうな気がする」（井川恭宛、大4・3・12）と、ある感想を述べる。(2) これは和田芳英氏の新しい読みによれば、「霧」はアンドレーエフの小説の「霧」である。さまざまな醜悪なものを見、現実の真実を見る。現実に目を開いて出発しようとするのである。

僕はありのまゝに大きくなりたい　ありのまゝに強くなりたい　僕を苦しませるヴアニチーと性欲とイゴイズムとを僕のヂヤスチフアイし得べきものに向上させたい　そして愛する事によつて愛せらるゝ事なくとも生存苦をなぐさめたい
（井川恭宛、大4・3・12）

知的好奇心旺盛な読書家芥川が、単なる知的関心でなく、身につまされて読み、自分の生存を根底から考え直す局面に到達しているのである。(3) 芥川は失恋事件を考える場合にも、他の小説家の作品を手がかりとして考えを深めていっているわけで、自身の問題のみを錐《きり》でギリギリと穴をあけるように集中して掘り下げていくようなことはしない。あくまでも集積した知識に溺れる癖があるといってもいい。知識を披瀝《ひれき》しながら、芥川本人は「生存苦の寂莫」に心を洗われ、仕方がないさびしさのために足もとがフラフラになっていたのである。

「寂しい曙」――芸術家宣言

最初に失恋事件を井川に知らせてから二ケ月近く経って、芥川は無方向な青年の彷徨から抜け出し、明確な態度をうち出した。海老井英次氏は大正三年の秋頃からすでに芸術観の転化がみられることを指摘しているが、(4)次の山本喜誉司宛の手紙で、芥川自身のことばではっきりと芸術家宣言をすることになる。

相不変さびしくくらしてゐます

すべての刺戟に対して反応性を失つたやうな―云はゞ精神的に胃弱になつたやうな心細さを感じてゐます。この心細い心もちがわかりますか（僕は誰にもわからないやうな又わからないのが当然のやうな気がしますが）私は今心から謙遜に愛を求めてゐます　さうしてすべてのアーティフイシアルなものを離れた純粋な素朴なしかも最恒久なるべき力を含んだ芸術を求めてゐます　私は随分苦しい目にあつて来ました　又現にあひつゝあります　如何に血族の関族（ママ）が稀薄なものであるか　如何にイゴイズムを離れた愛が存在しないか　如何に相互の理解が不可能であるか　如何に「真」を見る事が苦しいか　さうして又如何に「真」を他人に見せしめんとする事が悲劇を齎《もたら》すか―かう云う事は皆この短い時の間にまざ〳〵と私の心に刻まれてしまひました。言語はあらゆる実感をも平凡化するものです　かうならべて書いた各々の事も文字の上では何度となく私が出会つた事のある思想です　しかし何時でもそれは単に所謂「思想」として何の痕跡も与へずに私の心の上を滑つて行つてしまひました　私は多くの大いなる先輩が私よりも幾十倍の苦痛を経て捉へ得た熾烈《しれつ》なこれらの実感を軽々に看過した事を呪ひます（同時に又現に看過しつゝある軽薄なる文芸愛好者を悪みます）　さうして一足をそれらの大なる先輩の人格に面接する道に投じた事を祝福したいと思ひます　しかしそれは曙でも「寂しい曙」でした　山脈と云ふ連鎖なくして孤立してゐる峯々はとりもなほさず私たちの個性です　成程日の上る時にそれらの峯の頂は同じやうに輝くでせう　しかしそれは峯の相互に何等の連絡のある事をも示しては居ないのです　美に対し善に対し真に対しひとしく惝《しやう》悦《きやう》の心があるにしても個人は畢《ひつ》境《きやう》個人なのと同じやうに

（山本喜誉司宛、大4・4・23（推定）、傍点筆者）

芥川は完全な孤立状態に陥り、生存の危機に直面して「すべてのアーテイフイシアルなものを離れた純粋な素朴なしかも最恒久なるべき力を含んだ芸術を求め」るまでに生の方向を集約していく。生への欲望が勝ったのである。

芥川は失恋事件を冷静に分析し直してみる。血族の問題、イゴイズムを離れた愛の問題、相互理解の問題と。こうしてみると二月二十八日の井川宛の手紙は、芥川自身のことと速断したくなるが、すぐにつづけて記した自身の癖について正しく受けとめている文章に、私は注意したい。「言語はあらゆる実感をも平凡化するものです　かうならべて書いた各々の事も文字の上では何度となく私が出会つた事のある思想です」という。ブッキッシュな芥川は、「しかも何時でもそれは所謂『思想』として何の痕跡も与へずに私の心の上を滑つて行つてしまひました」といいながら、失恋事件を契機に、身につまされて心に刻みこんでいったのである。「私は多くの大いなる先輩が私よりも幾十倍の苦痛を経て捉へ得た熾烈なこれらの実感を軽々に看過した事を呪ひます（同時に又現に看過しつゝある軽薄なる文芸愛好者を悪みます）」は知識・常識の域にとどまらない「実感」の重みを十分に受けとめているのである。知識だけでは心が動かないことは、今さらいうまでもない。芥川は「実感」によって一歩を踏み出した。「一足をそれらの先輩の人格に面接する道に投じた事を祝福したいと思ひます」と、ここできっぱりと芸術家宣言をする。単なる読書家から「先輩の人格に面接する道」に踏みこむ決心をしたのである。失恋事件で孤立しながら「先輩の人格」とのつながりを自覚したとき、芥川はようやく自身を芸術家と認めることができたとみていい。人生の曙である。「しかしそれは曙でも『寂しい曙』でした。」と、またしても芥川は謎のようなことばを持ち出す。

芥川が「曙でも『寂しい曙』」といいながら、「山脈と云ふ連鎖なくして孤立してゐる峯々はとりもなほさず私たちの個性です」というとき、はっきりとした「個性」の主張があり、精神的に大きくぶれるものが感じられる。

芥川は大正三年十一月十四日の原善一郎宛手紙に「此頃はロマン・ロオランのジヤン・クリストフと云ふ本を愛読してゐます」と認め、先に問題にした失恋事件の第一報にもロランの導きを明らかにしていたように、この時期高邁《こうまい》な人道主義者ロランに心酔していた。ロランは日本では「白樺」派がその人道主義を信奉し、積極的に導入を計った作家であるが、若い芥川も愛読し、人生上の師として大きな影響を受けていたのである。芥川の芸術家宣言はロランに導かれたものであったといっても過言ではない。

芥川の「寂しい曙」はロランの「曙」になぞらえたものである。『ジャン・クリストフ』(一九一二年完成、全十巻。ノーベル賞受賞作)は第一巻が「曙」と題されている。芥川は大正五年に、「余を最も強く感動せしめたる書」としてこの『ジャン・クリストフ』をあげている。

この二三年の間に、僕はいろ〳〵な点で考が変りましたから、「余を最も強く感動せしめたる書」と云つても、昔読んだ本と、この頃読んだ本とでは、こつちの標準がちがつてゐるので、どれがどうとも云へません。それからその本の与へた印象と云つても、二度三度と繰返して読むうちには、随分始の印象が修正されます。理屈から云へば、修正されない前の印象の方が、純粋なもののやうに思へますが、それが正しいかどうかはわかりません。唯、この頃読んだ本の中で、「余を最も強く感動せしめたる書」といへば、ジアン・クリストフです。何でも始めて読んだ時は、途中でやめるのが惜しくつて、大学の講義を聞きに行かなかつた事が、よくありました。さうして朝から晩まで、読みつゞけに読み通すのです。其時は例の Durch Leiden Freude と云ふ心もちに大へん感激させられてしまひました。それから読んでゐる合間々々には、よく日本の文壇の事を考へたものです。さうしてあの中に書いてある仏蘭西の文壇のやうに、日本のそれも、より多くの新鮮な心もちのいゝ空気が必要だと思ひ思ひしたものです。――これ以上書くと、長くならずにはゐませんからやめます。さう云ふ印象も後では枝葉に亘《わた》つて幾分の修正を経たのですが。

（「ジアン、クリストフ――余を最も強く感動せしめたる書」、『新潮』大5・10）

『ジャン・クリストフ』を「途中でやめるのが惜しくつて、大学の講義を聞きに行かなかつた」といい、「朝から晩まで、読みつゞけに読み通すのです。」というところまで読みこむ。芥川は『ジャン・クリストフ』に没入したといっていいほどに熱中し、魂の共鳴を感じているのである。したがって、芸術家宣言をした芥川の「曙」も、『ジャン・クリストフ』の第一巻「曙」を視野に入れているのではないか、と考えてみるのは、当然の成り行きである。

『ジャン・クリストフ』全十巻は、ジャン・クリストフという一音楽家の生誕から死に至る波乱に満ちた道程を描き、そこに凡庸・虚偽に対する禁欲的で、「生きるために生きる」理想主義精神の典型を定着している。第一巻「曙」は、その音楽家の幼年時代の第一歩を描いた、まさに芸術家の夜明けの場面である。「夜明け方に、日の出る前に目が未だ醒めず、心が朦朧《ぼんやり》して居る時に……」というエピグラムの意味は明白で、クリストフの音楽活動はまだ十分に自覚的ではないが、確実に第一歩を踏み出しているのである。

ドイツのライン河畔の小さな町の音楽で生計を立てる家に生まれたクリストフは、祖父と父の計らいで七歳ほどで音楽会を開き、大公爵に認められて宮廷音楽員となる。音楽会で大成功を収めた夜は次のように描写されている。

彼の眠りは不整だった。電気を放つように神経がにわかにゆるんで、身が震えた。荒々しい音楽が夢の中までつきまとってきた。夜中に眼をさました。音楽会で聞いたベートーヴェンの序楽が、耳に鳴り響いていた。序曲のあえぐような息使いで、室の中がいっぱいになってきた。彼は寝床の上に起き上がり、眼をこすりながら、自分はまだ眠ってるのかどうか考えた。……いや、眠ってるのではなかった。彼はその序曲をはっきりと聞き分けた。憤怒の喚《わめ》きを、猛りたった吠声を、はっきり聞き分けた。胸の中に躍りたつ心臓の鼓動を、騒がしい血液の音を、耳に聞いた。荒れ狂う風の打撃を、感じた。その狂風は、あるいは吹きつのって吠えたて、あるいは強大な意力にくじかれて突然やんだ。その巨大な魂は、彼のうちにはいり込み、彼の四肢や魂を伸長させて、非常な大きさになした。彼は世界の上を歩いていた。彼は大きな山であって、身内には暴風が荒れていた。憤激の嵐！　苦悩の嵐！　……ああなんという苦悩ぞ！　しかしそれはなんでもなかった。彼はいかにも強い心地がしていた。……苦しめ！　もっと苦しめ！　……ああ、強いことはなんといいことだろう！　強くて苦しむことは、なんといいことだろう！　……

（『ジャン・クリストフ』第一巻「曙」、豊島与志雄訳、傍点筆者）

ベートーヴェンの音楽が鳴り響き、その「巨大な魂」が内部に入りこんで、クリストフは大きくなる。「彼は大きな山」となり、「暴風が荒れてい」るというように形容される。孤立した小さな峰ではなく、あくまでも「大きな山」で、それに伴ない苦悩もまた大きいわけだが、全くひるむところがない。「強くて苦しむことは、なんといいことだろう！」と、一切を引き受けて生きようとする。強大な魂の共鳴である。芥川は「余を最も強く感動せしめたる書」という「ジアン、クリストフ」では、「Durch Leiden Freude と云ふ心もちに大へん感激させられてしまひました」と書いている。「悩みをつき抜けて歓喜に到れ！」（片山敏彦記）という『ベートーヴェンの生涯』のテーマは、そのままクリストフのものでもあったのである。このようにクリストフの「曙」はヨーロッパの芸術の高峰に面接していたが、しかし、芥川の場合は、日本の芸術界になぞらえるべき峰が見出せなかった。『ジャン・クリストフ』を「読んでゐる合間々々には、よく日本の文壇の事を考へたものです。」というように比較しなかったわけではないけれども、残念ながら日本には大きな峰を見出せなかったのである。「曙でも『寂しい曙』」という所以はそこにあった。

『ジャン・クリストフ』全十巻は、クリストフの死の場面で象徴的に結ばれている。

突然、御告《アンジエリエス》の祈の鐘が鳴る。そして多くの鐘の群れが、一時に躍《おど》りたって眼覚める。今や新たなる曙！　そびえ立った黒い断崖の彼方から、眼に見えぬ太陽が金色の空にのぼってくる。

クリストフは倒れかかりながらも、ついに向こう岸に着く。そして彼は小児に言う。

「さあ着いたぞ！　お前は実に重かった。子供よ、いったいお前は何者だ？」

すると小児は言う。

「私は生まれかかってる一日です。」

（『ジャン・クリストフ』第十巻「新しき日」、豊島与志雄訳、傍点筆者）


新たな甦りを感じさせる堂々たる死である。「新たなる曙」という表現は、あるいはこちらが直接的には芥川の「寂しい曙」を誘発したと考えてよいかも知れない。

いずれにしても、絶大な精神力で生き抜いたジャン・クリストフに鼓舞されて、芥川が「寂しい」けれども、「曙」を迎え、芸術家として生きる宣言をし、習作ではない本格的な小説を書き始める契機がここにあったということを、私は確認しておきたい。こうして「芸術家宣言」をした芥川は「羅生門」に取りかかり、小説家として一歩を踏み出すことになったのである。

注

（1）「芥川龍之介初期作品の基底にあるもの（承前）」（『叢』第二十四号、平7・5、大谷中・高等学校）

（2）注1に同じ。
（3）海老井英次『芥川龍之介論攷』（昭63・2、桜楓社）
（4）注3に同じ。

追記　本論は平成九年八月一日、日本キリスト教文学会九州支部夏期セミナーで発表した原稿の前半である。題目は「芥川龍之介の『ジャン・クリストフ』受容――「羅生門」の「蟋蟀」を中心に――」であった。

（平成十年）

三、「羅生門」の構造
――『ジャン・クリストフ』と『こゝろ』の受容――

蟋蟀《きりぎりす》――『ジャン・クリストフ』の類縁

芥川は失恋事件後に芸術家として生きることを決意するが、その時、ロマン・ロランの『ジャン・クリストフ』に強く促されるところがあった。(1) そこで、『ジャン・クリストフ』の「曙」を頭において、「寂しい曙」と自分の出発を捉え、その第一着手として「羅生門」に取り組んだということを押さえれば、「羅生門」にも何らかの形でロランが影を落としているのではないかと考えてみる必要がある。

「羅生門」は『今昔物語』に題材を得ており、その比較研究は長野嘗一(2)以降もさまざまに試みられ、細部にわたって解明されている。そこでここでは、『今昔物語』にない要素を考察してみると、まず「蟋蟀」が浮かび上がってくる。「蟋蟀」についてはすでに海老井英次氏の周到な論文があるので、氏の論文から見ていくことにする。(3)

海老井氏は「蟋蟀」を歴史的な意味、つまり古典文学における「きりぎりす」は現代の「こおろぎ」にあたるので、「羅生門」に出てくる「蟋蟀《きりぐす》」も「こおろぎ」ととるべきだとする説(4)を退ける。

芥川の歴史小説は「歴史の再現を目的としていない」(『芥川龍之介論攷』昭63・2、桜楓社)いことを強調、「依拠した原典の内容から多くのものを消去し、『一人の下人』以外には『誰もゐない』」(同)「羅生門」は「不在のイメージ」によって世界を構築しており、その中で「ただ一つ明示された存在」が「蟋蟀」であるという。したがって、「不在のイメージ」の中で、唯一存在を示す「蟋蟀」の描出の意味は、きわめて大きいということになる。作品の内部からこう述べてきた海老井氏は、「降りしきる〈無〉化の雨にさらされて、無意味な〈死〉に帰していくことが宿命づけられている存在の象徴として『蟋蟀』は点描されている」(同)という見解を提示し、「羅生門」の構造について次のように述べる。

その「蟋蟀」が姿を消した後、下人は羅生門の楼上に上り、死骸の中に蹲《うずくま》っている猿のような老婆を見つけるのである。そして、その老婆によって、下人は、世界の〈無〉化の論理から脱出する方途を示唆され、新しい生へと飛躍していくことになる。作品の展開にしたがえば、「蟋蟀」に代って老婆が登場しているのであって、この両者は、生命的なものとしては共通のものでありつつ、「蟋蟀」がその〈自然性〉を意味しているのに対して、老婆が〈自由性〉を意味する、対応関係にあるのは明らかなことであろう。〈無〉と〈死〉とに帰していく世界の中で、センチメンタリズムに浸って生きる「蟋蟀」的態様から意志的な生命力にあふれた老婆的なそれへの展開が、他でもなく「羅生門」のドラマなのである。

（『芥川龍之介論攷』）

「蟋蟀」を作品の構造にかかわらせた論考で説得力がある。一語が一語の意味だけでなく作品の世界を左右する意味を持ってくることがあるが、「蟋蟀」が「羅生門」の構造を決定する働きをしていることを明らかにした海老井氏の炯眼《けいがん》は、やはり群を抜いている。作品の構造にかかわらせて、「蟋蟀」が「こおろぎ」でなく「きりぎりす」であることを論じ、その象徴的な意味にまで説き及んでいるのである。刺激的な論究といわねばならない。

そこで、私はまず「蟋蟀《きりぎりす》」の出所を考えてみる。『今昔物語』にはない「蟋蟀」を、芥川はどうして冒頭部に提示し、象徴的な意味を担わせることになったのか。そこを解明すれば、「羅生門」の特質が見えてくるのではないか。

芥川は「余を最も強く感動せしめたる書(5)」として『ジャン・クリストフ』をあげたが、その熱中の度合いを示す友人の証言もある。小島政二郎の代表作『眼中の人(6)』（昭17・11）は、芥川龍之介と菊池寛との交友を通じて人間的に成長していく過程を描いた私小説で、芥川の洗練された知性と菊池の人間的魅力を見事に定着しているが、そこに芥川の『ジャン・クリストフ』への造詣の深さを示す格好のエピソードがある。小島が芥川を訪ねたある日の会話が、次のように記されている。

「今読み返したらどうか知らないが、僕は一時『ジャン・クリストフ』に憑《つ》かれてね、一週間というもの寝るのが惜しい思いに駆り立てられて読了したことがあった。とにかくいいものだ。」

そういった。英訳で四巻、一七〇五ページの長篇を一週間で読み通したという芥川の読書力に驚嘆すると同時に、そんな面白いものが、どうして俺には二、三十ページしか読めないのだろうと訝《いぶか》しかった。

「おかしいなあ。あなたにそんな面白いものが、どうして私には読み通せない位つまらないんでしょう?」

私は正直にそういった。

「あゝあいつは最初の六十ページばかりが退屈だ。六十ページばかり飛ばして読んで見たまえ。ゴットフリートといったかな、ジャンの叔父さんの出て来るあたりから俄然《がぜん》面白くなるから――」

この芥川の教えに従って、私は六十ページ前後から読み出した。なるほど面白かった。息もつけない位面白かった。

（『眼中の人』、岩波文庫）

芥川は『ジャン・クリストフ』はゴットフリートが出て来る六十ページくらいから、「俄然面白くなる」という。それは第一巻「曙」で、ジャン・クリストフがゴットフリートに真の音楽とは何かを悟らされる場面からということになる。

『ジャン・クリストフ』（一八八八年〜一九一二年、全十巻）は、日本では大正三年六月に、『ジャンクリストフ闇を破つて』（警醒社書店）と題して、三浦関造訳が出ている。これは第一巻「曙」と第二巻「朝」の二巻をまとめて翻訳したものである。三浦関造は、「クリストフとは、仏国のローランと云ふ芸術家の書いた小説で、前後十巻に分れて居りますのを、私は前二巻、即ち『曙』と『朝』と題したのを一巻として出し、『闇を破つて』と題します。残部は三巻にまとめて、引き続き出版する事になります。」（「自序」）と説明している。そこで、芥川が「俄然面白くなる」という初めから六十ページくらいの、ゴットフリートが出てくるところから見てみよう。幼いクリストフが、家族の者から馬鹿にされ異端視されている行商の叔父と二人きりになった場面である。

　或る夕、メルシオルが食事を終る頃、ゴツドフレーは一人居間に残されて居たし、ルイザは子供達を寝かせて居た。すると叔父さんはふいと立上つて家を出で、数歩足を運んで河畔《かはん》に腰掛けた。クリストフは何も仕事が無いので、跡を追ふて出て行き、何時《いつ》もの様に息のきれるまで散々に叔父さんを冷かして、遂に叔父さんの足下《あしもと》なる草の上に寝転んだ。（略）地上は暗くなつた。空は澄み渡つて星影が輝き出づる。河の波は岸にせかれてチヤプ〳〵と音たてる。少年は眠むたくなつた。何も見ないで、小草の葉を嚙《か》んで居ると蟋蟀《きりぎりす》が鳴き出す。うとうとと眠むたくなつた。
　忽《たちま》ち、暗黒の中に、ゴッドフレーは歌を唄ひ初めた。自分の身体の様に痩せた弱い音で歌ふので二十歩先には聞えない位。けれ共其の声には真実と情緒とがあつた。声は低いけれ共一生懸命に高く歌つて居る様に思はれ、そして其の歌の中から、滾々《こん〳〵》たる清流の様に、彼自身の最も深い心が見えて居た。クリストフは今迄一度も斯麼《こん》な歌を聞いた事は無い。静かな、単純な、罪の無い其の歌が深厳荘重に、物悲しげに、稍《やゝ》単調に、少《ち》つとも急がずに動いて行くかと思ふと、永い間停止して、復《また》初まるが、其の声は何処《どこ》に行くとしもなく、夜の暗黒の中へ消えて行く。さながら漂渺《ひようびよう（ママ）》たる処から其の歌が流れて来て、人の知らない境《さかゐ》に流れて行く様。其の静穏な響の中に悲哀の調《てう》が満ち満ち、平和を装ふた其の声の下には長年月の苦痛が住んで居る。クリストフは息を凝《こら》して動かふともしない。感動の余りに寒冷を覚えて居る。

（三浦関造訳『ジャンクリストフ闇を破つて』、傍線筆者）

　家族の者が馬鹿にするので、クリストフも叔父のゴッドフレー（ゴットフリート）をさんざんに「玩弄《おもちゃ》」にし、「嘲弄《ちようろう》」する。しかし、ゴッドフレーは叱りはしない。ただ「眼を小さくして、口を少し開いて笑つた。其の悲しげな顔には哀愁と言語に絶した悲」があり、「茫々千里の感がこみ上げて来」（同）る。星が輝き、河波が岸をうち、蟋蟀《きりぎりす》が鳴く。

こうした自然の真っただ中で、クリストフはゴッドフレー（ゴットフリート）の「真実と情緒」のある「最も深い心が見えて居」る歌を聞く。「其の静穏な響の中には悲哀の調が満ち満ち、平和を装ふた其の声の下には長年月の苦痛が住んで居る。クリストフは息を凝して動かふともしない。感動の余りに寒冷を覚えて居る。」というように、魂の奥底からつき揺さぶられ、音楽の本質に開眼していくのである。

誰が作ったのか全くわからない曲を、「長年月の苦痛」に耐えた「最も深い心」として歌ってみせたゴッドフレー（ゴットフリート）は、クリストフを本当の意味の音楽に導き、人生に導いた偉大な先達ということになる。

『ジャンクリストフ闇を破つて』には、もう一ケ所先の引用の少し後に「蟋蟀《きりぎりす》」が出てくる。

一輪の明月が野を分けて出て来た。銀の霧が地の上を漂ひ、閃《ひら》めく水上を流るゝ。蛙声《あせい》クワツ〳〵と起り、草地には蜍蟾《かへる》の律侶《りつりよ》の整つた笛が起る。蟋蟀《きりぎりす》の顫《ふる》える鋭い声が、またゝく星に答ゆる。風が赤楊《はんのき》の枝にそよぐ。河の彼方《あなた》から丘の上から鶯の爽かな歌が流れて来る。

「何の必要があつて歌ひなさるのです？」とゴッドフレーは暫らくして云つた。（其はゴッドフレーが一人語《ごと》云つてるのやら、クリストフに云つてるのやら分明《はつきり》分らない位であつた）「何《ど》うです、あの声、あの歌の様によく人間が歌へるものですか？」

（同、傍線筆者）

こうしてゴッドフレー（ゴットフリート）に「自然の数限りない楽器」（同）から奏でられる真の音楽を教えられたクリストフは、「草原や河や空や星影を抱きたくな」（同）る。そして、それまで「玩弄《おもちゃ》」にしていたゴッドフレーを、「今や叔父さんは彼にとつて世界中の最も美しい最も賢しい、人の様に見えて来た。」（同）というまでに価値観を転換させていく。

「蟋蟀」は「自然の数限りない楽器」の一つである。『ジャン・クリストフ』には大きな自然があり、自然が歌を歌っているわけだが、ここに「蟋蟀」が二度まで表現されていることに注意すれば、「蟋蟀」は自然を代表する表象の一つとみていい。

『ジャンクリストフ闇を破つて』は大正三年六月の刊、芥川が『ジャン・クリストフ』を大学を休んでまで読んだのは同年の秋で、英訳本であったという。したがって、三浦関造訳の『ジャンクリストフ闇を破つて』に眼を通していたかどうか。それははっきりしないが、小島政二郎に「六十ページばかり飛ばして読めといい、「ジャンの叔父さんの出て来るあたりから俄然面白くなる」という明確な示唆をしたことに注意すると、芥川の『ジャン・クリストフ』への激しい投入の仕方ばかりでなく、そのゴットフリートの出てくるところが、芥川自身に強烈な印象を与えていたということをわれわれに教えてくれる。「蟋蟀」の鳴く自然の中で、ゴットフリートによって真の芸術を悟らされたクリストフに感情移入して、芥川もまたそこから悟るところがあったと考えていい。芥川がクリストフに比較して自身の「寂しい曙」を自覚し、芸術家宣言をした書簡で、自身の求める芸術を、「私は今心から謙遜に愛を求めてゐます　さうしてすべてのアーテイフイシアルなものを離れた純粋な素朴なしかも最恒久なるべき力を含んだ芸術を求めてゐます」（山本喜誉司宛、大4・4・23（推定））と記していることに留意すれば、七歳ほどのクリストフの芸術覚醒を二十歳を過ぎて体験したということになる。「アーテイフイシアルなものを離れた純粋な素朴な……」という芸術こそ、ゴットフリートがクリストフに教えたものの核心である。[7]『ジャン・クリストフ』を熱中して読んだ後、芥川は失恋体験をしてそれを身につまされて自身の問題として受けとめることになったのである。つまり間接的な読書体験としてではあるが、「蟋蟀」の鳴くような自然の中で息づく芸術を理想として生きようとしているわけで、これは一般に考えられている理智派、技巧派芥川とは正反対の志向ということになる。

『今昔物語』にない「蟋蟀」は、『ジャン・クリストフ』にその淵源があったということはもはや明白である。「蟋蟀」の後で、踟《ち》躕《ちゅう》逡《しゅん》巡《じゅん》する下人は老婆と遭遇し、「仕方がない」生の論理を体得して行動者となる。[8]「羅生門」の基本的な構造をこう捉える時、『ジャン・クリストフ』の音楽覚醒の基本構造との類型は誰の眼にも明らかである。今、自然を「蟋蟀」で代表させれば、その構図は次のようになる。

「蟋蟀」（自然）＼ゴットフリート―真の音楽―クリストフ
　　　　　　　　／老婆―「仕方がない」生―下人

『ジャン・クリストフ』の「蟋蟀」は自然そのものの一要素で、アーティフィシァルなもの、つまり人工的なものに対峙するものであって、それ自身としては否定的なものではない。あくまでも人工の加わらない自然を代表する。ゴットフリートはそうした中で、クリストフに真の音楽を悟らせたのである。「羅生門」の下人は自然の一要素の「蟋蟀」が姿を見せ、姿を消した後登場した老婆によって、「仕方がない」生の論理に導かれることになるが、いずれにしても「蟋蟀」を一つの契機とした物語ということになる。海老井氏は「羅生門」の「蟋蟀」を「降りしきる〈無〉化の雨にさらされて、無意味な〈死〉に帰していくことが宿命づけられている存在の象徴」と捉えている。しかし、私にはそこまでは読みとれない。鴉が「一羽も見えない」という「不在のイメージ」の指摘は鋭いけれども、「蟋蟀」はそのまま自然の一描写で、そういう自然を強調した上で、下人を行動者として一歩踏み出させるところに表現上の特色があり、それは『ジャン・クリストフ』と同工である。

　これで、『今昔物語』にない「蟋蟀《きりぐす》」を、芥川が最も感動して読んだ本『ジャン・クリストフ』から持ってきたというばかりでなく、作品（表現）構造の類縁性もきわめて大きいことが明白となった。

さらにその「蟋蟀」の読みに注目すれば、『闇《ジャン》を破《クリストフ》って』の「きりぎりす」のルビが重要な示唆を与えてくれる。『闇《ジャン》を破《クリストフ》って』を芥川が読んだという確証はないが、大正三年に現代小説で「蟋蟀」を「きりぎりす」と読む読み方があったという例証は重要な意味を持つ。(9) フランス語では「きりぎりす」も「こおろぎ」も同語（cri-cri）だが、「蟋蟀《きりぎりす》」と表記すれば、現代の日本では「きりぎりす」ということになる。「きりぎりす」の表記に「蛬」「螽蟖」「蟋蟀」があり、「蟋蟀」をあえて古語ととる必要はないわけである。

「羅生門」は「蟋蟀」の一語にこだわることによって、芥川と『ジャン・クリストフ』との決定的な類縁性が明白となり、小説家芥川の思想の原郷へ遡及することになる。

『こゝろ』と芥川の「仕方がない」淋しさからの出発

「羅生門」は門の下から始まる物語で、夏目漱石の『門』（明44）の影響が論じられているが、(10) 吉田精一が「下人の心理の推移を主題とし」（『芥川龍之介』昭17・12、三省堂）ているといった心理劇の側面に注目すれば、『こゝろ』（大3）と対比して考えることによって、より作品の内部に入りこめると思う。

といっても、『こゝろ』と「羅生門」の類縁性を急に持ち出すと、奇異に思う人が多いに違いない。そこで、まず『こゝろ』と失恋体験をした芥川との類縁性を明らかにすることから始めよう。

『こゝろ』では、親友のKを出し抜いて自殺に追いやった先生が、長い遺書を書いて自殺する。明治天皇の崩御を契機としたため、先生自身は「明治の精神」に殉じるという社会的な要因を挙げているけれども、社会とのかかわりを断って生きていた先生の場合、それはやはり二義的な説明の域を出ない。先生個人の生活を見据えれば、死の内的要因は次のような文章に表現されていると私は思う。Kの問題を引きずる先生が家庭生活もしっくりいかず、酒に溺れた後の心内の表現である。

酒は止めたけれども、何もする気にはなりません。仕方がないから書物を読みます。然し読めば読んだなりで、打つ遣つて置きます。私は妻から何の為に勉強するのかといふ質問を度々受けました。私はたゞ苦笑してゐました。然し腹の底では、世の中で自分が最も信愛してゐるたつた一人の人間すら、自分を理解してゐないのかと思ふと悲しかつたのです。理解させる手段があるのに、理解させる勇気が出せないのだと思ふと益《ます》〻《〳〵》悲しかつたのです。私は寂寞《せきばく》でした。何処からも切り離されて世の中にたつた一人住んでゐるやうな気のした事も能くありました。

同時に私はKの死因を繰り返し〳〵考へたのです。其当時は頭がたゞ恋の一字で支配されてゐた所為でもありませうが、私の観察は寧ろ簡単でしかも直線的でした。Kは正しく失恋のために死んだものとすぐ極めてしまつたのです。しかし段々落ち付いた気分で、同じ現象に向つて見ると、さう容易《たやす》くは解決が着かないやうに思はれて来ました。現実と理想の衝突、――それでもまだ不充分でした。私は仕舞にKが私のやうにたつた一人で淋しくつて仕方がなくなつた結果、急に所決したのではなからうかと疑がひ出しました。さうして又慄《ぞつ》としたのです。私もKの歩いた路を、Kと同じやうに辿つてゐるのだといふ予覚が、折々風のやうに私の胸を横過《よこぎ》り始めたからです。

（『こゝろ』下—五十三）

Kと先生の自殺の内からの説明としては、これが最も核心をつく言葉であると私は思う。「失恋のため」に始まり、「現実と理想の衝突」を経て、「一人で淋しくつて仕方がなくなつた結果」という「仕方がない」淋しさに行き着き、それを「予覚」した時、先生の自殺のコースははっきりと見えてくる。自分の心の音をまともに聞いたことのない人は、この「仕方がない」淋しさをセンチメンタルなものとして軽視するかも知れない。しかし、漱石が『こゝろ』で真正面に取り上げた問題は、このように孤立した人間の「仕方がない」淋しさだったのである。そして、芥川もまた全く同様の淋しさにもがいていた。

大正四年初め、最初に失恋事件を報じた手紙は、「唯かぎりなくさびしい」（井川恭宛、大4・2・28）と結ばれ、第二報も、「当分は誰ともうつかり話せない　そのくせさびしくつて仕方がない　馬鹿馬鹿しい程センチメンタルになる事もある　どこかへ旅行でもしやうかと思ふ　何だか皆とあへなくなりさうな気もする　大へんさびしい」（大4・3・9）と結ぶ。そして、山本喜誉司宛に芸術家宣言をした手紙も、「私はこのさびしさを何かによつて忘れ得やうとするのを卑怯だと思ひます　しかしたえず私がこのさびしさから逃れやうとしてゐる事も亦止むを得ない事実です。」（大4・4・23）と認めているのである。芥川は失恋によってセンチメンタルになっているといえばその通りである。しかし、その感傷によって、人間の寂寥所をさぐりあて、人間存在の秘奥に開眼することになったということの方がより重要である。芥川は「仕方がない」淋しさの極みにおいて、人生いかに生くべきかをまともに考え、芸術家宣言をしたが、それは漱石の『こゝろ』と同様の心情にひたりつつ、やがてそうした世界を脱出していったことを意味する。

『こゝろ』は人間の孤立感を徹底して追求した作品である。それを心情において把握すれば「仕方がない」淋しさという言葉に集約される。先生の「私は寂寞でした。」という心情把握は、「自分が最も信愛してゐるたつた一人の人間すら、自分を理解してゐない」という孤立感を打破する「勇気」のなさに端を発しているが、それはつきつめていけば自身のエゴイズムの問題に帰着する。先生は愛のエゴイズムが招いた孤立、淋しさに立ち竦《すく》んでしまったのである。

芥川が井川恭宛に、「イゴイズムをはなれた愛があるかどうか　イゴイズムのある愛には人と人との間の障壁をわたる事は出来ない　人の上に落ちてくる生存苦の寂莫を癒す事は出来ない」（大4・3・9）と書いた文章もまた『こゝろ』の愛のエゴイズムの表現と完全に内容を一にしており、見事に『こゝろ』の中心点を把握した言葉であるといってもいいほどである。これは直接的には先便の

『イワン・イリイッチの死』を受け、芥川の失恋事件の核心部分を伝えているけれども、(11)『こゝろ』の中心思想の表現とも重なるのである。山本喜誉司宛の手紙に、失恋体験をまとめながら、「言語はあらゆる実感をも平凡化するものです　かうならべて書いた各々の事も文字の上では何度となく私が出合つた事のある思想です」(大4・4・23)と書いた「何度となく」が、芥川の場合は重い意味を持つ。ただ一冊ではないのである。『イワン・イリイッチの死』だけでなく、『こゝろ』の思想も重ね合わせることができるのである。つまるところ、『こゝろ』の愛のエゴイズムと「仕方がない」淋しさが、そのまま芥川の現実を籠絡《ろうらく》していたということになる。そうした中で、芥川は生活を考え、芸術を考えた。

私は二十年をあげて軽薄な生活に没頭してゐた事を恥かしく思ひます　さうしてひとり芸術に対してのみならず生活に対しても不真面目な態度をとつてゐた自分を大馬鹿だと思ひます　はじめて私には芸術と云ふ事が如何に偉大な如何に厳粛な事業だかわかりました　そして如何にそれが生活と密接に連絡してしかも生活と対立して大きな目標を示しているかわかりました　私にどれだけの創作が出来るか私がどれだけ「人間らしく」生きられるかそれは全くわかりません

(山本喜誉司宛、大4・4・23)

これは、作家芥川の存在の核心を衝く重要な言葉である。大きな作品がないにもかかわらず、たえず多くの支持者を得ている芥川の秘密がここにあるとみていい。「生活と密接に連絡してしかも生活と対立」している芸術、これは日本文学の流れの中では特異で、たえず生活派と芸術派の挟撃《きょうげき》に合う困難な位置にある。芥川の魅力はこの困難な道を何とか両立させようとしたところにあった。芸術家宣言をしながら、「人間らしく」生きることを視野に入れて、あえてその「人間らしく」をカッコでくくり、強調する。芸術家宣言の際の「寂しい曙」は『ジャン・クリストフ』を頭に置いていたが、この「人間らしく」は漱石の『こゝろ』だと私は思う。Kと対峙する先生が、「人間らしい」という言葉で激しく切り結ぶ。

「其時私はしきりに人間らしいといふ言葉を使ひました。Kは此人間らしいといふ言葉のうちに、私が自分の弱点の凡てを隠してゐると云ふのです。成程後から考へれば、Kのいふ通りでした。然し人間らしくない意味をKに納得させるために其言葉を使ひ出した私には、出立点が既に反抗的でしたから、それを反省するやうな余裕はありません。私は猶の事自説を主張しました。するとKが彼の何処をつらまえて人間らしくないと云ふのかと私に聞くのです。私は彼に告げました。——君は人間らしいのだ。或は人間らし過ぎるかも知れないのだ。けれども口の先丈では人間らしくないやうな事を云ふのだ。又人間らしくないやうに振舞はうとするのだ。

（『こゝろ』下―三十一、傍線筆者）

ここでは、お嬢さんを中にしてKと争う先生は、「人間らしく」生きることの本質を問いつめて、新しい解決策を見出すということよりも、Kをやりこめるための攻撃の手段として「人間らしく」を多用している。愛のエゴイズムに翻弄される人間が、究極の目標である「人間らしく」の前でもがき、攻撃の手段にしてしまっているが、それがまだ威力を持っているのは、「人間らしく」が人生の目標でありつづけているからである。

『こゝろ』と同様の「仕方がない」淋しさに襲われながら、芥川は「人間らしく」生きようとする。生を手離さないのである。

『こゝろ』は「仕方がない」淋しさに生を籠絡されていった。しかし、若い芥川は「仕方がない」淋しさに心を洗われながら、最終的には生を肯定する。

僕はありのまゝに大きくなりたい　ありのまゝに強くなりたい　僕を苦しませるヴアニチーと性欲とイゴイズムとを僕のヂヤスチフアイし得べきものに向上させたい　そして愛する事によつて愛せらるゝ事なくとも生存苦をなぐさめたい

（井川恭宛、大4・3・12）

この現実の生の欲求に連絡して形象された第一作が、「仕方がない」生の思想を定着した「羅生門」であった。『こゝろ』の生の放棄とは全く逆の、根源的な生の肯定である。芥川は「仕方がない」淋しさの真只中にあって、何はともあれ生に執着する人間の裸形を創造したのである。

心理劇の類縁

失恋事件で『こゝろ』の世界を現実に体験した芥川は、「仕方がない」生の思想を定着する時、心理劇といえるような方法を用いている。下人の内部の動きを微細に表現し、「下人の心理の推移を主題」としているといわれるまでに書きこんでいるのである。

『こゝろ』で、お嬢さんへの愛を告白した後のKと先生との相剋は、悪の臭を帯びてKの自殺を招く。Kの告白を聞いて、猛然とKに挑む先生の心理や態度を、下人と老婆の関係に置き換えてみれば、その構造、表現の類似性がはっきりとしてくる。すでに明白なことだが、一、二例をあげよう。

A　Kは私より背の高い男でしたから、私は勢ひ彼の顔を見上げるやうにしなければなりません。私はさうした態度で、狼の如き心を罪のない羊に向けたのです。

『もう其話は止めやう』と彼が云ひました。彼の眼にも彼の言葉にも変に悲痛な所がありました。私は一寸挨拶が出来なかつたのです。するとKは、『止めて呉れ』と今度は頼むやうに云ひ直しました。私は其時彼に向つて残酷な答を与へたのです。狼が隙を見て羊の咽喉笛へ食ひ付くやうに。

『止めて呉れつて僕が云ひ出した事ぢやない、もと〳〵君の方から持ち出した話しぢやないか。（略）』

（『こゝろ』下―四十二）

a　「きつと、さうか。」

老婆の話が完ると、下人は嘲るやうな声で念を押した。さうして、一足前へ出ると、不意に右の手を面皰から離して、老婆の襟上《えりがみ》をつかみながら、噛みつくやうにかう云つた。

「では、己が引剝をしようと恨むまいな。己もさうしなければ、饑死をする体なのだ。」

（「羅生門」）

B　上野から帰つた晩は、私に取つて比較的安静な夜でした。（略）私の眼には勝利の色が多少輝いてゐたでせう、私の声にはたしかに得意の響があつたのです。私はしばらくKと一つの火鉢に手を翳《かざ》した後、自分の室に帰りました。外の事にかけては何をしても彼に及ばなかつた私も、其時丈は恐るゝに足りないといふ自覚を彼に対して有《も》つてゐたのです。

（『こゝろ』下―四十三）

b　……下人は始めて明白にこの老婆の生死が、全然、自分の意志に支配されてゐると云ふ事を意識した。さうしてこの意識は、今までけはしく燃えてゐた憎悪の心を、何時の間にか冷《さ》ましてしまつた。後に残つたのは、唯、或仕事をして、それが円満に成就した時の、安らかな得意と満足とがあるばかりである。

（「羅生門」）

Kと先生、老婆と下人の対決の表現は心理的な葛藤を重視しつつ、人間の存在に鋭く迫っているのである。Kと先生の心理的争闘で、キーワードといえる働きをしたのが、「人間らしく」であり、ここには引用しなかった「精神的に向上心のないものは馬鹿だ」というKの生活信条で、先生はそれをKに投げ返して優位に立つ。そして下人も老婆の「仕方がない」生の論理を逆手に取って引剝ぎをし、行動者となっていった。

このように『こゝろ』と「羅生門」は、Kと先生、老婆と下人の争闘を捉える表現の構造において対応し、全く異質の作品に見える両作品が、争闘の場面の表現に限定すれば、ほぼ同工のものであるということができる。すぐれた表現者は先人の作品をそのまま引き写すようなことは決してしない。しかし、感動した作品の基本構造を学び取るということはしばしばする。『こゝろ』と「羅生門」の類縁性は、芥川の漱石への関心に起因するものとみていい。強い影響を受けた『ジャン・クリストフ』を読む「合間々々には、よく日本の文壇の事を考へたものです。さうしてあの中に書いてある仏欄西の文壇のやうに、日本のそれも、より多くの新鮮な心もちのいい空気が必要だと思ひ思ひしたものです。」（「ジアン、クリストフ」）という文章からも、芥川が「日本の文壇」でどう生きるかを模索していたことがわかる。『今昔物語』に材を得た「羅生門」は、『ジャン・クリストフ』や『こゝろ』を吸収して、根源的な生を定着しようとした書斎派芥川の、「生活と密接に連絡してしかも生活と対立」する作品である。

注

（1）「余を最も強く感動せしめたる書」として『ジャン・クリストフ』をあげた。
（2）『古典と近代作家　芥川龍之介』（昭42・4、有朋堂）
（3）『芥川龍之介論攷』（昭63・2、桜楓社）
（4）岩波版新全集の注にも、「こおろぎのこと。平安朝以後の雅言では、こおろぎを指してきりぎりすと呼んでいたので、『きりぎりす』のルビを芥川が振ったもの」とある。
（5）「ジアン、クリストフ――余を最も強く感動せしめたる書――」（『新潮』大5・10）
（6）この書の存在を私は「蟋蟀」の講義の後、まだ大学院生だった荻正君に教えられた。
（7）この後でクリストフは内的必然のない自分の作曲をきびしく批判される。
（8）拙論「『羅生門』論――下人の行動を中心に――」（『方位』第四号、昭57・5）
（9）一般に普及している岩波文庫の豊島与志雄訳は「蟋蟀《こおろぎ》」と表記されている。
（10）宮坂覚「『羅生門』論―異領野への出発・『門』（夏目漱石）を視野に入れ―」（『作品論　芥川龍之

介』平2・12、双文社出版）

(11) 注1に同じ。

付記　本論は平成九年八月一日、日本キリスト教文学会九州支部夏期セミナーで発表した原稿の後半である。

（平成十年）

第三章　野間　宏

「暗い絵」
――「仕方がない」日本の学生群像――

「暗い絵」の難解さ

学生時代から、何度も読んできた野間宏の「暗い絵」（昭22・10）について、私は六十の半ばを過ぎた今になって、ようやく私の読み、作品の演奏の問題を少しばかり語ることができるようになった。誰もが難解というこの作品の構造・喚起するものの質が、私なりに把握できてきたように感じられるのである。

「暗い絵」を積極的に評価した一人本多秋五は、その難解さの問題をつぎのように見えやすくしている。

この小説が難解なのは、主人公のわずか一日――正確にいえば一夜の行動のうちに、主人公の思想を拘束している父親の心配、貧の屈辱、食堂の父親に向けられた人間観察の興味、大学の内外における学生運動への関心、そのなかでの合法主義者とマルキストの対立、恋人とうまく行っていない主人公の恋愛問題、三人の親友の一人一人についての家庭環境の分析などが、もり沢山に盛り込まれているためばかりではない。それらのものをむすびつけ、かさね合せて、晦渋になることもあえて辞さない独自の文体と、そのような文体を必要ともし、また、そのような文体からみちびかれてもいる主題の独創性によって難解なのである。

（本多秋五『転向文学論』昭32・8、未来社）

「暗い絵」の問題を見事に整理して浮かび上がらせた文章である。作品の構造、文体、主題のいずれもがきわめて独創的で、かつてない小説、戦後文学の新しい第一歩を記す記念碑的作品であることは誰もが認めながら、簡単には分かったとはいえない様相を呈していたのである。

自立宣言

主人公深見進介は作品の終り近くで、つぎのように自分の態度を宣言している。

俺はいよいよ独りになった。そう、俺はもう一度俺のところへ帰ってきたのだ。正に俺のいるところへ。あの空の星々の運行のみが、あの高みから、宇宙の全力をもって俺の背骨を支えてくれるところに帰ってきたのである。俺はもう一度、俺自身の底からくぐり出なければならない。と深見進介は考えた。そう、常に俺自身の底から俺自身を破ってくぐり出ながら昇って行く道、それを俺は世界に宣言しなければならない。彼は、いま彼の中に帰ってきた若者の若々しい大きな呼吸をもった荒々しい力に、頭の真上から鷲摑みにされながら歩いて行った。背骨がのび、筋肉の隅々にその若者の心が満ち拡がっているような、のびのびした感情が彼を把え、彼の頬は明るい夜の空気の中に内から輝き出して来る。《そうだ。》と彼は思う。《やはり、仕方のない正しさではない。仕方のない正しさをもう一度真直ぐに、しゃんと直さなければならない。それが俺の役割だ。そしてこれは誰かがやらなければならないのだ。》

（「暗い絵」五）

これは画期的な宣言である。社会的には全く無名の一学生が、「常に俺自身の底から俺自身を破ってくぐり出ながら昇って行く道、それを俺は世界に宣言しなければならない。」などというのは、一見大袈裟なものいいに見えるけれども、「世界に」を「外に」といわなかったところに、かえって若者の高揚感が出ていて、その主張が強く響いてくる。

「俺はいよいよ独りになった。」といい、「俺はもう一度俺のところへ帰ってきたのだ。正に俺のいるところへ。」という「俺」の問題が、「暗い絵」の独自性を強烈に物語っている。時代背景が日中戦争の始まった年の十一月のある日とすれば、一身をなげうって戦場で戦う多くの兵士がおり、「左翼の楽園」（「暗い絵」五）といわれる京都大学には左翼的な思想に身命を賭ける学生がいた。その少数の親友から離れて「俺のところへ帰」り、「俺自身の底から俺自身を破ってぐぐり出ながら昇って行く道」を進もうとする深見進介は、「僕の前に道はない／僕の後ろに道は出来る」（「道程」）と宣言した高村光太郎のような独自の道に方向を定めたのである。

光太郎の「道程」は、「ああ、自然よ／父よ／僕を一人立ちにさせた広大な父よ／僕から目を離さないで守る事をせよ」（「道程」）と、「自然」を基準にし、「自然」に守られながら自立を押し進めていくが、野間宏も深見進介の歩みを、ここでは「あの空の星々の運行のみが、あの高みから、宇宙の全力をもって俺の背骨を支えてくれるところ」と把握していることに注意したい。目を高く上げ、宇宙の力を支えにして「俺」の道、自立の道を行く若者の「のびのびした感情」の高鳴りの中で、日本人の新しい歩み、光太郎とは一味違った新しい宣言がとび出してくる。(1) 即ち、

《やはり、仕方のない正しさではない。仕方のない正しさをもう一度真直ぐに、しゃんと直さなければならない。それが俺の役割だ。そしてこれは誰かがやらなければならないのだ。》

と。日本人にとって、この上なく便利で危険な「仕方がない」ということばが、状況に流され、自己

(我)をへし折り、諦観することで折合いをつける日本人の生を象徴する「仕方がない」を用いて、深見進介は日本人の生に敢然と挑んでいるのである。

「俺のいるところ」へ立ち帰った深見進介は、「やはり、仕方のない正しさではない。」という。「仕方のない正しさをもう一度真直ぐに、しゃんと直さなければならない。」という宣言にこめられた思い、生の探求は、日本の長く暗い時代を生き、死んでいった人々の哀しみを全身で受けとめており、春雷のような響きをもって迫ってくる。「仕方がない」をキーワードとして日本人を捉えようとする私には、これはかつてない新しい時代を喚起することばである。

醜い自己追究の「堆積」

深見進介が「仕方のない正しさをもう一度真直ぐに、しゃんと直さなければ」といったのは、親友中の親友木山省吾の行動への決意が直接の契機となっていた。木山省吾は、永杉英作の下宿から深見進介と帰りながら、「俺もやはりやるよ。やはり永杉や羽山と一緒に。決心がついたんだよ。まあ、見てろよ。」(「暗い絵」五)といって別れて行った。その時、二人は次のようなことばを交わしている。

「君はどう思う?　永杉や羽山を?」
「どう思う?」

「そう、あの行き方だよ。」

「俺は正しいと思うよ。あれ以上仕方がないじゃないか。」

深見進介は右手の画集の背を握りしめながら言った。しかし、これは彼の心の全部ではない。

（略）

「僕も正しいと思う。しかし、それはいま君がちょうどうまい具合にいったように、君の言葉を使っていえば仕方のない正しさなんだよ。へんだね、どうも。正しさにも、こんな在り方があるということは。」

「羽山には自己がないと君は言うけどね。あいつには、自己なんかもちろんないよ。またそんな問題には気づきもせんだろう。しかしあれはあれでいいと最近僕は考え出したんだ。仕方がないのだね。今の日本では。」

「……」

「この仕方がないというのが日本の現在を一番よく、我々の側からとらえる言葉だと思うね。でその仕方のないところで、しかもやって行かなければならんというのが、この僕等さ。僕等がやはりやらねばならんということだけが事実だ。もう、今後この事実の外見んよ、僕は。……それでね、君とも、近い中にお別れかも知れんよ。」

（「暗い絵」五、傍点筆者）

ここで、木山省吾のことばが尖鋭に浮かび上がらせているのは、左翼勢力（思想）に執拗な弾圧を加える「仕方がない」日本の状況と、それに自己を捨てて活動をしようとする一部の学生の「仕方がない」正しさである。

木山省吾は深見進介同様、名が体を表わす人物で、吾を省みながら不器用に生きている。その人物像は、「病的な何処かに腐敗したものの感じを抱かせるにかかわらず、また何処かのんびりした所のある表情、軽快な機智などの全くない知性、言語反応の遅鈍な頭脳、極めて鈍い挙動、（略）しかし対人関係に於いて極めて鋭敏な神経を持っている」、つまり「肉体的の欠陥を持ち、常に苦悩の連続の生活をして来ている故に、特に他の者の心の苦しみをじっと見抜く眼を持っている。」（「暗い絵」四）と表現され、自己にこだわる深見進介の最も近くで生を模索していた。

その木山省吾が、「君とも、近い中にお別れかも知れんよ。」といって、永杉、羽山と同様の活動に乗り出そうとしているのである。「肉体的な欠陥を持ち」「苦悩の連続の生活」をしている彼が、健康で優秀な故に、「自己がない」「そんな問題には気づきも」しない左翼の活動家永杉・羽山の、「プロレタリア革命への転化の傾向を持つブルジョア民主主義革命」（「暗い絵」四）の方向に進路を定めたというのである。

吾を省みて苦しい歩みをつづけていた木山省吾が、「自己」を省みずに左翼の活動に身を投ずる際の昂揚感は、「仕方がない」日本で、「僕等がやはりやらねばならんということだけが事実だ。」といい、「もう、今後この事実の外見んよ、僕は。」という一途な思いの吐露に十分に表現されている。「やらねばならん」と自己を追いこんでいく若者の心情は確かに美しい。しかし、「やらねばならん」という事実しか見ない若者の行動の危うさもまた否定しようがない。

木山省吾は、「最近三年間の京大は、ちょっと不思議に聞こえるかも知れないが左翼の楽園だったんだよ」「暗い花ざかりと言ってもいいね。」(「暗い絵」五)と、鋭い洞察をしていた。「左翼の楽園」「暗い花ざかり」の京大で、見通しの立たない革命思想に一切を賭けようというのである。「仕方がない」日本の悪状況下に、このように革命思想の絶対化でつき進むことがどこまで可能か。

野間宏は深見進介と木山省吾の別れの場面を描写しながら、思想的に近い仲間のその後の足跡を簡潔に把捉、「暗い絵」を主体化している。「木山省吾は永杉英作等の弔い合戦を決意し、太平洋戦争の勃発直後、ビラ撒きの役割を引き受け、三日間潜伏していて直ぐに検挙され、後獄死したのである。それ以前永杉英作は大学を卒業する間際に検挙され、非転向を声明して一年余りの獄生活の後、獄死し、羽山純一は大学を出るとすぐ出征して軍隊生活中逮捕され、飛行機で内地に送られて来たが、陸軍刑務所で獄死したのである。」(「暗い絵」五)と記されると、「左翼の楽園」にいて革命思想に賭けた若者のその後の痛ましい死の現実に粛然とさせられる。「プロレタリア革命への転化の傾向を持つブルジョア民主主義革命」を決意し、「自己」を省みずに行動した若者の生は無惨に断ち切られたのである。

ファッショ化し、戦争へ突き進んでいく「仕方がない」日本で、「やはりやらねばならん」と立ち上った若者の姿は、殉教者のように見えるが、「やはり」特攻隊の死のように、痛ましい。野間宏はそうした若者の行動を「仕方がない正しさ」と捉え、より深い、より粘り強い考察を加えている。

永杉・羽山・木山は非転向を貫き、非業の死を遂げた。ところが、深見進介は三年余の兵隊生活の後、「検挙され、転向して出獄」(同)し、彼等のことを聞き、「如何なる力をもってしても変えがたい彼等の意志を感じ、この夜のことを思い起した。」(同)という。その時、非転向の友人の強靭な意志と行動に深く共鳴しながら、転向した自身が「間違っていたとも考えなかった。」(同)という境地に立っていたのである。

このように深見進介が友人たちと決定的に違う立場に立ったのは、彼に強靭な意志が欠如していたからではない。もちろん左翼思想を捨ててしまったわけでもない。

友人たちの死に対して、「彼は永杉英作、羽山純一の死を知った時泣いた。そして、木山省吾の死を知ったときには、すべてを失ったように慟哭したのである。」(同)という表現がされているが、これで深見進介の心のあり様は明白で、左翼思想を信奉する友人の中でも、「自己」にこだわっていた木山省吾への哀惜がもっとも強く深い。「すべてを失ったように慟哭した」という深見進介は、そこからかつての人生の岐路、木山省吾との別れの場面を大映しにし、象徴的にうたい上げた。非転向者への妬みや、転向者のいいわけ、後ろめたさとは全く違う、「仕方のない正しさ」ではない道の探求である。

食堂を出て永杉の部屋に辿りついた深見進介は、「永杉や羽山や木山の顔を眺めながらやはり俺の来るべき処は、俺の居るべき処はこの他にはないという風な感じ」（「暗い絵」四）を持ってはいたが、「自己」の問題で微妙なずれがあり、それを執拗に追求していくことで、「仕方がない」日本人の流動に歯止めをかけていく。異質なものを排除し、徒党を組み、小さくまとまる傾向の強い日本人に、徹底した「自己完成の追究」（同）のかたちを提示して見せるのである。

「プロレタリア革命への転化の傾向を持つブルジョア民主主義革命」に共鳴しつつ、それに完全には同調できない深見進介は、また合法的な活動家小泉清派と鋭く対立しながら、それを排除し、否定してよしとするような態度には出ない。永杉の下宿へ出かける前に、行きつけの食堂で小泉グループと鉢合せして、揶揄嘲弄され、普通であれば恥知らず奴、と完全に切って捨ててしまうところを、深見進介は深く見て自己改造の契機とする。近代文学の中で傑出した自己確認は、反対派との鋭い対決の過程で試みられたのである。

永杉の下宿へ行く途中の深見進介は、次のように描き出されている。

……小泉清のあの顔が真二つに割れ、……《何？　こういう点は別に考えても卑怯じゃないんだよ。後で同志を裏切るような結果を生むより、よく考えて見るべきなんだ、か。何を言いやがる。

自我、自我、自我だ。貴様もやっぱり自我の亡者に過ぎんのだ。俺と同じように、自我、自我、自我だ。》深見進介は彼の全身の力を集めて彼の体をほとんど顚倒させるかのように、暗々と彼の頭と心臓と同時に走り去りながら、しかもこの上なく鋭敏に、彼の外界と内界とを等しく映し出す感光力、一瞬、一秒、一千分の一秒を数える感光力を持った黒い嵐のような、意識と本能の動きを支えていた。　（「暗い絵」三）

ここにグループ、派閥単位でしか思考しない者とは違った深見の深みがある。小泉のことばを嚙み砕きながら、自分を一瞬のうちに丸裸にして捉え直すのである。

小泉は、永杉を「親父が自由主義者のブルジョアジーで、生活に困るという訳ではない」（「暗い絵」三）と見ていて、「こういう点は考えても別に卑怯じゃないんだよ。むしろ後で同志を裏切るような結果を生むより、よく考えて見るべきなんだ。むしろ一生の問題なんだからね。進歩という奴は。今伸びるか、四、五年先に伸びるか。……俺は、この日支の衝突が、永杉のいうように、日本の支配階級の危機だとは未だ考えられんね。日本のブルジョアジーは、未だ鞏固《きようこ》だよ。我々が立つべき時機はもっと先だと思うね。」（同）という見解を持っている。合法主義者といい、日和見主義者と貶めてみても、小泉の立場は生を放棄しているとはいえない。小泉の「好意」に反発しつつ、深見進介は、自己と向き合い、現実と向き合うことになる。小泉をわけなく否定しておしまいではなく、徹底して考えこむのである。

自我に執する小泉を、「自我、自我、自我だ。貴様もやっぱり自我の亡者に過ぎんのだ。」といいつつ、「俺と同じように、自我、自我、自我だ。」と、自分の亡者ぶりも射程に収めて照射していく。自分の醜さは埒外に置いて他者を否定するのではなく、自己と他者を同時に射貫く「感光力」を体得しているのである。それが野間宏独特の宇宙的な視座ということになる。

《ふん、隠そうたって駄目だ。》彼は自分に呼びかけた。《おい、お前。自我の亡者。呻く自我をひっさげて、歩きやがって。（略）小泉清の舌に誤魔化されたりしやがって、何というざまだ》深見進介は、彼の頭の中を熱い波に乗って過ぎてゆく言葉を自分でとらえることが出来なくなった。彼は何か自分の心が二つに割れるような思いであった。小泉清の自我に触れて呻いている彼の自我が眼に見えるように思えた。厭な奴、厭な奴と彼は自分自身と小泉清を同時に嘲り始めた。厭な奴、厭な奴と言った。するとその胸の中に食堂の鼻親父の大きな鼻の形が現われて来た。彼はそれをじっと見ていた。するとそれが静かに後退した。そして、それが、彼の父の顔に徐々に変って行った。（同）

合法的な活動家小泉清を排除し、顔を背けるだけでは決して見えてこないものが、ここでは見事に照射されている。「小泉清の自我に触れて呻いている」深見進介の自我が大映しになり、誰もがその隅のすみまでのぞき見し、さらにはのぞいた者の自我まで考えずにはいられなくなるように定着されている。いずれも「自我の亡者」だが、その「厭な奴」を自分の中に見、小泉に見、さらには食堂の鼻親父や父に見出していく「暗い絵」は、自然主義や白樺派とは違った「自分の心が二つに割れるような思い」で自我を照射、追究しているということになる。つまり、敵を通して自分を食い破り、食い破りして自我の本質に迫っていくのである。これは「厭な奴」(敵)を排除し、そっぽ向いて、自我を保持したつもりになった日本の自我主義者(理想主義的な)とは根本的に違っている。

先に革命を志向する親友に和して動じない深見進介の生の態度を見たが、それに先んじて、実は対立する合法派に出会って自我を根底から確認し直していたのである。自己をそのままに、論理の一貫性、純粋な理想郷を核にして、他者を裁断し、排除していくいわゆる左翼の活動家とは全く違う独自の思想家が誕生しようとしていたということになる。

深見進介は永杉等の輪に身を置いて、小泉等を止揚していく自分の立場を、次のように闡明《せんめい》している。

……彼には自己の完成を追究するという、未だ思想の形をとるほど定かではないが、あるいはむしろ自己に執着した、そして如何にしてもその執着を断ち切り得ない歩みがあるのである。これはエゴイズムに基づく自己保存と我執の臭いのする道であり、冷たい自我の肌がそこにむき出しているものである。しかしながら自己完成の追究の道をこの日本に打ち立てるということ、これ以外に彼の生きる道はないと思えるのである。（略）深見進介はむしろ自己完成の追究の跡とその不断の努力の堆積を自分の肉体に刻みつけるというような言葉で考えているのである。「科学的な操作による自己完成の追究の努力の堆積」と彼は自分の道を呼ぼうとしている。そして彼はこの最後の堆積という点に重点を置いているのである。（「暗い絵」四）

実に多くの前途有為の若者が、「自己」を省みず、あるいは捨てて悪状況に埋没して行ったが、深見進介はあくまでも自己に執着しつづける。それは「エゴイズムに基づく自己保存と我執の臭いのする道」で、「冷たい自我の肌がそこにむき出している」道だが、美しい思想、革命思想にも「自己」を売り渡さないのである。どれほど多くの青年が、国のため、思想のために「自己」を投企し、無惨に死んで行ったかが明白になった戦後の視座を持ちこめば、この深見進介の「自己完成」の道の意味、独自性が明白となる。

深見進介は「科学的な操作による自己完成の追究の努力の堆積」という。狭い、主観的な自然主義や白樺派の自己探究の枠を越える「科学的な操作」、つまり社会科学的な広い視座を持ち出しながら、自己完成追究の「堆積」にポイントを置いている。体験の報告や理想的な自己の表明ではない、社会の中で呻く自己の変革を強調することで、他から屹立しているのである。うまく行っていないある女性との恋愛も、恋愛感情で自己を溶解してしまうようなことは決してしない。醜い肉体を引きずって、すべてが重く持続する。

「厭な奴」自分

深見進介は「小泉清の自我に触れて呻いている彼の自我」を見事にえぐり出して見せた。「思想運動」をする学生の「自我」を追究、自身も同様の「厭な奴」であることを確認したわけだが、そういう自分の存在にかかわり、伸しかかる「厭な奴」として父がおり、食堂の「鼻親父」がいた。

大阪府庁に席を置き、いつまでも小官吏の地位にいる父がその朝手紙を寄越し、この月は母親が病気のため思わぬ費用が要り、節約第一にして欲しいと言って来たのである。読書費は今月はなしに済ませて欲しいと言い、最後にこれは手紙の度毎に父の書く文句であったが、思想問題に注意して日頃の賢明をもっていたずらに徒党に与せぬ方針を堅持されたしと結んであった。深見進介は昼近くその為替を封入した書留郵便を受取った。そしてその手紙をよこした父に腹を立てた。

（「暗い絵」一）

ここに、深見進介の、永杉のように全く金に困らないブルジョア出身ではない者の現実がある。日々かつかつに生活している庶民出で、金の問題に向き合っている学生が思想の覚醒時に対峙する対象が、まず父であるということに私は注意したい。小官吏の父としては実に常識的な息子への対応をしている。だが、一人立ちしようとする子供にはそれがまず重圧と感じられるようになる。

母親が病気で「思わぬ費用」がかかれば、「節約第一にして欲しい」というのは誠に当然なことばである。そして、小官吏であれば、特に「思想問題に注意して日頃の賢明をもっていたずらに徒党に与せぬ方針を堅持されたし」と、毎度注意を促したくなるのも頷けないことではない。しかし、「自我」を意識し始めた若者には、その小市民的な存在が邪魔で仕方がないのである。父の押しつけに、深見進介は腹を立てずにはいられない。

かつて高村光太郎は、自我の確立期に次のように書いている。

「身体を大切に、規律を守りて勉強せられよ」と此の間の書簡でも父はいつも変らぬ言葉を繰り返してよこした。外で夕飯を喰つて画室へ帰つて此の手紙を読んだ時、深緑の葉の重なり繁つた駒込の藁葺の小さな家に、蚊遣りの烟の中で薄茶色に焼けついた石油灯の下で、一語一語心の底から出た言葉を書きつけられてゐる白髯の父の顔がありありと眼に見えた。僕は其の晩MONTMARTREの×××女史を訪ねて一緒にNÉANTといふ不思議な珈琲店に行く積りで居たが、急に悪寒を覚えて、其方は電報で断り、ひとり引込んで一晩中椅子に懸けたなり様々の事を考へた。親と子は実際講和の出来ない戦闘を続けなければならない。親が強ければ子を堕落させて所謂孝子に為てしまふ。子が強ければ鈴虫の様に親を喰ひ殺してしまふのだ。ああ、厭だ。僕が子になつたのは為方がない。親にだけは何うしてもなりたくない。君はもう二人の子の親になつた相だな……。今考へると、僕を外国に寄来したのは親爺の一生の誤りだつた。「みずく白玉取りて来までに」と歌つた奈良朝の男と僕とを親爺は同じ人間と思つてゐたのだ。僕自身でも取り返しのつかぬ人間に僕はなつてしまつたのだよ。僕は今に鈴虫の様な事をやるにきまつてゐる。RODIN は僕の最も崇拝する芸術家であり人物である。が、若し僕が RODIN の子であつたら何うだらう。此を思ふと林檎の実を喰つた罪の怖ろしさに顫へるのだ！

（高村光太郎「出さずにしまつた手紙の一束」明43・7）

日本における近代的な自我の確立期の問題が、ここには鮮明に定着されている。常識的な父子の情愛を振りきって、ロダンのような近代的な芸術を希求する光太郎は、自己に絶対的な価値を置いて、光雲のような前近代を否定しようとしているのである。「鈴虫の様に親を喰ひ殺してしまふ」という光太郎の苦しい闘いは、明治三十九年から四十二年に及ぶ米英仏の留学で開始され、ついにフランスでの「出さずにしまつた手紙の一束」のような尖鋭な思想となって行った。前近代を等しなみに否定し、理想的な近代を体得しようと自己を鞭撻すれば、確実にそれを手繰り寄せ得るという信念である。その時、光太郎は父と闘わねばならぬ芸術家の子の宿命に気づき、「林檎の実を喰つた罪の怖ろしさに顫へる」といいつつ、厭な自己、醜い自我をも剔り出している。

野間宏も光太郎同様、深見進介を父と対峙させつつ、刃を己につきつける。父の手紙を読んで、「父に腹を立て」ながら、「しかし彼は自分のその怒りの中から金銭の圧力が、彼の身をしめつけて来るのを感じた。それは或る意味で哀れな醜い自由を失った感情であり、彼は自分のその感情の後に、汚れた光を放っているような父の姿を見出し、それをじっと見つめようとした。父の姿が浮んでくる。それは金銭の圧力感の中から形をとり、現われてくるのである。それは金に圧し潰された種族の顔である。優しい心の働きを金に奪い取られたもののもつ顔である。」(「暗い絵」一)と捉え直している。父が社会的な広がりを持つ「金の問題」を背負って迫り、己の存在に圧力をかけていることを見据えているのである。

「金の問題」は金貸しをする食堂の鼻親父を通して、さらに「柔かい心」をしめつけてくるが、野間宏はその構造を、学生の生活と「思想運動」を同時に浮かび上がらせる食堂の場面を設定して具体化して見せる。

父からの仕送りが母の病気を理由に削られた深見進介は、「食堂経営の主人の眼と高利貸の親父の眼」(「暗い絵」二)を持つ「鼻親父」に、その月の食費の半分を先送りにして貰おうと交渉、簡単に拒否されてしまう。彼には「金の問題」が重く伸しかかり、「自分の心の中の暗い羞恥の感情」（同）を掻き立てられて、「若者の柔かい芽のような心を圧しつぶす測り難い心の在り処」（同）を見据えずにはいられない。「金の問題」を人間の問題、社会の問題として執拗に追究せずにはいられないのである。「この鼻親父との愚かな交渉とその時味わった惨めな感情とを深見進介はずっと後まで心の底に秘めていた。《俺は何も知らないのだ、何もかも。これが彼の思いであった。」（「暗い絵」三）という屈辱体験、自己認識が、かつての文学者とは異質の世界へ踏みこむバネとなった。

日本には窮乏生活を描いた作品は多いが、「自分の金銭に対する無智に向けられた金銭の嘲り」（同）を追究した作品はそれほど多くはない。「金は社会の骨格であると論じながら金になった心の存在を知り得ない学生達の心を持つ深見進介」（同）が、「資本論や労働者階級の状態など、こういう種類の書物を読みながら俺は結局何も知らないのだ」（同）と反省し、現実を知らない学生の弱点、自己の暗部に目を向けて、深く掘り下げていこうとする。「暗い絵」にはその意欲が明確に表出されているのである。

「鼻奴、鼻奴、」「江戸っ子の鼻奴。」（同）と心に言い、「この汚い言葉を胸の中で見守る」（同）深見進介は、「金の問題」を通して社会的な存在である人間・自己にきっと向き合っている。光太郎のような芸術家の覚醒から社会的な思想家の覚醒へ、というコースがここでは考えられるが、父や鼻親父、さらには合法的な活動家小泉清等と向き合い、対決することによって、自己の内部を切開し、自分をも「厭な奴」として対象化している。単純に自己を正当化し、自我を肯定する者とは違う複雑な「自我」を浮かび上がらせるのである。

ブリューゲルの絵——暗い時代の人間群像

「暗い絵」は日中戦争下、「左翼の楽園」京大の学生が、自己をも「厭な奴」とつきつめていき、「自我」を放擲せずに持ちこたえ、人間の存在を深いところまで照射していく作品であるが、野間宏はそれをブリューゲルの絵を通して暗い時代の人間群像として描き出し、難解だが噛みごたえのある独自の小説に仕上げているのである。

自己を「厭な奴」と苦しく捉える深見進介は、「ブリューゲルの絵の痛みや呻きや嘆きが正に自分の痛みと呻きであると思い」(「暗い絵」四)、その「黒い穴」「厭な穴」に惹かれている。永杉・羽山・木山もそれぞれに心を動かされ、永杉は「民衆の苦しみ、貧困、凡俗なさまを、じっと見つめて堪えしのんでいる」(同) 絵を書いたブリューゲルの強い心を指摘してもいる。しかし、永杉・羽山・木山は「じっと見つめて堪えしのんでいない」で「仕方がない」行動に出、あたら命を落としてしまった。ただ深見進介だけは「堪えしのんで」穴、つまり、父や鼻親父や小泉清一派、さらには永杉、羽山、木山、そして自身をあくことなく見つめ、ブリューゲルと同様の呻く人間群像を把握していったのである。それが冒頭の一節となって結実、戦後文学の象徴的な意味を担う文章（詩）となった。

草もなく木もなく実りもなく吹きすさぶ雪風が荒涼として吹き過ぎる。はるか高い丘の辺りは雲にかくれた黒い日に焦げ、暗く輝く地平線をつけた大地のところどころに黒い漏斗形の穴がぽつりぽつりと開いている。その穴の口のあたりは生命の過度に充ちた唇のような光沢を放ち堆《うずたか》い土饅頭の真中に開いているその穴が、繰り返される、鈍重で淫らな触感を待ち受けて、まるで軟体動物に属する生きもののように幾つも大地に口を開けている。そこには股のない、性器ばかりの不思議な女の体が幾重にも埋め込まれていると思える。どういうわけでブリューゲルの絵には、大地にこのような悩みと痛みと疼きを感じ、その悩みと痛みと疼きによってのみ生存を主張しているかのような黒い円い穴が開いているのであろうか。遠景の、羞恥心のない女の背のようなくぼみのある丘には、破れて垂れさがる傘をもった背の高い毒茸のような首吊台がにょきにょき生えている。そして長い頸《くび》と足をもった醜い首吊人がひょろ高い木の枝にぶらさがり、長く伸びた爪先がひらひら地の上に揺れている。その傍には、同じように背の高い体の透いて骨の見える人々が長い列をつくって、首を吊ろうと自分の順番を待っている。痙攣した神経をあらわに見せる磯巾着の汚れた頭のように、何か腐敗した匂いを放って揺れている叢。

（「暗い絵」一）

「暗い絵」発表と同時に、読者を網打ちするように捉えて離さなかったこの文章は、現在も異様な力を持って迫ってくる。絶対専制政治下を生きたブリューゲルが、「じっと見つめて堪えしのんで」書いた絵を、野間宏は誰にもまねの出来ない文体で定着して見せており、そのことばは圧政下を生きのびた者が全存在を賭けて紡ぎ出したというような粘着力を持っている。

よく知られている高い首吊台のある絵。その絵の大地に「ぽつりぽつりと開いている」という穴を、深見進介は徹底して追尋していく。「どういうわけでブリューゲルの絵には、大地にこのような悩みと痛みと疼きを感じ、その悩みと痛みと疼きによってのみ生存を主張しているかのような黒い円い穴が開いているのであろうか。」という問いが、実は深見自身の生存の「悩みと痛みと疼き」の堆積によって発せられたものであることを、われわれは作品を読み進めることによって会得していくことになる。

深見進介は、「俺はね、あの暗い厭な形をした穴が、あの当時の、絶対専制政治下の人間の自由だったんだと思うんやがね。あんな暗い不潔な穴の形をしたような魂を、体のどこかに収めながら農民達は大地の上を匍い廻っていたんだ。そう思うんやがね。」（「暗い絵」五）といい、「あの穴が何か訴えたげにしながら言葉をもたないというのはそうした意味なんだと思うんだよ。そして俺達の魂そのものが、ちょうどあの当時の農民と同じようなあんな厭な穴の形をしているんじゃないかなあ。」（同）といって、ブリューゲルと自身を重ね合わせて把握している。

「暗い絵」の冒頭の一節は、こうした深見進介の内部を象徴的に表現する散文詩であり、それ以降はその詩の注解という役割を担っている。野間宏は鋭敏な感覚と英知を総動員して、「草もなく木もなく実りもなく吹きすさぶ」や「悩みと痛みと疼きを感じ」というような表現に典型的に見られるように、鈍重と思えるほどにことばを三度も紡ぎ重ねる文体で、「暗い不潔な穴の形をしたような魂」に迫り、「仕方がない」日本人の生を批判的に抉り出して見せたのである。

三度のくり返しは情景・意味の深化ばかりでなく作者の体臭をまで感じさせるようになる。人称、時制の交錯に三度のくり返しがからんで「暗い絵」は複雑な味を醸し出すことになる。

（平成十六年）

注

（1）紅野謙介「解説」（『野間宏作品集1』昭62・11、岩波書店）

本文は『野間宏作品集1』（昭62・11、岩波書店）による。

第四章　遠藤周作

一、「白い人」「黄色い人」
――弱者のこだわり――

日本人とキリスト教

昭和三十年代の遠藤周作は非常に肉づきの悪い作家であった。ユーモア小説は別にして、「白い人」以後、大体発表されるごとに読んだ作品について、私はその意図に同意しつつ、いかにも肉づきの悪い、ふくらみのなさに、たとえば福永武彦の作品を読んだときのような充足感が得られず、不満をもっていた。しかし、それも『沈黙』（昭41・3、新潮社）あたりからやわらぎ、遠藤周作の作家としての成熟を思わずにはいられなかった。「白い人」以来追いつづけたものが見事に血肉化され、人物が観念の傀儡でなくなってきているのである。

周知のように遠藤周作は、真面目な小説ではただ一つのものにかかわってきた。そのただ一つのものを説明して、彼は「私にとって距離感のあるキリスト教を、どうしたら身近なものにできるかということであり、いいかえれば、それは母親が私に着せてくれた洋服を、もう一度、私の手によって仕立てなおし、日本人である私の体にあった和服に変える、というテーマであった。」(「異邦人の苦悩」、『別冊新評　遠藤周作の世界』昭48・12)という。すでに何度もくり返されたことばである。「私」と「キリスト教」との関係は、「日本人とキリスト教との距離、日本人とヨーロッパ人に対する距離」(同)というような関係で捉え直されるが、彼の場合、あくまでも「私」を核にした「日本人」であり、「私」と異質な「日本人」は小説の中心に捉えられることがないのである。彼はひたすら「私」(日本人)と「キリスト教」の問題を追いつめ、ついに他の追随を許さぬ世界を確立し、キリスト教作家としての成熟を迎えることになるが、その道程には、現在からすれば軽薄才士のそれとは違ったさわやかさがある。

「母親が私に着せてくれた洋服」(カトリック)を、「私の体にあった和服に変える」といえば、なにもわかりにくいところはないであろう。しかし、こうしたことばは『沈黙』以後のものである。少なくとも『海と毒薬』までの遠藤周作には、ストレートにはあてはまらない。小説家としての出発当初は、母親のあてがった「洋服」を、やはり「洋服」として着ようとしていたのである。そこに日本の現実から浮いた観念性があり、肉づきの悪さがあったと私は思う。ところが『留学』を経て『沈黙』になると、日本のキリスト教徒として、一つの水脈を発見し、洋服を和服に仕立て直す方法を身につけてきていることが、何人の目にも容易にうかがえる。佐伯彰一氏は、この問題を「ヨーロッパへのさらされ」から「つらい病いへの、そして死の近接へのさらされ」(「『哀しい眼』の想像力」、『国文学』昭48・2)というように把握している。昭和二十五年から二十八年までのフランスへの留学では、「私」(日本人)と「キリスト教」(ヨーロッパ)の「距離感」を深め、小説家としてのモチーフをつかんだわけだが、それからほぼ十年後の、漱石の修善寺の大患にもなぞらえられる闘病体験によって、「遠藤氏は格段の深まりを見せた」(同)というのである。この「格段の深まり」を、私は小説家遠藤周作におけるキリスト像の変化、キリストの着実な主体化の過程と考えていいと思う。

そこで、本章では一貫したテーマを追求しながら、ついに「洋服」を「和服」に仕立て直すことに成功したといえるキリスト教作家の小説の構図を、初期作品を中心にして少しばかり考察してみたい。

「白い人」——教理よりも現実の人

遠藤周作は自分の小説家としての強みを作品の「構成力」(対談「文学——弱者の論理」、『国文学』昭48・2)にあるという。第三の新人たちには「資質的に作家の人が多い」(同)が、彼はそうではないので、方法の勉強でカバーしており、「構成力」も努力して身につけたものであるという。確かに彼は「白い人」以来多様な方法を駆使しながら、対照的な人物の葛藤をよどみなく描出し、テーマを際立たせている。吉行淳之介らの小説には、鮮やかなイメージの饗宴といった感じがあり、遊びがあるが、彼の小説では生真面目に観念を背負った人物が、既定の路線を一時も休まずに終局までひた走るといった感じの緊密な構成がとられているのである。

芥川賞受賞作「白い人」は、当然「黄色い人」と対にして読まれるべき作品である。「白い人」と「黄色い人」とが対置されて、はじめて遠藤周作を表現へと促したものが明白になるとみていい。「白い人」のドラマは、キリスト教を機軸とした善と悪の葛藤であるが、遠藤周作はそれを二人の人物（ジャックと私）に張り付けにしている。「私」は父に「一生、娘たちにもてないよ。お前は」（「白い人」）と「残酷に宣言」（同）されるような斜視であり、ジャックは斜視や兎口よりも醜く「はげ上った額には汗がたまり、唐辛子のような赤毛が縮れて残って」（同）いるような男である。この二人が悪と善の道に分かれて対決するわけだが、これではきわめて通俗的な構図といわねばならない。

しかし、「白い人」には救いが二点ある。それはまず第一に、悪を行なう「私」が、生きのびる意志を持続する冷静な認識者であるということである。「仏蘭西人でありながら、ナチの秘密警察《ゲシュタポ》の片割れとなり、同胞を責め苛む路」（同）を選んだ「私」は、悪びれずに「悪」を行いながら、その分だけ現実を認識し、籠絡していっている。たとえば、ジャックに向かって、

> お前が、もし、俺たちの責め道具に口を割らぬとしたらだ、そりゃ英雄主義への憬れ、自己犠牲の陶酔によるものじゃないか。酔う。恐怖を越えるためになにかに酔う、死を克えるために主義に酔う。マキだって、お前さん等基督教徒だって同じことだぜ。人類の罪を一身に背負う。プ

ロレタリヤのために命を犠牲にする、この自分、この自分一人がという涙ぐましい犠牲精神がお前さんを酔わしているんじゃないか。ナチの協力者、裏切者のこの俺が、お前の肉体をいかに弄ぼうと、お前はユダのように魂を売りはしない、そう思っているだろう。そう信じこんでいるんだろう。だが、そうは問屋がおろさない。（「白い人」）

とたたきつけたとき、現代の「私」は反英雄主義的な生きのびの論理を執拗に展開し、からめ手からの認識の威力をのぞかせているといえよう。遠藤周作の魅力の一つが、こうした善意のベールをはいだしたたかな認識にあるということは、やはり強調しておいてよいだろう。やがて、それは『海と毒薬』の戸田、『沈黙』の井上筑後守の鋭い洞察力となって、読者の心を深いところでとらえることになる。

「白い人」の第二の救いは、ジャックがナチの拷問にあう前後の部分にある。彼は拷問に屈して口を割るか、一身を犠牲にして正義を貫き殉教者となるかどうかの瀬戸際に、舌を嚙み切って死ぬという第三の道を選ぶ。自殺はカトリック教徒の場合、固く禁じられた大罪であるが、その大罪をおかして耐えたのである。この耐え方を私は看過したくない。

ジャックの自殺は「私」の予想を完全に裏切るものであった。認識者である「私」には、「人間はやはり信じられぬ。人間は自己の肉体の苦痛の前にはやはり、すべての人類への友情、信義をも裏切る弱い、もろい存在である。」（同）という予断があった。そこで、ジャックの自殺をうけとめかね、「悲哀にみちた灰色の海の上でしずかな腹だたしさが次第に荒れはじめた。」（同）というように、平静さを失うことになるが、そうすることによって、新しい認識の地平に身をのり出すことをわれわれに予感させる。ところで、認識者の予想をくつがえしたジャックの自殺は、けなげに十字架を背負い、カトリック教徒として強く生きようとした者の結末としては、はなはだ一貫性を欠いている。「私」は、「お前は自殺によって俺から脱れ」「同志を裏切るべき運命やマリー・テレーズの生死を左右する運命からも脱れたつもりだろ。」（同）と考えており、他の見方は作者によって示唆されていない。したがって、ジャックの自殺では、そうした他との関係の切断による救済が企図されていたと考えねばならないが、彼はそうすることによって厳正な西洋のカトリックから離れ、われわれに理解しやすい「やさしさ」を示すことになる。教理よりも現実の人のための自己犠牲という行為は、きわめて日本的である。このように白い人がクライマックスで黄色い人の行動様式を示しているということに、私は意外性だけでなく親しみを感じ、遠藤周作の行く先をうかがうことができるように思う。まだそれとは意識されていないけれども、『沈黙』以後のキリスト像変貌の胚芽がここにある。

「黄色い人」――弱者のもがき

「白い人」で善悪の対決を試みた遠藤周作は、次の「黄色い人」では強者と弱者、日本人と西洋人を対比的に描出し、作家としての内的モチーフをさらけ出している。
「黄色い人」は、強者ブロウ神父へ差し出された異邦人と弱者の告白の書である。病気のために帰郷した医学生千葉の手紙に、姦淫のために教会を追われたデュランの日記が差しはさまれ、構成の妙を感じさせるが、今私が問題にしたいのは、両者の内面構造（神の受けとめ方）の違いについてである。それは次のようなデュランの日記の一部に象徴的に表わされている。

私はまだ生きており、彼等日本人もまた生きている。だが私は神を拒みながら、その存在を否むことはできない。彼は私の指の先までしみこんでいるのだ。それなのに、これらの学生たち、たった今、私の躰にぶつかり通りすぎていった若い男、千葉もキミコも、彼等日本人は神なしにすべてをすまされるのだった。教会も罪の苦しみも、救済の願望も、私たち白人が人間の条件と考えた悉くに無関心、無感覚に、あいまいなままで生きられるのだった。これはどうしたことなのだ。これはどうしたことなのだ。

（「黄色い人」）

デュランは「白い手をよご」し、「キミコを犯すことによって」（同）、強者のブロウ神父などが認識できなかった黄色い人の魂のありかを把握しはじめている。彼は「神なしにすべてをすまされる」日本人の「倖せ」に気づいているのである。「神を拒みながら、その存在を否むことはできない」彼には、「罪の苦しみも、救済の願望も」あいまいな日本人が、一つの驚異であった。

われわれはそうしたデュランを通して、いわゆる西洋の神をつきつけられる。「神はひとたび彼を裏切ったものにはひとかけらの祝福も希望も与えない。」（同）といい、「神は罪人を、地獄のなかで、千年だけ万年だけくるしめるのではない。呪われし者は永遠に苦痛と責苦とを味わわねばならぬ。」（同）という神がそれである。こういう神を戴いては、心弱く罪を犯した者は永遠に続く「苦痛と責苦」に耐えられず、また次の罪を犯すはめに追いこまれるケースが多いに違いない。デュランはかつて姦淫の大罪を犯して教会を追放されたが、今度はユダのようにブロウ神父を官憲の手中に追いこんでしまう。

子供のころ、まだ神父だったデュランに洗礼を授けられた千葉は、終末近い戦下に再びデュランと会い、大罪を犯して呪われた西洋人の苦渋を知ることになる。しかし、彼自身はすでに婚約者のある従妹の糸子と不倫の関係を続けながら、ただ暗くおし流されていただけである。彼の内面は、「灰色の夕靄のなかで糸子の顔は夕顔のようにほの白かった。（略）（糸子もやはり死を考えているのだろうか）神父さん、その時、ふしぎなことには、ぼくたちにはこの死が怖ろしいとも醜悪だとも思えませんでした。糸子を犯していることが愛なのか情欲なのかもわかりませんでした。罪悪感も恐怖もなかった。このまま糸子をだき、衰弱して死んでいく、それで仕方がないのだという暗い諦めが貴方の教えてくれた基督教の論理より勝っていました。」（同、傍点筆者）というところに端的にうかがえるように、「仕方がない」あきらめに支配されていた。洗礼を受けていても、それは単なる教養でしかなく、魂の奥底で畏怖するものがなにもないのである。したがって、戦争や病気による死の予感や、姦淫による罪の意識によっては、決定的な回心に導くことができないような日本人を、「黄色い人」の遠藤周作は表出していると一応みていい。

デュランと千葉は肌の色の違いによって、きわめて対照的に造型されている。二人の対照をあまりに際立たせようとしたために、われわれ日本人の眼には、デュランに比べて千葉が、いかにも魅力に乏しい一面的な人物にうつり、日本人の典型となりえていないように思われる。「黄色い人」において、日本人の肉づきが悪いということは、作品として大きな欠陥をもっているということになる。しかし、「白い人」では知的に処理されたキリスト教へのアプローチが、ここでは認識よりも魂の問題として正面に据えられ、読者の心をうつようになっている。われわれは千葉よりも、魂の平安を求めて裏切りを続けざるを得ない弱者デュランに興味をもち、本当に彼は永遠に救われないのかという重い問いを、遠藤周作とともに考えさせられることになるのである。

白い人と黄色い人という明治以来の文学上の問題は表層をかすったにすぎないが、弱者における魂の救いの問題は、以後遠藤文学のライトモチーフとなる。デュランの知性を除いた弱さは『沈黙』のキチジローに、そして『死海のほとり』のねずみへと展開し、完全な救恤が試みられるのである。

ライトモチーフにからんでいま一つ付言すれば、さきに黄色い人には決定的な回心がないと私は書いたが、それはじつは「黄色い人」の額縁（構造）を抜きにした千葉に対する評言であった。額縁を考慮に入れると、千葉は明らかに「書く人」に転化している。弱者デュランの日記を受けとめ、猛烈な勢いでブロウ神父に己れの内面を告白しているのである。このことは、彼が、「罪の悔いの意識」（「黄色い人」）を否定し、自分に「あるのは、疲れだけ、ふかい疲れだけ。」（同）とうそぶいてみても、けっしてそれだけでないことを十分に証している。彼は自分でそれと意識しないで大きく転化しているのである。私はデュランを正当に受けとめ、「暗い諦め」に陥っていた自己を照射していく千葉に、リアルな日本人を感じる。あるいは日本人の真面目を感じると言い換えてもよい。そこには、西洋人の「純白な世界」（同）におけるような絶対者による審判はないが、それだけに肩に食いこんでくる体験の重み、たとえば「黄ばんだ肌の色のように濁り、湿り、おもく沈んだ疲労」（同）を放置しないでナイーブに感じとる感受性がある。遠藤周作の作家としての成長は、この「書く」千葉の行為と重なっており、執拗に体験を掘りおこし、その重さを問うていくのである。そこで、現代文学における新しいキリスト像は、恬淡《てんたん》とした日本人でなく、ジクジクとこだわりつづける「仕方がない」弱者によって定着されたといわねばならない。

寄りそうキリスト

遠藤周作は『沈黙』においても強者と弱者を対比する方法を踏襲しているが、『死海のほとり』になると、強者と弱者の逆転が試みられ、同一人物の強弱の転化が鮮やかに描き出されている。現在までのところ、『死海のほとり』はもっとも複雑な構図をもつ作品で、「白い人」などに比べると、一車線から数車線への拡大を思わせる。

高堂要氏は座談会「『死海のほとり』について」（『別冊新評　遠藤周作の世界』）で、「戸田と『私』とか、『ねずみ』とノサック神父とか、それからたとえば、百卒長とか、ピラトとか、そういう『群像の一人』の人物像の中にも、弱いときに強い、強いときに弱いというふうなパラドックスがずーッと通ってると思うんですね。」という鋭い指摘をしている。このパラドックスによって、善悪強弱（あるいは東西）の一要素で終始する人物の平面的な造型を脱し陰影に富むより自然な深みが感じられるようになり、肉づきをよくしていると考えていい。

パレスチナ巡礼の旅で、「私」は二十数年前、四谷の同じ寮にいたことのある戸田に案内してもらう。その戸田は聖書学をやってイスラエルで暮らしているが、かつては癩病院へ行っても手を洗わないような「強者」で、厚い信仰心をもっていた。ところが、再会して見ると、学識は豊かになっているが、どこかに諦めがあり、ひどく疲れている。遠藤周作は「この頃の聖書学者はどの人も、結局、イエスを自分たちの人間的な次元に引きおろして考えようとする傾向がある。つまりイエスを卑小化して知識として摑んどるだけだ。」（『死海のほとり』）と熊本牧師に言わせているけれど、私は戸田に現代の知識人の荒廃を見、いわゆる認識者の悲劇的な末路を眼前につきつけられたように思う。「海と毒薬」の戸田も、中年を迎えれば、同様な内面構造を示すに違いない。

「私」は戸田と話していて、寮の手伝いをしていた修道士コバルスキ（ねずみ）の存在に気づき、聖地巡礼の旅が、同時にねずみ巡礼の旅になる。そして、「泣きはらしたような眼をしているくせに、寮生にイエスの話をしては葡萄糖をかすめとったねずみ。病気の時、死をこわがっていたねずみ。学生たちの噂では、豆のように小さい性器をもっていたというねずみ。」（同）という卑小・卑劣な弱者に、意外にもキリストが寄りそったことを確認し、それが同時に「私」のキリスト発見にもつながっていく。「いつも、お前のそばに、わたしがいる。」（同）ということばを自分のものにすることによって、弱者の「私」が博識の戸田よりも大きく人生を把捉することになるのである。

武田友寿氏は『沈黙』のキチジローを論じて「弱者の復権」（『遠藤周作の世界』昭44・10、中央出版社）といった。注目すべき評語である。いま『死海のほとり』については、遠藤周作はいかなる人をも許し、寄りそうキリスト像を定着したとだけいえば足りる。彼は鋭い感受性に基づく認識と、体験（弱者の痛み）の執拗な咀嚼を支えにして、大胆な構図を用い、日本文学に真に独創的なキリスト像を提出してみせたのである。


（昭和五十年）

二、「海と毒薬」

――「仕方がない」日本人のもがき――

日本人の劣等感

「海と毒薬」は、昭和三十二年に『文学界』に発表され、遠藤周作初期の代表作として注目されている。[1]周知の通り、この作品の背景には、九大医学部における生体解剖事件があるが、遠藤周作は歴史的な事件から離れ、小説独自の世界の構築を試みて成功しているとみていい。つまり、「海と毒薬」は、いわゆる生体解剖事件の真相にアプローチした作品ではないのである。そのモチーフについては、次のような文章があり、手がかりとなる。

ある年の冬に「文学界」から長編を書いてみないかと話があったが、ぼくの頭にあるのはただ『アデンまで』の主人公から『黄色い人』の主人公を経てきた一人の男のぼんやりとした顔だけだった。年令もまださだかでなく、もちろん名前も環境もはっきりしていない。ぼくはその男をふたたび戦争中の一つの事件の中においてみることにした。戦争中、九州のある大学医学部で米兵を生体解剖した出来ごとは前から少しずつ調べていたが、それに参加した医師と彼の顔とが結びついていた。

処女作「アデンまで」から「黄色い人」に至る主人公の顔は、白い人に決定的な劣等感をもつ黄色人種の日本人であった。そして、その日本人は、自分に「あるのは、疲れだけ、ふかい疲れだけ。」（「黄色い人」）というような状態であった。

（「わが小説」昭37・3）

これは現在からすれば、明らかに一面的な日本人観といわねばならない。しかし、敗戦後、最初の留学生としてフランスへ渡り、病気を得て帰国した遠藤周作にとっては、身を切られるような切実な問題であったと思われる。

「アデンまで」には、人種の問題に足をすくわれ、進退きわまった遠藤周作の素顔が透けて見える。「俺」とフランスの女性との初めての交わりが、存在の根源を鋭くつき揺すぶるのである。

息をつめて、二人はながいこと抱きあっていた。その時ほど金髪がうつくしいと思ったことはない。汚点《しみ》一つない真白な全裸に金髪がその肩の窪《くぼ》みから滑りながれている。女は戸の方に俺はカーテンをしめた窓の方に顔をむけている。灯はつけたままであったから二人の裸はそのまま、アルモワールの鏡にうつった。

最初、俺は、鏡の映像が本当に俺の躰とは思えなかった。病気こそすれ俺は日本人としては均整のとれた裸体をもっていた。背も毛唐なみに高いが、胸幅、四肢とも恥ずかしくない肉がついている。肉体の形からいえば、俺は白人の女をだいて不調和な姿態をとる筈はなかった。

（「アデンまで」）

この「俺」の思いこみは、完膚なきまでにうちくだかれる。「俺はそこに真白な萼《はなびら》にしがみついた黄土色の地虫を連想した。その色自体も胆汁やその他の人間の分泌物を思いうかばせた。手で顔も躰も覆いたかった。卑怯にも俺はその時、部屋の灯を消して闇のなかに自分の肉体を失おうとした……。」（「アデンまで」）というのである。白人との違和感は決定的である。

こうして肌の色に傷ついた表現をした遠藤周作よりも、四十年余り前、やはりフランスに留学して、全く同様の悲鳴をあげた芸術家がいる。高村光太郎はパリのカフェで仲よくなった女と一夜をともにした翌朝、「ふらふらと立つて洗面器の前へ行つた。熱湯の蛇口をねぢる時、図らず、さうだ、はからずだ。上を見ると見慣れぬ黒い男が寝衣《ねまき》のままで立つてゐる。非常な不愉快と不安と驚愕とが一しよになつて僕を襲つた。尚よく見ると、鏡であつた。鏡の中に僕が居るのであつた。／『ああ、僕はやっぱり日本人だ。JAPONAISだ。MONGOLだ。LE JAUNEだ。』と頭の中で弾機《ばね》の外れた様な声がした。」（「珈琲店より」昭43・4）という仕儀になる。

遠藤周作と高村光太郎の文章は、白人への劣等意識の赤裸々な表現である。それも置換不能の人種の問題でありながら、あくまでも個人の存在にかかわる問題として自覚されている。白人と黄色人種（又は黒人）の問題を、一般論としてではなく、男女の交わりというもっとも個人的な場で問題にしているのである。

多くの留学生が、白人（西洋）へ同化するか、あるいは同朋への優越意識で問題をすり替えたが、二人は根源的な感覚に立ちどまり、己の存在を問うところから文学的営為を始めたのである。留学によって劣等意識を即日本人の問題として背負いこんだ文学者は、徹底して日本人の存在にかかわることになる。そこで、高村光太郎は「根付の国」を書き、「道程」で自立宣言をしたが、遠藤周作は「黄色い人」「海と毒薬」を書き、「沈黙」で独立宣言をしたとみていい。

従って、「海と毒薬」は遠藤周作が、留学によって嘗めさせられた劣等感を槓杆として構築した日本人像ということになり、高村光太郎の「根付の国」に相当する作品ということになる。九大の生体解剖事件のメモは捨て、「生体解剖が行われたという現実の行為以外は登場人物もそこに至る過程もぼくは自分で勝手に考え、自分で勝手に創っていい」（「わが小説」）ったという。「『アデンまで』から『黄色い人』を経た」（同）主人公は、「勝呂と戸田という二人の人物」（同）に分かれ、小説を立体的な懐の深いものにすることになる。

勝呂のナイーブな心のふるえ

Ｆ大の第一外科に所属する勝呂は、福岡県糸島郡の出身で、もっともナイーブな形で、戦争末期の大学医学部の矛盾を感受するような立場が設定されている。責任ある地位にいれば、その地位が自己目的的に人を動かすことになるが、何の野心もない一医局員は、より自由にものに対処することができるわけである。

一医局員の勝呂が心をくだくことといったら、施療患者の「おばはん」のことぐらいであった。

「だれの痰や、それは？」
「おばはん――の」と答えて勝呂は顔をあからめた。（第一章）

彼は自分の気持をどう、戸田に説明していいのかわからなかった。（俺、あの患者が俺の最初の患者やと思うとるのや）と言うのが恥ずかしかった。（俺、毎朝、大部屋であの髪の黄色くなったおばはんの頭をみるのがタマらんのや。鶏の足みたいな手をみるの苦しゅうなるんや）と打明けるのが恥ずかしかった。（同）

これだけで、勝呂の人間性はある程度理解できる。最初の患者ということに執着し、特別の思い入れをする勝呂は、素朴そのものである。その思い入れが、どんなに公平を欠くものであるか、他の患者の不満の声が上がらないのを私は不思議に思う。遠藤周作は、そういうことには頓着せず、純粋でウブな青年像をひたすら形象していく。心情の表白を恥ずかしがるところには、心のふるえさえ感じられる。

勝呂の純粋なこだわりは美しいが、それだけにきわめてもろいものであった。「おばはん」が息絶えた時、勝呂は一切を投げ出してしまう。「あれは戸田の言うようにみんなが死んでいく世の中で、俺がたった一つ死なすまいとしたものなのだ。俺の初めての患者。雨にぬれて木の箱につめられて運ばれていく。勝呂はもう今日から戦争も日本も、自分も、凡てがなるようになるがいいと思った。」（第一章）というように。これは純粋さ故の思考停止といい換えてもいい。

勝呂が生体解剖事件に巻き込まれるのは、このすぐ後である。しかし、「おばはん」の「鶏の足みたいな手をみるの苦しゅうなるんや」というように無惨な身体を見ることに耐えられない者は、医者としては無力で、解剖に参加しても、ただそこにいるだけにすぎない。

学生時代から勝呂はおやじを遠くから眺めては、一種神秘的な恐れと憧《あこが》れとのこもった気持を感じるのだった。若い頃はおそらく美男子であったに違いない影りのふかい彫刻的なその顔だちは年と共に、部内きっての手術の名手の威厳をおびてきた。勝呂は彼の夫人が留学時代に恋愛《リーベ》した白人の女性であることを思い出し、そんな人生は田舎者の自分には生涯、望めないのだと苦しく考えるのである。　（第一章）

「おやじ」（橋本教授）に対する勝呂の心情は、多くの近代の日本人の、西洋へのコンプレックスと同質のものであった。橋本教授は白人と恋愛し、結婚している。これは西洋への同化とみていい。近代にあっては、少数の優秀な男性が可能にした日本と西洋の壁の突破である。勝呂のような人物にとっては、それは全く実現不可能なことで、「そんな人生」は「自分には生涯、望めないのだと苦しく考える」外ない。あくまでも憧れと恐れで終わってしまう。

　しかし、それでは勝呂の場合、心も鈍感であるかというと、決してそうではない。学内の政治的な動きには反応が鈍くても、人間の存在にかかわる問題に関しては、きわめて鋭敏に反応するのである。「おばはんは柴田助教授の実験台やし、田部夫人はおやじの出世の手段や」（第一章）と、医学部内の動向に心をふるわせている。現実的には無力だが、心のふるえで、その存在感を示している。

　従って、生体解剖においても、全くの無能力ぶりをさらけ出した勝呂が、ただ一人、その行為をまともに引き受けることになる。勝呂は、「あの栗色の髪の毛をした善良そうな捕虜の顔」（第三章）が、「俺には忘れられん。」（同）といい、戸田に向って、「でも今日のこと、お前、苦しゅうはないのか」

（同）とまでいう。

遠藤周作は、勝呂を通して日本人のナイーブな心のふるえを定着したが、これは作者自身の心のふるえではなかったか。

優等生戸田の心の空白

戸田の形象は少年期に遡っている。「昭和十年ごろ、神戸市灘区の東はずれにある六甲小学校で髪の毛を長く伸ばしている男の子はぼくだけだった。」（第二章）という戸田は、医者の子で、クラスでただ一人「君」付けされる優等生だった。彼は「無意識のうちに」（同）大人たちの期待に添うよう演技するようになる。(2) 大人たちが、子供に「純真であることと賢いこと」（同）の二点を期待しているることを「見抜いて」（同）、それに見事に応える能力を持っていたのである。

遠藤周作はこの戸田の小さなウソや悪を明確に形象している。作文のウソを見破った山口の眼を意識した戸田は、「それは決してぼくをとがめる裁判官の眼でもなく罪を責める良心の眼でもなかった。」（同）といい、「ぼくがあの時、感じたのは心の苛責《かしやく》ではなく、自分の秘密を握られたという屈辱感だったのだ。」（同）という。ここに戸田の心の基本的な型が提示されている。罪の意識よりも恥の感覚に敏感な日本人、という通説がそのままあてはまるのである。

戸田は柴田助教授から生体解剖の話を持ちかけられ、参加することにした後、良心にかかわる体験

を回想し、手記を書く。そして、その結びの方に、

もう、これ以上、書くのはよそう。断っておくが、ぼくはこれらの経験を決して今だって苛責を感じて書いているのではないのだ。あの作文の時間も、蝶を盗んだことも、その罰を山口になすりつけたことも、従姉と姦通したことも、そしてミツとの出来ごとも醜悪だとは思っている。だが醜悪だと思うことと苦しむこととは別の問題だ。

それならば、なぜこんな手記を今日、ぼくは書いたのだろう。不気味だからだ。他人の眼や社会の罰だけにしか恐れを感ぜず、それが除かれれば恐れも消える自分が不気味になってきたからだ。

（第二章）

と書きつけている。「不気味」は「ふしぎ」といい換えられるが、勝呂のような心のふるえに思考停止してしまう人物とは違って、内部に痛みを感じることがないというのである。遠藤周作は勝呂と戸田で、日本人の心の両極を把握しようとしているとみていい。

「他人の眼や社会の罰」にはきわめて敏感であっても、それを内部の問題として感じないという人間は多い。特に論理をあやつり、あるいはものにつかれると、心のふるえを切り捨てていくというケースがしばしば見られる。

遠藤周作は、そこで戸田を形象するにあたって、「心（良心）の苛責」の有無を問題にしたのである。罪の問題を外部の眼にしか感じない戸田は、それほど逡巡することなく生体解剖に参加し、己を賭けてみる。「生々しい恐怖、心の痛み、烈しい自責」（第三章）を期待したわけだが、解剖中に感じたものは、「言いようのない幻滅とけだるさ」（同）だけであったという。

解剖後、戸田は浅井助手から肝臓を軍医に渡すよう命じられるが、その秀才の顔に、「一人の人間をたった今、殺してきた痕跡《こんせき》はどこにもなかった。」（同）ことを確認する。そして、

（俺の顔かて同じやろ）と戸田はくるしく考えた。（変ったことはないんや。どや、俺の心はこんなに平気やし、ながい間、求めてきたあの良心の痛みも罪の苛責も一向に起ってこやへん。一つの命を奪ったという恐怖さえ感じられん。なぜや。なぜ俺の心はこんなに無感動なんや）

（第三章）

と内部の空白を告白する。しかし、戸田が「なぜ俺の心はこんなに無感動なんや」と呟く時、彼は烈しい心の変革を求めていたといわねばならない。遠藤周作は、

今、戸田のほしいものは苛責だった。胸の烈しい痛みだった。心を引き裂くような後悔の念だ

った。（第三章）

と書き、

（俺には良心がないのだろうか。俺だけではなくほかの連中もみな、このように自分の犯した行為に無感動なのだろうか）（第三章）

と、問いつめていく。この戸田の問いには、佐藤泰正氏がいうように「作者の肉声」（『鑑賞日本現代文学25椎名麟三・遠藤周作』昭58・2、角川書店）がこめられている。「戸田の手記はそのまま、作者遠藤の来歴と重なる。」（同）し、この呵責を求める言葉にも、真摯な響きがある。

しかし、小説としては一つの錯誤があった、と私は思う。「他人の眼」と「社会の罰」にしか反応しない戸田が、ここに至ってなぜこれほどまで急に心の呵責を求めるのか。生体解剖に対しても無感動である非キリスト者が、「胸の烈しい痛み」がほしいというのは、あまりにも急すぎる。遠藤周作はキリスト者としての罪の意識を、ここで戸田に実感させようとしたのである。無理な、不用意な混同といわねばならない。今一つ指摘すれば、作者と戸田の来歴を重ねたために、戸田の大学卒業が合わなくなっている。昭和十年ごろ小学生では、中学五年、高校三年、大学三年を修了し、二十年一月に研究生になっているということは不可能である。

黒い海——運命の悪意

「海と毒薬」にはキリスト者が一人登場している。橋本教授夫人ヒルダで、そのはた迷惑な奉仕活動を、遠藤周作は見事に定着してみせる。自然気胸を起こした患者に麻酔薬をうとうとした看護婦へ向って、ヒルダは、「死ぬことがきまっても、殺す権利はだれにもありませんよ。神さまがこわくないのですか。あなたは神さまの罰を信じないのですか」（第二章）と詰め寄る。神の裁きを思考の中心に据える白人ヒルダは、第二章の主人公、看護婦上田ノブ、医学生の戸田とは違った行動原理を持っているのである。

ヒルダに照射される上田ノブは、「子供を持てない女になったため、心にも人生にも罅《ひび》がはいっ」（同）てしまったということになっている。疲れ、孤立していて、ヒルダのような積極性はない。

遠藤周作は初め、「悪の意志にひきこまれる（エバ）としての女」（「『海と毒薬』ノート」）を描くことを意図していた。ところが、完成した作品では、それほど意志的な日本の女性は登場しない。

母性を喪失して再び大学病院に勤める上田ノブの内部は、海を通して次のように表現されている。

……本当のことを言えばお国が勝とうが負けようが関心もなかったのです。夜、眼を覚した時に聞える海の音がこの頃、なんだか、大きくなっていくような気がします。闇の中で耳をすましていると一昨夜よりも昨夜の方が、昨夜よりも今夜の方がその波のざわめきが強く思われます。わたしが戦争というものを感じるのはその時だけでした。あの太鼓のような暗い音が少しずつ大きくなり高くなるにつれ、日本も敗《ま》け、わたしたちもどこかに引きずりこまれていくかもしれないと思いました。（第二章）

ここには孤立した女の内部が具象化されているが、それは「悪の意志」というようなものではない。いうまでもなく、戦争下をどう生きるかという切実な問いもない。恐らくこれが当時の庶民の一般的な姿であったとみていい。

上田ノブは、海の「太鼓のような暗い音」に把えられ、呑みこまれていったことになっている。「暗い太鼓のような夜の海鳴りの音」（第二章）とも言い換えられる海の音は、自然の象徴である。その自然に随順する形で、上田ノブは主体を喪失していく。従って、海の音は運命の象徴でもある。運命を自覚し、対決する意志は全く示されていない。

このように多くの日本人は、内部を顕在化することなく自然（運命）に己を預け、思考停止してしまう。もがいても仕方がないという諦念に深く支配されているのである。

遠藤周作は、母性を喪失し、孤立した女性の脆さを、「夜の海鳴りの音」への随順、一体化というかたちで形象してみせた。とすると、他の登場人物にとっては自然はどうなのかという疑問がわく。

勝呂は上田ノブと同様に、最終的には「黒い海」に内部をおかされてしまう。勝呂は、「闇の中で眼をあけていると、海鳴りの音が遠く聞えてくる。その海は黒くうねりながら浜に押し寄せ、また黒くうねりながら退いていくようだ。」（第一章）という。そしてまた、「夢の中で彼は黒い海に破片のように押し流される自分の姿を見た。」（同）ともいう。この「黒い海」は、運命の悪意そのものである。生体解剖の話を柴田助教授から持ちかけられた勝呂は、明確に意志決定をしないまま、「黒い海」に押し流されてしまうことになる。

遠藤周作は、こうした「黒い海」を書きこみながら、海に今一つの思いを託している。それは「碧《あお》く光」る海のイメージとして定着されている。

学生時代から戸田とちがって勝呂は小説や、詩はさっぱり、わからなかった。たった一つ戸田に教えてもらって覚えている詩があった。海が碧く光っている日にはふしぎにその詩が心に浮んでくるのである。

羊の雲の過ぎるとき
蒸気の雲が飛ぶ毎に

空よ　おまえの散らすのは
白い　しいろい綿の列
(空よ　お前の散らすのは　白い　しいろい　綿の列)　(第一章)

海が「碧く光っている日」、非文学的な勝呂が詩の世界に浸るという。勿論、極端に図式化した表現であるが、遠藤周作はここに現実の浄化作用を、さらにいえば詩的飛翔の思いをこめているのである。詩的飛翔により現実批判ができれば、勝呂は明確に自我を確立したということになる。しかし、勝呂は「碧く光」る海を心の支えとすることなく、「黒い海」にさらわれてしまった。

小説の結びで、生体解剖後、「勝呂は一人、屋上に残って闇の中に白く光っている海を見つめた。何かを探そうとした。」(第三章)が、先の詩を呟くことができない。主体的に生き得なかった勝呂の苦悩が、読む者に重く伝わってくる場面である。

遠藤周作はここで「白く光」る海を持ち出した。勝呂の内部を一挙に浄化することはできないけれども、「黒い海」とは異質の何かを感じさせる。

モーリヤックにおいては、海が「感覚的に孤独、永遠的なものを象徴し、同時に恩寵を意味している。」(「作家と読書」)と、遠藤周作はいう。(3)とすれば、ここで「白く光」る海は、神の恩寵を予感させるということになる。しかし、それはあくまでも予感であって、勝呂は「羊の雲」を呟くことさえできないように、現実の苦悩を一身に背負いこんでいるのである。

「仕方がない」日本人の救恤

遠藤周作は、生体解剖事件を、日本人の白人へのコンプレックスが下地にある事件として捉えている。それぞれに白人へのコンプレックスを持つ日本人の、悪情況に呑みこまれていく無残な生を照射したわけだが、それは第一章の序における戦後の勝呂の姿が象徴的に示している。「ショーウインドーは例によってトラックの白い埃をあびていた。洋服屋の姿は見えなかった。赤い髪をした白い人形はうすい嗤《わら》いをうかべたまま、こちらを凝視していた。勝呂医師がたちどまってジッと見つめていたのはこのスフィンクスだった。」（第一章、傍点筆者）という勝呂は、「白いスフィンクス」の問題からまだ解放されていないのである。(4)

こうして勝呂、戸田、上田ノブという三人の内部を抉り出すことによって、西洋人とは異質の日本人の心の所在が明確になったとみていい。事件に対する勝呂のふるえる心、戸田の痛みを感じない心、そして上田ノブの母性喪失というように三通りの態様を示しているが、そういう日本人の行動様式は成行きまかせというのが最も適切で、プリンシプルがないのである。遠藤周作は、戦後の勝呂に次のようにいわせている。

「仕方がないからねえ。あの時だってどうにも仕方がなかったのだが、これからだって自信がない。これからもおなじような境遇におかれたら僕はやはり、アレをやってしまうかもしれない……アレをねえ」

（第一章、傍点筆者）

これが日本人の行動様式の一つの典型である。「これからもおなじような境遇におかれたら僕はやはり、アレをやってしまうかもしれない」という呟きは、強がりをいわない日本人の真実の声と思われる。

遠藤周作は、このように悪情況におかれれば、それに容易に流されてしまう人間の弱さを、直視しているのである。現実とかかわらない言葉の羅列ではない。

勝呂は生体解剖事件に巻きこまれたことを、「仕方がなかった」という。これは己の態度を見事にいい得た言葉である。「仕方がない」で、「黒い海」に呑みこまれ、自我の場を完全に喪失してしまったのである。

どうでもいい。俺が解剖を引きうけたのはあの青白い炭火のためかもしれない。戸田の煙草のためかもしれない。あれでもそれでも、どうでもいいことだ、考えぬこと、眠ること。考えても仕方のないこと。俺一人ではどうにもならぬ世の中なのだ。

（第一章、傍点筆者）

勝呂は「考えても仕方がないこと。」と、思考停止してしまった。安々と日本的な諦念の世界に身を投じているのである。「俺一人ではどうにもならぬ世の中なのだ。」という考えは、孤立した知識人の情況に埋没していくもろさを示している。

遠藤周作は、原理的に思考できない日本人の心の痛みを描いたのである。それは一人勝呂の内部にとどまらない。戸田の「心の苛責」を求める声も、「仕方がない」で、流されていく日本人のもがきのうたである。自己と情況とを、徹底してかかわらせようとはしないのである。心のふるえに密度の違いはあるが、仕方がなく悪情況を受け入れた弱者であることに変わりはない。

日本人の殆どが仕方がなく悪情況に流されてしまったが、その流された者の、つまりは弱者の心の痛みは、いかにして救恤されるのか。勝呂は新興住宅地の町医者としてひっそりと生きている。きわめて日本的な身の処し方といえよう。

キリスト者遠藤周作は、やがて「沈黙」(昭41・3)で、踏み絵を「踏むがいい。」という弱者を許すキリスト像を形象する。そうすることによって、「仕方がない」を連発し、浅い諦念に生きている日本の大衆の中に這入りこんでいったのである。

注

（1）武田友寿『遠藤周作の世界』（昭44・10、中央出版社）他。

（2）佐藤泰正『鑑賞日本現代文学25椎名麟三・遠藤周作』（昭58・2、角川書店）

（3）注2に同じ。

（4）池内輝男「海と毒薬」（『解釈と鑑賞』昭50・6）

（昭和六十一年）

第五章　高村光太郎

一、「仕方がない」日本の内と外

はじめに

高村光太郎の処女詩集『道程』（大3・10、抒情詩社）は、前後に二分され、評価も分かれている。前半のデカダンスに激しい苦悩をみ、批判的リアリティの定着を確認する時、現在にも鋭く問いかける自立しようとする精神を読みとることができる。半封建的な社会と緊張関係にある自我の態様が見事に形象されているのである。後半は、自然の定律に則り、自己を鞭撻する人道的な詩で、男性的な潔さがある。そうした『道程』の中心思想は「生」である。[1] 前半は「生《ラギイ》」を求めて得られない「敗《はい》闕《けつ》」のうたであり、後半は、「自然」に従うことによって「生《いのち》」を体現し得ると信じたよろこびのうたである。それを口語を用いて、鋭く、力強く定着した高村光太郎は、現代詩の父と呼ばれている。『道程』の後半から智恵子への愛をうたい始めた光太郎は、昭和六年（一九三一）の智恵子の精神変調、十三年の死以降も変わることのない愛を表現しつづけた。「をさな児のまこと」をもつ智恵子は「永遠の女性」として、思慕の対象となり、一体化の意欲をかきたてている。無常な愛のうたの氾濫する中で、愛の「聖化」とみることができる。美に生きる現実の生活は破綻していったが、愛は持続され、哀切な響きを持つうたとなっている。

後に「猛獣篇」で現実を抑圧するものへの怒りを爆発させ、それを戦争の論理に組みこんで多数の戦争詩を作った高村光太郎の方法は、抒情詩などのように情調や音調をもっぱらとするのではなく、人間の存在そのものの叫びを定着することにあった。「私は生活的断崖の絶端をゆきながら、内部に充ちてくる或る不可言の鬱積物を言語造形によつて放電せざるを得ない衝動をうけるのです」(「詩について語らず」)といい、「人間の捉へがたい『気』を言葉をかりて捉へようとするのが詩だ」(「気について」)という。いかに生きるかに思い悩み、社会的に重圧を感じる時に、詩は生まれた。

「暗愚小伝」――「仕方がない」日本人

高村光太郎には「暗愚小伝」(『展望』昭22・7)という、きわめて戦後的な自伝がある。かまびすしい戦争責任追及の声を背に、岩手の辺境で彫琢《ちようたく》した自伝は、近代日本の知識人の落ちこんだ陥穽《かんせい》に、自らアプローチしようとした数少ない作品の一つで、「仕方がない」日本人の精神構造を問題にする際、欠かせない作品である。光太郎は「暗愚小伝」を収めた『典型』(昭25・10)の序に、「ここ

（山口村―筆者）に来てから、私は専ら自己の感情の整理に努め、又自己そのものの正体の形成素因を究明しようとして、もう一度自分の生涯の精神史を或る一面の致命点摘発によつて追求した。この特殊国の特殊な雰囲気の中にあつて、いかに自己が埋没され、いかに自己の魂がへし折られてゐたかを見た。そして私の愚鈍な、あいまいな、運命的な歩みに、一つの愚劣の典型を見るに至つて魂の戦慄をおぼえずにゐられなかつた。」と記している。「この特殊国の特殊な雰囲気」を天皇制国家のそれとすれば、精神史における「或る一面の致命点摘発」は、いうまでもなく光太郎の天皇信奉の問題にしぼられてくる。いかにして天皇に帰属したかが、戦争詩人光太郎の核となるのである。そこで、「家」「転調」「親不孝」「蟄居《ちつきょ》」「二律背反」「炉辺」の各章からなる「暗愚小伝」二十編は、天皇を比較的近くに感じた「家」（七編）と、天皇・国家のために内面を引きさかれた「二律背反」（五編）に力を集中して、他の章は二編ずつで整合させることになっている。天皇制というエア・ポケットに嵌り込んだ知識人の弁明といえなくはないが、それを戦後の日本の風土の中で、光太郎ほどシリアスに剔抉《てつけつ》した詩人は、金子光晴以外にはいなかったという事実を忘れてはならない。

しかし、詩人光太郎の把握は、そうした点からの照射以外に、もっと有効な方法がないわけではない。今「暗愚小伝」に引きつけていえば、光太郎がさらりと身をかわした「転調」や「親不孝」「蟄居」に、日本における近代、知識人における主体の問題が内包されてい、内部と外部の緊張関係がほの見えている。したがって、そうした時期の掘り下げによって、近代詩人光太郎の特質はきわめられるはずで、その際天皇制の問題は、光太郎における近代意識の埒外《らち》に位置していたといってよく、ひたすら大道をのみ歩こうとしながら、突然襲われ、落ちこんだ暗渠《あんきよ》と考えていい。「暗愚小伝」は光太郎の非近代にスポットをあてた自伝であるが、ここでは主として近代意識にかかわって、その基本構造を解明してみたい。

自己非才の意識

光太郎は「暗愚小伝」で、「日本膨張悲劇の最初の飴、／日露戦争に私は疎かつた。」（「彫刻一途」）といい、「私は二十歳をこえて研究科に居り、／夜となく昼となく心をつくして／彫刻修業に夢中であつた。／まつたく世間を知らぬ壺中の天地に／ただ彫刻の真がつかみたかつた。」（同）という。これによれば、外的（政治的）な問を通して自我に目覚めていったのではないということになる。確かに光太郎は、この時期動いてはいないし、政治への関心も示していない。「彫刻の真」をつかむために、ひたすら励むかたわら、新詩社同人として短歌をものする一介の文学青年にすぎなかったのである。『明星』派の歌人光太郎の内と外は、与謝野鉄幹の手が加わっているために、速断は慎まねばならないが、たとえば次のような歌によって、そのおよその傾向を捉えることはできよう。

おさへ得ぬ嗔《いか》りに人を刺さむ日か思ひは斯《か》かれ胸の苦しき

大神に背きて我と縊《くび》れ死ぬ愚人《ぐにん》ある夜を非《なみ》しあへぬかも
青雲《あをぐも》の限りを日とし焔とし燔《や》かばや竭《つ》きめ地なる苦悩《くるしみ》
撲てば蚊の落ちぬちひさきながらや霊や命や我が世は難し

この「雲一抹」（『明星』明37・6）の冒頭四首に、何が感じとれるか。私はここでは、まだ外の世界が流動的であると思う。人の「世」への開眼の兆しがないわけではないが、それは自己内面の策動によって、どうにでも塗り変えられてゆくもので、内部と対峙する客体としての外ではない。言葉を換えれば、実質の伴わない外である。歌の基調をなすものは、自己に目覚めつつある者の苦悩であるが、その苦悩の表出が極端に誇張されているところに、『明星』派の特徴があるとみていい。光太郎はこの誇張をよしとする『明星』の中で、独自の文体を形成していったのである。

安藤靖彦氏は、この光太郎の歌に「青春の不安定な情動と観念との劇」（「〝光太郎の位置〟試論」、『説林』昭44・12）を見、「精神の基本構造」（同）を問題にしながら、「それは一方に自我覚醒とそれゆえの環境社会との不均衡によって生ずるデカダンスを伴なうはずのものであった。」（同）と強調している。内と外の不均衡によるデカダンスという図式にポイントをおいて、『道程』前期までの光太郎を把握しようとする試論である。しかし渡米前の光太郎には、はっきりと指摘できるようなデカダンスの事実はないし、安藤氏が推定するような理由でのそれもない。光太郎は「環境社会」を自覚的に視野に収めてはいず、ほとんど無規定のままで、青春期における内部不安や苦悩を、無限増殖していたにすぎないのである。

それではその内なる不安や苦悩の実体は何か。戯曲「青年画家」（明38・4）では血の問題が扱われているが、それをも含めて光太郎の内部を籠絡していたのは、自己非才の意識である。現在のわれわれからすれば、抜群の才能の所有者と思われる者の内部に、次のような意識が巣くっていたのである。「今にして前に作りし喜撰などを見れば目もあてられぬまづさ。我ながらおどろかる。なになればかくは不器用なる我ぞ。今作りをるものは今の我にしてともかくも作りをるものゝこれ亦一二週乃至一二ヶ月も立たば忽ち顧るにも堪へぬものとやなりもせん　此をおもへば我ながらあまりの甲斐なさに口惜しなどいふもおろかなる。感にうたれて果ては頭さへ悩ましげなり。製作中には気もつかざれど製作を休みて夜などに入るときはこのごろたちまち頭痛をおぼゆ。」（『彫塑雑記』明36・4・2）と記し、「仕事しつゝ自ら己れを見るにいかにしても天才とは見かたきのみか器用ともゆるしがたし。是非もなき事なれど口惜しからでやは。」（同、明36・4・11）とまで書きつけている。われわれはここに、小さなことに怒り、傷つき、焦燥する青年期の光太郎の偽りのない姿を見ることができる。身近に天才を思わせるような人（薬師寺氏—筆者）がいただけに、いっそう己の非才を意識し、のたうちまわらねばならなかったのである。そこで、「さもあらばあれ、勉めて止まず、倦まず撓《たゆ》まずすゝみゆかば遂には彼岸に達し得ん。否達せしめざるべからず。」（同）というような努力主義によって、ようやく心の平衡を保とうとする。秀才型ではなく、努力型の、自己鞭撻の典型である。光太郎の眼は劣等な（と意識された）自己にのみ向かっており、「彫刻の真」をつかむために全力を傾注していたのである。したがって、その劣等な自己を、何にかかわらせて自立しようとしたかが、次に問われねばならない。

内と外

「彫刻一途」の光太郎が、外との緊張関係において内を意識したのは、つまり真の意味で自我の意識に目覚めたのは、明治三十九年から四十二年にわたるアメリカ、イギリス、フランスの留学を通してであった。光太郎はこのとき、外をまず空間的に意識し、その及びがたい実質にうちのめされながら、冷厳に自己（民族）を認識していったと考えていい。

頬骨が出て、唇が厚くて、眼が三角で、名人三五郎の彫った根付《ねつけ》の様な顔をして
魂をぬかれた様にぽかんとして
自分を知らない、こせこせした
命のやすい
見栄坊《みえぼう》な

小さく固まつて、納まり返つた
猿の様な、狐の様な、ももんがあの様な、だぼはぜの様な、麦魚《めだか》の様な、鬼瓦の様な、茶碗のかけらの様な日本人
（「根付の国」）

近代詩における自己認識の苛烈さを問題にすれば、この「根付の国」と、金子光晴の「おつとせい」とは、まさに双璧であろう。光太郎はここで、内の客体化に見事に成功している。「根付の国」の日本人を、自分は高みに立って批判しているのではなく、自己そのものとして剔抉しているのである。自分の肉体や精神構造の歪みをあばき立てる痛みに耐えて、大胆に日本人批判を試みる光太郎の態度は、時流を抽《ぬき》んでてきわめて現代的である。

光太郎は西欧文化に、その輸入者・紹介者としてではなく、創造者としてかかわっていったのであった。「根付の国」の、奇怪で浅薄な像しか彫れない己を意識したのは、ロダンによって象徴される西欧に絶対的な意味を見いだしたからである。つまり、光太郎は理想的な外（西欧）に対して、否定すべき卑小な内（日本）を自覚したわけだが、その内を創作主体の痛みをこめて表出しているところに、この詩の独創性があるといわねばならない。「根付の国」には、初出時「第二敗闕録《はいけつろく》」（明44・1）という総題が付されていた。光太郎はアメリカ留学中に「敗闕録」（明40・6）を発表しており、この「敗闕」（恥辱）の語が、『道程』前期のキー・ワードである。

「敗闘録」「第二敗闘録」は、ともに劣等な自己存在の恥辱のうたであるが、「第二敗闘録」においては、内なる外が明確に認識されてきている。そこで、「根付の国」について今少し付言すれば、その自己の客体化には、明らかに自己脱却の志向が読みとれる。もちろん、容易に脱却できない立ち迷いがモチーフとなっているわけだが、内なる否定すべきものを見定め、身を切る痛みに耐えて、一知識人の立場を鮮明にしているのである。日本人でありながら、卑小な日本的なもの（内なる外）を否定する光太郎は、いわゆる外（西欧）なる内の体得にいっさいをかけていたのである。

おう雨にうたるるカテドラル。
息をついて吹きつのるあめかぜの急調に
俄然《がぜん》とおろした一瞬の指揮棒、
天空のすべての楽器は混乱して
今そのまはりに旋回《せんくわい》する乱舞曲。
おうかかる時黙り返つて聳《そび》え立つカテドラル、
今此処で、
あなたの角石《かどいし》に両手をあてて熱い頰《ほ》を
あなたのはだにぴつたり寄せかけてゐる者をぶしつけとお思ひ下さいますな、

酔へる者なるわたくしです。
あの日本人です。

（「雨にうたるるカテドラル」最終連）

こうした熱誠を、光太郎は日本文化に対して示したことはない。「八世紀間の重みにがつしりと立つカテドラル、／昔の信ある人人の手で一つづつ積まれ刻まれた幾億の石のかたまり。／真理と誠実との永遠への大足場。」（同）とたたみかけるカテドラル賛仰は、日本人の西欧拝跪《はいき》の極地を思わせる。しかしそれは単なる西欧礼賛ではなく、充実した生命への飢渇感の表白と解していい。外なる内とは、「近代」と限定できない生にほかならないが、それが日本における近代の指標の役割を果たしたのである。

外（西欧）なる内（生）を求めて、内（日本）なる外（根付）との妥協のない闘いを続けることが、『道程』期における光太郎の基本的な課題であった。つまり、日本に卑小な根付でない、カテドラルのような「真理と誠実との永遠への大足場」を創始する意志を持ち、剛直に実行しようとしたのである。

そのとき、近代思想の裏打ちがなく、職人的と思われた彫刻界の重鎮父光雲が、まず否定されなければならなかった。「父の顔を粘土《どろ》にて作れば／かはたれ時の窓の下に／あやしき血すぢのささやく声……」（「父の顔」）を聞く光太郎には、「わが魂の老いさき、まざまざと／姿に出でし思ひもかけぬおどろき」（同）があった。頭の中で超越し、否定的な言辞を弄すれば、それで能事足れりとするような、一面的な啓蒙家ではなかったのである。「あやしき血すぢのささやく声」を耳にしながら、「根付の国」を否定し、西欧的な生を志向する光太郎は、「文学的に真に意味ある頽廃」（小田切秀雄「日本近代文学の古典期」、『近代文学』昭16・10）にのめりこんでいき、やがて長沼智恵子との恋愛を契機に、「美に生きる」決意をうたうことになるが、そこに定着された詩は、近代の日本が西欧と仕方がなく触れあって、いわゆる「雑種文化」（加藤周一）を形成していく過程で経験したもがき、苛烈なドラマであった。

光太郎は智恵子との「まこと」の愛を手がかりに、ついに外なる内の確立を宣言した。彼はバーナード・リーチに向かって、「世界の果てなる彼処《かしこ》に今まことの人の声を聞けりと／又、世界の果てなる彼処に今いさましく新しき力湧けりと」「アングロサクソンの民族に告げたまへ」（「よろこびを告ぐ」）という。生の確立は、「まことの人」の「新しき力」によるが、それを彼は己の内に確認したのである。

外なる生の主体化の試みは、光太郎が極端な劣等意識を持っていたために、それだけ危険な無理をしていたといわねばならない。激しい生への志向が、「人間は鮭の卵だ／千万人の中で百人も残れば／人類は永久に絶えやしない／棄て腐らすのを見越して／自然は人類の為め人間を沢山つくるのだ」（原形「道程」）というような、人間性の欠漏《けつろう》を生じさせているのである。私はここに、大急ぎで近代化を試みた日本人の歪み、真の姿が露呈していると思う。

愛

自己を生かすために、生を発展させるために、光太郎は智恵子と蟄居《ちっきょ》した。生の実現を期して、外部とのかかわりを断ち、「すべての能《ちから》」を「ただ一条《すぢ》の力の中にあざな」(「よろこびを告ぐ」)っていこうとしたのである。彼はそれを次のように整理している。

一人の女性の愛に清められて
私はやつと自己を得た。
言はうやうなき窮乏をつづけながら
私はもう一度美の世界にとびこんだ。
生来の離群性は
私を個の鍛冶《たんや》に専念せしめて、
世上の葛藤にうとからしめた。
政治も経済も社会運動そのものさへも、
影のやうにしか見えなかつた。

智恵子と私とただ二人で
人に知られぬ生活を戦ひつつ
都会のまんなかに蟄居した。
二人で築いた夢のかずかずは
みんな内の世界のものばかり。
検討するのも内部生命
蓄積するのも内部財宝。
私は美の強い腕に誘導せられて
ひたすら彫刻の道に骨身をけづつた。
（「美に生きる」）

ここには芸術における価値以外の、世俗的ないっさいの権威を否定して、とらわれない内部生命の定着に、砕身鏤骨《るこつ》した光太郎の人生態度がうたわれている。さまざまな伝説を生んだ智恵子との愛の生活も、生の実現に向かって厳しい方向づけをし、不断の努力を強いていたのである。『智恵子抄』の比類ない愛に、「二つの生命の天上的な交響」（亀井勝一郎「愛において永遠なるもの」、『愛の無常について』昭37・7、三笠書房）を感じとる人は多いに違いないが、われわれはそこにまた、近代の日本でひたすら内部生命の充実を構想・実践して、ついに挫折した悲劇を読みとることができる。(2) 智恵子の狂気は、光太郎の生志向がもっとも身近でオーバーヒートしたことを意味しているのである。

亀裂

光太郎自身も智恵子と蟄居しながら、やがて外部と内部の亀裂に苛立ち、怒りを爆発させてゆくことになる。徹底して「内部財宝」の蓄積に集中しようとすればするほど、理不尽な外部世界が重くのしかかってきたのである。とくに関東大震災以降は、ロダン流の芸術生活に行き詰まり、いかなるかたちでか変革を決意せざるをえなくなる。彼は「腹をきめて時代の曝しものになつたのつぽの奴は黙つてゐる。／往来に立つて夜更けの大熊星を見てゐる。／別のことを考へてゐる。／何時と如何にとを考へてゐる。」（「のつぽの奴は黙つてゐる」）と鋭く対決姿勢をうち出してゆく。それは、智恵子の狂気、戦争と続いて具体化されることはなかったが、「個の鍛冶に専念」して「世上の葛藤にうとか」ったなどと、うそぶいておれる時代でなくなったことを明白に示している。

「猛獣篇」は生の充実を企図して生きようとした光太郎が、「個」を守るために試みた外部世界告発の記録である。彼は清廉潔白の猛獣の立場に立って、「個」を封じこめようとする外に怒りをぶちまけている。外とは、「教義主義的温情のいやしさ」や「基督教的唯物主義」（「白熊」）にとらわれ、金や「執念ぶかい邪智」（「傷をなめる獅子」）を持った人間の社会である。動物園の駝鳥を捉えて、「あの小さな素朴な頭が無辺大の夢で逆まいてゐるぢやないか。／これはもう駝鳥ぢやないぢやないか。

／人間よ、／もう止せ、こんな事は。」（「ぼろぼろな駝鳥」）とたたきつけたとき、光太郎の内部生命がもっとも鋭く外部と対決していたとみていい。

しかし、光太郎はそのとき「個」を守るのに急なあまり、猛獣の「暗い」「きたない」「残忍なもの」（「とげとげなエピグラム」）にあえて眼をつぶった。「ぼろぼろな駝鳥」を頂点とする「猛獣篇」には、「根付の国」のような自己を切り刻む痛みがない。外とともに、内の暗黒部も絶えず摘出照射するのでなければ、やがては外へのパースペクティブを失い、方向を誤ることになる。

光太郎は昭和七年には、「世界の鉄と火薬とそのうしろの巨大なものとが／もう一度やみ難い方向に向いてゆく」（「もう一つの自転するもの」）のを見据えて、「もう一つの大地が私の内側に自転する」（同）と内の自立をうたったが、昭和十二年の日中戦争を機に戦争を肯定することになる。もちろん「天皇あやふし。／ただこの一語が／私の一切を決定した。」（「真珠湾の日」）というような、非論理的な戦争協力ではなかった。光太郎は、欧米人に劣等人と蔑まれたアジア人の独立を考えていたのである。「われは義と生命とに立ち、／かれは利に立つ。」（「危急の日に」）という言葉は、青年時代以来の生志向とけっして無関係ではない。自己の自立を日本（アジア）の独立にスライドして、いっさいを賭けているのである。しかし、内と外への正確なパースペクティブを失って、現実と対応しない非凡な言葉は、きわめて危険である。盲目的な外への同化が危険なように、無制限な内の跳梁もまた危険である。光太郎における天皇制は、現実離れして緊張を欠いた内と外の亀裂に侵入してきた「亡霊」

であった。

注

（1）平岡敏夫、角田敏郎、安藤靖彦、筆者等。

（2）吉本隆明『高村光太郎』（昭32・7、飯塚書店）。本書は五月書房版（昭33・10）より引用。

（昭和五十一年）

二、芸術論

光太郎は自己典型化の志向が強かった。『道程』(大3・10)から『典型』(昭25・10)に至る詩集が何よりもそれを明確に語っている。本質を求め、大道を歩かんとして自己を鞭撻し、他人にもためらいなく厳しい批判を浴びせかける。当時の師弟関係を重んじ、言挙げを好まない芸術界にあっては、とんだ鬼子の出現を思わせる二代目の登場ということになるが、その芸術家の生を根本から問う批評によって、日本の芸術界は改めて「近代」の意味を問い直すことになったのである。

光太郎は『美について』(昭16・8)『造形美論』(昭17・1)『某月某日』(昭18・4)『独居自炊』(昭26・6)と芸術論書を多数遺しており、こうした論著によって、われわれは傑出した芸術家の歩みを確認することができる。しかし、これらは後年のもので、芸術界へのインパクトは、アメリカ、イギリス、フランスの留学より帰った明治四十二年から数年間の文展を中心とする芸術批評が強烈であった。もちろん、それが詩人光太郎の世界形成と密接にからんでいることはいうまでもない。『道程』は芸術家光太郎の「魂のエボリューション」を明らかにするために、ほぼ編年体で編まれており、芸術観を逆照射しているが、ここでは詩には立ち入らないことにする。

批評の核——「生」

光太郎の芸術論は「文部省美術展覧会評」（『早稲田文学』明42・11）以後過激に展開された。最初からポレミックで性急に自己の芸術観を開陳し、意に満たない作品は容赦なく切り捨てた。評価したのはただ一人荻原守衛のみである。「第三回文部省展覧会の最後の一瞥《べつ》」（『スバル』明43・1）を見ると、朝倉文夫の「猫」を細叙して次のようにいう。

「猫」（朝倉文夫氏作）が一寸眼をひいた。最近に巴里でよく見かけたREMBRANDT REGATTIの技巧に似てゐる所がある。猫の技巧に比べると、後ろの手と腕とが甚しく堅いので、横から見た時に少し困る。併し、作家が今日の如く物々しい仰山な作品でなければ豪《えら》くない様に思ふ時、此を作つて人に見せた所が面白い。彫刻のありがたみは図題では無い。彫刻は彫刻で可いのだ。指一本でも足一本でも沢山なのだ。生《ラギイ》の無い「思ひ入れ」は下手な筋書きを見てゐる様な気がして、馬鹿馬鹿しくてならないものだ。芸術は文句無しに直接《ぢか》に感じて来なくては面白くない。彫刻なら彫刻の技巧、TOUCHEとか、構造《コンストラクション》とか、表面の触感とか、色感覚の調和とかが直ぐに或る感じを人に与へなければならない。技巧と図題とを人に別々に考へさせる様では下らない。この猫にしても、其の本当の面白味は、猫が頸を持つて吊下げられてゐる滑稽趣味の所には存して居ない。猫の肉を作つた技巧、其の明るい所と暗い所との関係や物の質をあらはした軟かみ、そんなものが、さうとは明らかに人の意識に上らない内に早く猫の感じを人に与へてしまふ所に愉快な気持が出て来るのだ。（略）さて、一寸面白いにも拘らず、此の作に大きな価値が無いのは、深みが無いからだ。猫の後ろに動物が無いからだ。猫の背後に本当の生《ラヾイ》が無いからだ。

（「第三回文部省展覧会の最後の一瞥」）

この「猫」評で光太郎の芸術観の特色はすでに十分にうかがえる。「最近の巴里でよく見かけるREMBRANDT REGATTI の技巧」を持ち出して注目しながら、「猫の背後に本当の生が無い」ことを鋭く衝く。「生の無い『思ひ入れ』は下手な筋書きを見てゐる様な気がして、馬鹿馬鹿しくてならない」といった後に、「本当の生が無い」とおっかぶせれば、批評の基準に「生」を据えていることは何人の目にも明白である。光太郎の批評原理は「生《ラヾイ》」の一語に集約されている。

光太郎は「猫」に「生」がない理由を二面から説明する。第一に「作家の人格趣味」、第二に「技巧」についての問題である。技巧面では「堅実性《ソリヂテエ》」の不定、「面」の混乱、「線」の不連続を挙げ、「後ろの手は殊に甚だしく此の諸欠点を示して、NEGATIVE の意味から転じて寧ろ人に悪感を起させる」（同）とまでことばを重ねる。これでは芸術界で物議をかもすこと必定である。

かつて谷沢永一氏は「高村光太郎の思考態度」（『国語と国文学』昭35・2）で光太郎の芸術論を論じ、

「リゴリズムの生成」を見事に摘出照射したことがある。文展批評などこの期の文章を分析し、「生《ラギイ》」が光太郎の「至上概念」「究極の理想像」（同）であることを確認した上で、谷沢氏は光太郎のとるべき態度を見定める、「彼はこの『生《ラギイ》』という概念に絶対的に帰依すること、一片のまがいものを含まない旨を明示するに足る緊迫した誓信をこの至上概念に捧げる三昧境への参入以外に、芸術思考者としての沽券を守り通す方法がない。光太郎の批評態度はすでにその初発の当初から、極限概念をストレートに提示し、それに純潔な誓信を寄せる絶対帰依を軸として自己回転しているのであるから、その自己運動はすなわち信念中枢のかぎりない鍛圧《たんあつ》作業による自己凝縮の過程を意味するにすぎない。従って、この勢いの赴くところ、彼としては、原理或いは概論というかたちによる信念の吐露、その姿勢の厳粛にのみ主体的真実を賭ける方向に驀進《ばくしん》せざるを得ない。」（同）と。光太郎の思考態度を論じてここまで論理をつきつめた人はいない。「生」に帰依し、「主体的真実を賭け」れば賭けるほど、「芸術についての思考から、認識・計測・判断・規定の要素を彼は剝奪しなければならない。」（同）ことになり、「河口から水源へさかのぼるように、きびしい消去法によって次第に煮つめられてゆく光太郎の芸術思考は、遂に」「峻烈なリゴリズムに達する。」（同）と断定する。光太郎の「芸術雑話」（『朝日新聞』大6・9）に「想像し得るもっとも第一義的な要素のみによって組成された渇仰の歌」（同）を読みとる谷沢氏は、原理・原則に主体を賭ける生き方にもっとも遠いところにいて、現実を鋭敏な触覚で感知する、つまり批評のできる研究者で、対極の位置にある光太郎の特色をものの見事に抉り出しているのである。

手業《メチエ》

光太郎は「至上概念」「究極の理想像」である「生《ラギイ》」をどう体得したか。それを今彫刻の系譜でたどれば間違いなくロダンに行きつく。東京美術学校研究科時代に初めてロダン「考える人」の写真を見て「ひどく打たれ」（「ロダンの手記談話録」、『婦人之友』昭17・11）、やがてモオクレエルの『オオギュスト　ロダン』の英訳本を入手、「寝てもさめても手離さ」ず、「食べるやうに読んだ」（同）という。そして、フランス留学中にクラデルの『オオギュスト　ロダン』を食費を切りつめて買い、「此本はほんとに私の血肉となつた。」（同）とまでいう。後に訳出した『ロダンの言葉』（大5・11）はこの本によったものである。ミケランジェロ以来の彫刻界の偉人について光太郎は次のようにいう。

……偉業を成し遂げるに当つて執つた根本の道といへば、ただ純粋な彫刻的手法の獲得に外ならなかつた処に芸術上の意義がある。即ち彫刻の構成とか、面とか、動勢とか、肉づけとかの究明から一切の生命が湧出して来たのである。芸術に於てはどんな観念の荘厳美麗もその純粋技法上の正当な習得なしには具体化し得ないといふ事を彼は立派に示したのである。彫刻の彫刻性なしには一切が無力に終るといふ事を彼は明瞭に人に示した。これはあらゆる芸術にとつての善き内密の教訓であつた。彼は語る時、決して観念の抽象を語らず、ただ技法上のいろはを語る。そしてむしろ一人の職人のやうに仕事した。「手業《メチエ》がすべてです」と彼はいふ。

（「ロダンの作品」昭19・3）

光太郎はロダンの作品の「生命」（生）の湧出に彫刻の理想像を見出し、それを「至上概念」としたのであった。もちろん他のさまざまな局面で「生」を示唆されたに違いないが、「彫刻は私の狂疾である。」（「彫刻に関する二三の感想」、『美術新報』大元・11）とまでいい切る光太郎の先達としては、第一にロダンがおり、その「具体的な抽象」美に共鳴しているのである。従って、ロダン抜きの「至上概念」「生」は考えられないほど、光太郎はロダンに決定的な影響を受けているわけだが、彼自身はそうした「生」を彫刻としてどこまで表現できたのか。実はロダン流の「生」を「至上概念」としたが故に己の現実に絶望し、ゆったりと粘土をいじってなどいられなくなったのではないか。

白人は常に東洋人を目して核を有する人種といつてゐる。僕には又白色人種が解き尽されない謎である。僕には彼等の手の指の微動をすら了解する事は出来ない。相抱き相擁しながらも僕は石を抱き死骸を擁してゐると思はずにはゐられない。その真白な蠟《ろう》の様な胸にぐさと小刀《クウトウ》をつつ込んだらばと、思ふ事が屡々《しばしば》あるのだ。僕の身の周囲には金網が張つてある。どんな談笑の中で団欒《だんらん》の中へ行つても此の金網が邪魔をする。海の魚は河に入る可からず、河の魚は海に入る可からず。駄目だ。早く帰つて心と心とをしやりしやりと擦り合せたい。　（「出さずにしまつた手紙の一束」）

この異常な隔絶感の表現に注目してみればいい。吉本隆明氏は、「ロダンを芸術家とすれば、父光雲は職人であり、ロダンを芸術上の血族とすれば光雲は憎悪すべき敵であり、しかも、光雲と自分とは、肉親の父と子であるという宿念がうまれざるをえなかった。このような宿念からは、種の問題が誕生する。」（『高村光太郎〈増補決定版〉』昭45・8、春秋社）といい、西洋人への「了解不可能」を強いる心因をつきとめている。

　ロダンと父光雲に象徴される問題を解明して説得力があるが、私には「真白な蠟の様な胸に小刀をつつ込んだらば」という惨劇志向が重くのしかかってくる。これは社会的背景で納得のいかない志向である。特別の才能をもってすれば、個人的には社会的な背景を乗り越えることは可能である。しかし、光太郎にはそれが出来なかった。どんなにロダンに熱中しても、いや熱中すればするほど、彫刻家としての力量の落差を思い知らされ、足もとが危うくなったのである。「生《ラヸイ》」に絶対の価値をおきながら、それを表現できない彫刻家の苦渋・絶望が、「小刀をつつ込」むというような惨劇による跨《また》ぎを空想するところまでいく。そこで、苦しまぎれに人種の壁を想定して帰国を急ぐという仕儀となる。もちろん、帰国しても容易に解決するような問題でないことはいうまでもない。

光太郎は「生」の「至上概念」を獲得することによって、頂点に達したのではなく、それに向かってきわめて難しい第一歩を踏み出したのである。「純粋な彫刻的手法」を獲得しなければ、「生」は絵に画いた餅で、思想家、評論家ではあり得ても、彫刻家として自立したことにはならない。光太郎が逃げの態度をとり、詩を書いて心のバランスをとりつつ、克服すべく直面した問題は彫刻の「手業《メチエ》」の問題だったのである。

作品の生命の基礎

「生」を成り立たせる「手業《メチエ》」の未熟が光太郎の惨劇志向、デカダンスの根源にあり、吉本隆明氏が「世界性と孤絶性のあいだに、環境社会を奪回」(『高村光太郎』)しようとする試みというのは、それに起因する生活上の彷徨を捉えたことばである。抜群の才能をもってしても「手業」の習得には時が必要であり、惨劇志向に見られるような熱意が必要であることは言をまたない。

フランスで人種の壁を意識した光太郎が、帰国して逃げ場を失った時、もはや日本人として居直る外すべがなかった。日本との「為方《しかた》のない腐れ縁」(「緑色の太陽」、『スバル』明43・4)を是認し、結果としての地方色を肯定する。そして、「人が『緑色の太陽』を画いても僕は此を非なりとは言はないつもりである。僕にもさう見える事があるかも知れないからである。」(同)と個人の感性を重視する芸術論を展開していった。

僕は芸術界の絶対の自由《フライハイト》を求めてゐる。従って、芸術家のPERSOENLICHKEIT（個性・人格─筆者）に無限の権威を認めようとするのである。あらゆる意味に於いて、芸術家を唯一箇の人間として考へたいのである。そのPERSOENLICHKEITを出発点として其作品をSCHAETZEN（評価─筆者）したいのである。

（「緑色の太陽」）

地方色が目的ではなく、あくまでも芸術家の個性に眼目がある。そこで、芸術においては「作者の人生批判といふ様なもの」「作者の人格の影」が、「作品の生命の基礎」（「彫刻の面白味」、『文章世界』明43・12）をなしているという立場に立ち、さまざまな時代的、社会的、あるいは人生的な問題にかかわることになる。「至上概念」「生《ラギイ》」を戴いた光太郎の模索が、こうして「仕方がない」日本の近代芸術の問題を根底から批判し、問い直す働きをしたのであった。今その「生《ラギイ》」が「生《いのち》」と変化するプロセスをたどれば、光太郎の主体的な歩みが読みとれる。私はそれを『道程』における転化の問題として論じたことがあるが、(1)「生《いのち》」の主張に転じて「作者の人生批判」が緩んだわけではないので、「生」の芸術思想を新たな視点で読み解く必要がある。

光太郎が「生」を「気韻生動」（「銀行家と画家との問答」、『文章世界』明43・11）といい、「道」「自然」（『道程』）の方向に深めて行ったことが明確に示しているように、東洋思想と深く結びついた芸術思想を今私は視野に入れている。

注

（1）拙稿「『道程』論――転化の問題を中心に――」（『文学』昭41・8）

（平成十年）

三、作　品

――「根付の国」「秋の祈」「ぼろぼろな駝鳥」「つゆの夜ふけに」――

「根付の国」

根付の国

頬骨が出て、唇が厚くて、眼が三角で、名人三五郎の彫つた根付《ねつけ》の様な顔をして
魂をぬかれた様にぽかんとして
自分を知らない、こせこせした
命のやすい
見栄坊《みえばう》な
小さく固まつて、納まり返つた
猿の様な、狐の様な、ももんがあの様な、だぼはぜの様な、麦魚《めだか》の様な、鬼瓦の様な、茶碗のかけらの様な日本人

「根付の国」は、「失はれたるモナ・リザ」等と一緒に『スバル』（明44・1）に、「第二敗闕録」の総題で発表され、詩集『道程』の冒頭部（三番目）に布置されている。『道程』の前半を代表する詩篇で、光太郎の特徴をもっともよく表わし、論じられることの多い作品である。

「頬骨が出て」から「茶碗のかけらの様な」までが、すべて「日本人」を形容するという特異な文体のこの詩は、発表当時、詩として評価されることがなかったという。彫刻的方法とでもいうべきイメージの定着によって、日本人像は印象鮮明に造型されているが、「……の様な日本人」と、体言止めにしているので、後に言葉を補ってみれば、作者の態度はより明確になる。「文学史の会」では、「……の様な日本人よ」と「……の様な日本人で自分もある」（『近代詩集の探究』昭37・9、学燈社）という二様の解釈を示しているが、これはいうまでもなく日本人批判と、日本人である自己批判という両面を含んでいる。

日本人を「根付」と捉えた光太郎の眼は、群を抜いて鋭い。欧米の留学で、日本の前近代性を徹底して思い知らされた光太郎の眼には、江戸時代の遺物とみていい、いびつで矮小な根付くらいにしか日本人が映らなかったのである。「魂をぬかれた様にぽかんとして」から、「小さく固まつて、納まり返つた」は、日本人の人生態度、姿態にいたるまでを否定的に把握し、閉塞の時代の情況を示唆してもいる。

「根付」のような「日本人で自分もある」という自己批判は、主体とのかかわりにおいて看過できないものがある。欧米の留学で、自分が欧米人になったかのような顔をして、日本人を批判した欧化主義者が多かった中で、光太郎は己の卑小さと向きあっていた。パリで女と一夜を過ごした翌朝、鏡に映った自分の醜い姿を見て驚愕し、「ああ、僕はやっぱり日本人だ」（「珈琲店より」）と叫ばずにはいられない。劣等意識にさいなまれていたのである。従って、「根付の国」の総題が「第二敗闕録」であることは、重要な意味を持つ。アメリカ留学中に、「禅宗無門関」を読んで「敗闕《はいけつ》」の言葉をつかみ、「敗闕録」（『明星』明40・6）を書き、現実存在の「敗闕」（失敗・恥辱）の意識を正面から追究し、自立する道を模索していたが、帰国後にさらにつきつめていったのである。

『道程』の自立宣言は、「根付の国」の「敗闕」の意識が強烈に作用しており、楽天的な自己肯定ではない。外部と内部の関係を批判的につきつめ、根付の国の現実を根元的に把握することから出発した自我は、詩精神が批判精神であることをはっきりと示している。金子光晴が「おっとせい」で俗衆を批判しながら、やはり俗衆でしかない自己をえぐり出したのは、昭和の悪情況下においてであったが、光太郎はより早く日本の近代の態様をあばき、詩に定着していたのである。批判が徹底しているだけ、志の高さが光る。

（平成十七年）

「秋の祈」

秋の祈

秋は喨《りやう》喨《りやう》と空に鳴り
空は水色、鳥が飛び
魂いななき
清浄の水こころに流れ
こころ眼をあけ
童子となる

多端紛雑の過去は眼の前に横はり
血脈をわれに送る
秋の日を浴びてわれは静かにありとある此を見る
地中の営みをみづから祝福し
わが一生の道程を胸せまつて思ひながめ

奮然としていのる
いのる言葉を知らず
涙いでて
光にうたれ
木の葉の散りしくを見
獣《けだもの》の嘻嘻として奔《はし》るを見
飛ぶ雲と風に吹かれる庭前の草とを見
かくの如き因果歴歴の律を見て
こころは強い恩愛を感じ
又止みがたい責《せめ》を思ひ
堪へがたく
よろこびとさびしさとおそろしさとに跪《ひざまづ》く
いのる言葉を知らず
ただわれはそらを仰いでいのる
空は水色
秋は喨喨と空に鳴る

「秋の祈」は、光太郎の精神の高揚を伝える傑作の一つである。『道程』の最後に布置されており、光太郎は晩年、『道程』について、「あれは親父から二百円もらって自費出版した。あの中の『秋の祈』がなかなか出来なくつて出版が遅れたんだな。」(「高村光太郎聞き書」『光太郎資料2』昭35・5、北川太一方) と語っている。従って、「秋の祈」は、『道程』の世界を集約し、近代詩の述志の高峰の方向を占うに足る作品ということになる。

秋は喨喨と空に鳴り
空は水色、鳥が飛び
魂いなゝき
清浄の水こころに流れ
こころ眼をあけ
童子となる

この第一連で、光太郎は己の精神の態様を大胆にいい切っている。自然と一体化した自己を「童子」と把握するとき、光太郎の志向は明白である。

秋の文学的表現は数限りなくあるが、光太郎は、ここでは漢文調で、そのさやかな音から始め、抜けるような高い秋空の色を七音で簡潔におさえた後、「鳥が飛び」と、動きを持ってくる。この無駄の全くない表現で、秋の情景はぐいぐいと人の心に食いこんでくる。そこで、光太郎はすかさず「魂いななき」の一句で、自然界と一体化した主体の有り様を提示する。北川太一氏は、「秋のひびきにあわせて、充足し、張り満ちた心は、空にむかって高らかにそのいのちのよろこびを叫ぶ。いななくは馬が声高く鳴くことの表現だが、秋と馬の連想、馬の持つ生命感の意識がこのような表現を導き出した。」（『高村光太郎詩集』昭44・3、旺文社文庫）とみている。気力充実した己の魂を、「いななく」というダイナミックな声に結びつけて表出した卓抜な連想が、詩の世界を動的でありながら、内面化し、具象化する働きをしているのである。

「清浄の水こころに流れ」は、きわめて観念的な詩行であるが、光太郎はいわば観念を強引に肉体化していく詩人で、ここでも清浄な心の存在を喚起することにねらいがあるとみていい。そして、すぐに「こころ眼をあけ」と次の動きを示す。「こころに流れ／こころ眼をあけ」という「こころ」のくり返しは、先の「空に鳴り／空は水色」と同工で、くり返しによってリズムを形成し、内部に深く食いこみながら、確実に動いていく。この動きが観念連合の面白くない詩と違って、光太郎の詩精神を際立たせることになる。言葉は動くが精神が静止していて平板この上ない詩の氾濫する中で、光太郎は己の内部の展開を見つめているのである。彼は一気に「童子となる」というところまでもっていく。一体なぜ「童子」なのか。

『道程』は、その世界が前後に分けて捉えられている。前期から後期への転化に大きな役割を果したのが智恵子との恋愛であった。光太郎は智恵子を、「をさな児のまことこそ君のすべてなれ」といい、「君こそは実《げ》にこよなき審判官《さばきのつかさ》なれ／汚れ果てたる我がかずかずの姿の中に／をさな児のまことも て／君はたふとき吾がわれをこそ見出でつれ」(「郊外の人に」)とうたっている。ここに注目すれば、光太郎は「をさな児のまこと」を典拠として、己の生活態度を変えていったということになる。

「をさな児のまこと」をもつ「君」に呼応して、光太郎は清浄なこころをもつ「童子」となったわけだが、これが『道程』期における純粋な自己のイメージの一つの典型である。けがれのない清らかな子供のようなこころ、この秋の日の人間の存在の輝きは美しい。第一連において、光太郎は己の高音部を見事に定着したとみていい。

多端紛雑の過去は眼の前に横はり
血脈をわれに送る
秋の日を浴びてわれは静かにありとある此を見る
地中の営みをみづから祝福し
わが一生の道程を胸せまつて思ひながめ

奮然としていのる

二十一行からなる第二連で、光太郎はまず「多端紛雑の過去」を背負い、現実を着実に踏みしめて生きようとする者の内的衝動の強さを表白している。「多端紛雑の過去」は、ここでは具体的に明らかにされていない。しかし、『道程』一巻を読みすすめてきた者にとっては、これが身を切るような青春の彷徨を指すことは明白である。かつて小田切秀雄氏は、光太郎のデカダンスを、「はげしい苦悩というものをもたぬ頽唐派的な頽廃」と区別し、「文学的に真に意味のある頽廃」（「近代日本文学の古典期」）と評価したが、これは換言すれば、真の自己実現のための彷徨とみていい。

光太郎が欧米の留学で体得した芸術思想の核心は、「生《ラギイ》」であった。「作の力といふものは生の力の事だ。」（「第三回文部省展覧会の最後の一瞥」）と考えながら、自身が「生」を実現できずに頽廃生活にのめりこんでいったのである。父に反抗し、職に就かず、酒色にひたる。しかし、光太郎は生の思想を放棄することなく堅持し、現実の矛盾を抉り出していった。

涙いでて
光にうたれ
木の葉の散りしくを見

獣の嘻嘻として奔るを見
飛ぶ雲と風に吹かれる庭前の草とを見
かくの如き因果歴歴の律を見て
こころは強い恩愛を感じ
又止みがたい責を思ひ
堪へがたく
よろこびとさびしさとおそろしさとに跪く

ここに光太郎の特異な態度が厳然としてうち出されている。秋の自然界の事象を見、「因果歴歴の律を見て」拝跪する姿は、「自然の掟」「定律」「必然の理法」というような言葉を多用して、生の方向を定立しようとした詩人のもっとも自然な高揚を感じさせる。自然随順といってしまえば、光太郎を伝統的な詩歌人の中に押しこむことになりかねないが、表面的にはそういう自然詩人の方向を向いているということは否定しようがない。

吉田精一氏は、光太郎が訳した「ロダンの言葉」を引きながら、「かやうな芸術論、人生観が殆どそのまま光太郎のものだったと私はいひたい。いへばそれは素朴な、楽天的な、光明的な、深い意味での自然主義者、自然への随順者の精神に生きるものであった。（略）自然の内実にとびこんで、その中に自己を溶かしこみ、一体となって、その荘厳と光明とを体験するのである。有限なる自己を、無限なるものの一分子として直観し、認識しようとするのである。」（『日本近代詩鑑賞 大正篇』昭28・6、新潮文庫）と捉えているのである。

光太郎が、自然の「因果歴歴の律を見て」、「強い恩愛を感じ」、「止みがたい責を思」うというのは、生の表現を試みる芸術家の謙虚な態度とみていい。さらに「よろこびとさびしさとおそろしさとに跪く」というとき、己の実存の痛みを看過することなく、全重量をかけて自然に参入しようとしているといわねばならない。自然を賛美する「よろこび」の表現で終始するのであれば、人生の半面に眼をつぶっているのである。光太郎は「さびしさとおそろしさ」が自身にあることをはっきりと述べている。これが、自然に参入しながら、返す刀の役割をして、実人生に鋭く斬りこんでくるのである。

『道程』後半が、「主観内での統一」（小田切秀雄「近代日本文学の古典期」）であり、闘いを失った「近代的転向」（吉本隆明『高村光太郎』）であるとみるのは、吉田精一氏に典型的に見られるヒューマニスト光太郎という視点へのアンチテーゼである。しかし、私は光太郎の生活態度は大きく変ったが、その核心における思想は同一であると考える。生の思想を絶対とした上で、生実現の方法をさぐるデカダンスであり、自然であったことを思えば、光太郎は『道程』の前半・後半ともに現実に闘いを挑んでいたのである。従って、小田切氏のいうほどに楽天的ではなかったと思う。

「秋の祈」は、矛をおさめた祈りのうたでは決してない。光太郎は、智恵子を「をさな児のまこと」

の体現者としたように、自身を「童子」と位置づけることによって、現実の矛盾を剔抉する視座を確保したのであって、「童子」となって現実離れしていったのではない。「いのる言葉を知らず」、ただ「奮然としていのる」詩人は、触れば身を切る両刃の剣を持っていたのである。

　光太郎は、『道程』出版後しばらくの休止期間をおいて、

　人生への怒は
　自然への喜で消されない。
　あれはあれ、これはこれだ。
　まだ当分は。
（「偶作十五」）

とたたきつけている。光太郎にとっては、自然が唯一の「目標」ではなかったのである。自然への熱誠を表明しながら、「人生への怒は／自然への喜で消されない。」というとき、自然詩人と同一の方向を向いていても、人間の存在に深くかかわり続けていたとみていい。自然を賛美することで、現実の人生の問題をやりすごすのではなく、生の思想を核に、鋭く対峙していたのである。

（昭和五十九年）

「ぼろぼろな駝鳥」

ぼろぼろな駝鳥《だてう》

何が面白くて駝鳥を飼ふのだ。
動物園の四坪半のぬかるみの中では、
脚《あし》が大股《おほまた》過ぎるぢやないか。
頸《くび》があんまり長過ぎるぢやないか。
雪の降る国にこれでは羽がぼろぼろ過ぎるぢやないか。
腹がへるから堅パンも食ふだらうが、
駝鳥の眼は遠くばかり見てゐるぢやないか。
身も世もない様に燃えてゐるぢやないか。
瑠璃《るり》色の風が今にも吹いて来るのを待ちかまへてゐるぢやないか。
あの小さな素朴な頭が無辺大の夢で逆まいてゐるぢやないか。
これはもう駝鳥ぢやないぢやないか。
人間よ、

もう止せ、こんな事は。

『銅鑼《どら》』（昭3・3）に発表された「ぼろぼろな駝鳥」は、北川太一編『高村光太郎全詩稿』（昭42・10、二玄社）の原稿では次のようになっている。

ぼろぼろな駝鳥

何が面白くて駝鳥を飼ふのだ。
動物園の四坪半のぬかるみの中では、
脚が大股過ぎるぢやないか。
頸があんまり長過ぎるぢやないか。
雪の降る國に此では羽根がぼろぼろ過ぎるぢやないか。
何しろみんなお茶番過ぎるぢやないか。
腹がへるから堅パンも喰ふだらうが、
駝鳥の眼は遠くばかり見てゐるぢやないか。
身も世もない様に燃えてゐるぢやないか。
瑠璃色の風が今にも吹いて来るのを待ちかまへてゐるぢやないか。

あの小さな素朴な頭が無辺大の夢で逆まいてゐるぢやないか。
此はもう駝鳥ではないぢやないか。
人間よ、もう止せ、こんな事は。

（「猛獣篇」）

原稿欄外に「一九三七年八月三日夜七時半ＡＫ第二放送、弘田龍太郎作品集の中にて弘田龍太郎作曲オリオンコール等によりて合唱、」と記されており、題名の下に「昭和三年」と鉛筆で、次行に「二月」と赤鉛筆で記入。

詩では、二行目が「日本の動物園の」と書かれ、「日本の」を消して脇に「いつたい」を書きこみ、それも消して現行の形になっている。詩中何度もくり返される「ぢや」は、一度消され、鉛筆で「では」となり、それを消してイキとなっている（原稿十二行目「駝鳥では」だけは、最初「では」で、右に「ぢや」と書いていずれも消し、左に「では」とある）。「人間よ、もう止せ、こんな事は。」は、「人間よ」が一度消されてイキとなり、その下に行分けの記号がある。

現行の詩と大きく異なるのは、原稿六行目に「何しろみんなお茶番過ぎるぢやないか。」という一行があることである。これは詩の形成過程を考える上で注目すべきであろう。光太郎はここで一たん要約しようとしてこの一行を布置しながら、こうした価値判断を示す詩行で描写を中断することを避けたのであろう。北川太一氏によると、昭和四年の『現代日本詩集』（改造社）編入の際、省略されて現在のかたちになったという。

原稿から読みとれることを一、二記せば、まずこの詩が、私には「白熊」「象の銀行」などと同様に、アメリカ留学中の体験をもとにして作られたのではないかと思われたが、削除された「日本の」によってそれは完全にうち消された。北川氏は、尾崎喜八が「光太郎とともに、上野動物園で、この詩の情景そのままの駝鳥を見たと語った」(『高村光太郎全詩稿』)というエピソードを明らかにしている。

次に表現上の特色である「ぢやないか」が、原稿では「ではないか」に一度直されているということである。光太郎自身が、「ぢや」と「では」の効果を考え、「ぢや」に落ち着いたという事実は看過できないものを含んでいる。「ぢや」は「では」の転じたものである。「では」の方が文法上正格であるだけに、固苦しい感じを与え、感情の流れがやや抑制される感がある。「ぢや」とすることによって、表現主体の思いは直接的、日常的に伝えられる。気取り、構えがなく、把握したものをより強く表現することばとして、「ぢや」の方がこの場合はふさわしい。

「ぢやないか」について、関良一は「疑問の中に否定をこめた、反語的な表現」(『近代文学注釈大系近代詩』昭38・9、有精堂)と解している。しかし、これは反語的表現というよりも、念を押す表現である。終助詞の「か」は、「ではないか」というかたちをとって、「念を押す気持を添える」(『大辞林』三省堂)という。光太郎は「ぢやないか」と、この場合、何度も念を押し、念を押して、駝鳥がもう駝鳥ではなくなっているというところまで、自分の考えを徹底していく。つまり、「四坪半のぬかるみの中」にいるのは、いうまでもなく駝鳥であるが、人間から本来性を疎外されて生きている情況を、一つ一つ念を押し、確認していって、ついに完全に本来性喪失の現実を抉り出す。「ぢやないか」をくり返し、漸層的に「仕方がない」悪情況をあばいていって、「これはもう駝鳥ぢやないぢやないか。」で頂点に達するのである。

「ぼろぼろな駝鳥」を直叙体にして、「ぢやないか」を省いてみたらどうか。「脚が大股過ぎる」「頸《くび》があんまり長過ぎる」とつみ重ねていっても、一向に切迫感がなく、「これはもう駝鳥ぢやない」といわれても、そんなことはない、駝鳥はやっぱり駝鳥だと反論したくなる。

この詩の場合、「ぢやないか」という念を押す表現のつみ重ねが、いかに詩の構造に深くかかわり、詩の世界を支えているかが理解できよう。

光太郎は第二次『明星』（大12・6）の「とげとげなエピグラム」では、猛獣を次のように表現していた。

どうかきめないでくれ、
明るいばかりぢやない、
奇麗なばかりぢやない、
暗いもの、きたないもの、

あきれたもの、残忍なもの、
さういふ猛獣に満ちてゐる
おれは砂漠だ。
だから奇麗な世界に焦れるのだ。

○

この猛獣を馴らして
もとの楽園にかへすのが、
そら恐ろしい
おれの大願。

（「とげとげなエピグラム」）

「とげとげなエピグラム」というように、光太郎は円満な人格とは逆の「とげ」を問題にし、苛立ってきている。外部ばかりでなく、自分の内部を少し注視すれば、「明るいばかりぢやない、／奇麗なばかりぢやない、／暗いもの、きたないもの、／あきれたもの、残忍なもの」に満ちていることは、いかなる人間も否定できないであろう。われわれは自分の闇部には蓋をして、あまりのぞきこまずに自己正当化し、外部批判に力を集中して生きている。「とげとげなエピグラム」のすぐれているところは、「さういふ猛獣に満ちてゐる」自分の存在を明確に認識し、「だから奇麗な世界に焦れるのだ。」

という意欲を示している姿勢にある。これは『道程』（大3・10）の延長上にある光太郎の人生態度と見ていい。

ところが、大正十三年の「清廉」に始まる「猛獣篇」の詩篇は、自分の内部の「あきれたもの、残忍なもの」という猛獣を批判し、剔出するのではなく、自分は清廉の立場に立って、「孤独に酔ひ、孤独に巣くひ」「人間界に唾を吐く」（「清廉」）猛獣と化しているのである。猛獣は狡智な人間によって追いつめられた存在で、その本来的な生を希求して怒りを爆発させていく。「残忍な」ゆえでなく、清廉な生を求めるゆえに怒りを爆発させるのである。孤独な芸術生活が外部の悪情況を鋭く察知し、外部批判に熱中する。

「ぼろぼろな駝鳥」で、「人間よ、／もう止せ、こんな事は。」と怒り、たたきつけた詩は、「仕方がない」日本人の憤怒の典型といえるほどに正鵠《せいこく》を得ている。動物園の駝鳥を的確に捉えながら、作者の立場がもりこまれ、寓意は完璧に達成される。萩原朔太郎の「郷土望景詩」における憤怒とは異質の激しさ、強さがここにはある[1]。

光太郎は、「駝鳥の眼は遠くばかり見てゐる」「身も世もない様に燃えてゐる」「あの小さな素朴な頭が無辺大の夢で逆まいてゐる」と形象することによって、駝鳥を自分に引きつけ、人間性を疎外していく現実の社会を告発しているわけだが、ここに「生」の思想を信奉し、自立してひたすらに上昇しようとした人間の避けがたい陥穽があったのではないか。駝鳥のふるさとを考えれば、「遠くばかり見てゐる」眼の表現は適切で、ロダン流の「生」を希求した光太郎の芸術生活も、間違いなく「遠くばかり見て」もがいていたのである。そこで、光太郎は人生の半ばで、

足もとから鳥がたつ
自分の妻が狂気する
自分の著物がぼろになる
照尺距離三千メートル
ああ此の鉄砲は長すぎる

（「人生遠視」）

と記さねばならなかった。『智恵子抄』（昭16・8）のこの一篇は、光太郎の芸術生涯のひずみを示したものである。「照尺距離三千メートル」の純愛がひずみを生み、激しい「生」の希求がひずみを生む。もちろん、ひずみのない人生などあり得ようはずはなく、そこに人生の陰影が生ずる。

（平成四年）

注

（1）中野重治「郷土望景詩に現れた憤怒について」（『驢馬』大15・10）参照。

「つゆの夜ふけに」

つゆの夜ふけに

ミケランジエロは市民と共にあつた。
花と文化と人間の都フイレンツエを護るため、
ただ権勢と陰謀と利己とに燃える四方の外敵、
わけてメヂチ一族の暴力に備へるため、
義と純潔との表象、
あのダビデやピエタに注いだ力を十倍にして
都の南サン　ミニヤアトの門に要塞を築いた。
土木と兵器とに紀元をひらいた。

（略）

老いたるミケランジエロは稀《まれ》に語つた。
あて人ヴヰツトリア　コロンナの浄《きよ》き愛のみ
たぐひなき彼のあたたかい夢であつた。

モンテ　カヴアロの寺院の庭の泉のほとり、
暮れゆくロオマの屋根屋根を見おろしながら
二人は語るよりも黙つてゐた。
この「真理の光の一つ」なる女性もやがて死んだ。
あらゆる悲と神への訴とに痩《や》せ細つて
彼は青い炎のやうなロンダニイニのピエタを彫つた。
二月の雨に濡れながらひねもす落葉をふんで立つてゐた。
九十歳の肉体は病み何処にも楽な居場所が無かつた。
一日床にねて彼は死んだ。

アジヤの果の東京に今つゆの雨が降る。
雨は夜ふけの屋根をうつ。
わたくしは斯《か》ういふ詩でない詩を書いて
四百年の昔の人の怒と悲と力と祈とにうなだれる。

昭和に入って、社会が激動し、ひたすら美に生きる光太郎に、「とどめ得ない大地の運行」(「もう一つの自転するもの」）が感じられるようになる。日本はアジアへ侵略し、世界は第二次大戦へとつき進んでいく。昭和十二年、ついに光太郎も「秋風辞」で、「太原を超えて汾河渉るべし黄河望むべし。」と、戦争を肯定することになる。この光太郎の歩みについては数多くの論考があるが、私には吉本隆明の「先祖返り」（『高村光太郎』）説、とりわけ伊藤信吉の、「それはそれまでのいっさいの自主性や自律性を放棄し、いっさいの批判精神を放棄することであった。埋めることの出来ない精神史の段落があった。その転向の指標となったのが次の作品（「秋風辞」―筆者）で、このとき高村光太郎の精神史とその芸術生涯は二つにひき裂かれ、このときその芸術世界から、自我意識や個の位置が完全に抹殺されたのである。」（『高村光太郎』）という文章が印象的であった。これは、敗戦後の日本の知識人の、戦争拒否の姿勢を象徴的に示している。戦中の詩人の営為はすべて抹殺され、否定されてしまう。しかし、光太郎の「自我意識や個の立場」を「完全に抹殺」しようとしたのは、光太郎らにつづく世代の文人ではなかったか。伊藤信吉は、光太郎を裁断することによって、実は戦争の実態に眼をつぶったのである。

私は光太郎の戦争詩を読む場合、その日本の、そしてアジアの独立の論理が、「今こそ天日の下に黄をさらさう／万人共にうけた稟性を世界の前に／かくすところなくさらけ出さう」（「天日の下に黄をさらさう」）という、黄色人種の屈折した心情に裏うちされていることに注意しなければならないと思う。光太郎は個人としては、留学時代に苦しい体験があったために、日中戦争の頃から、すでに欧米に向いて戦争の論理を展開していたのである。アジアにおける西欧の植民地解放、黄色人種の独立の願望が、現実においては、西欧に替わる日本の進出、支配の側面が強かったところに問題があるわけだが、実に多様な顔をもつその戦争というものを、光太郎は生真面目に、愚直といえるほどに言葉通りに受けとり、アジアの独立に賭けたのである。

光太郎には、昭和十四年六月十一日に作り、『中央公論』の七月号に発表した「つゆの夜ふけに」という名作がある。すでに北川太一氏が、羽仁五郎『ミケルアンヂエロ』（昭14・3）の影響を指摘している(1)が、羽仁の本を手もとに引きつけ、

ミケランジエロは市民と共にあつた。
花と文化と人間の都フイレンツエを護るため、
ただ権勢と陰謀と利己とに燃える四方の外敵、
わけてもメヂチ一族の暴力に備へるため、
義と純潔との表象、
あのダビデやピエタに注いだ力を十倍にして
都の南サン　ミニヤアトの門に要塞を築いた。
土木と兵器とに紀元をひらいた。

（「つゆの夜ふけに」）

とうたい始め、「市民と共に破れ」「法王の虜」になりながら、「人間と共にあ」り、老いて「稀に語った」ミケランジェロを形象し、

アジアの果の東京に今つゆの雨が降る。
雨は夜ふけの屋根をうつ。
わたくしは斯ういう詩でない詩を書いて
四百年の昔の人の怒と悲と力と祈とにうなだれる。
（同）

と結んでいる。いうまでもなく光太郎は、ミケランジェロを客観的につき離して把握しているのではない。梅雨の夜ふけに、「四百年の昔の人の怒と悲と力と祈とにうなだれる。」のである。天才ミケランジェロが、未曾有の時にあたって確かな指標になっているが、それはあまりにも大きい先達で、「うなだれ」ながら己を鞭うつ他ない。

私はこの詩で、光太郎がまず「ミケランジエロは市民と共にあった。」とうたい始めたことに注目したい。「ダビデ」や「ピエタ」などの彫刻の美を把握するのではなく、彫刻に「注いだ力を十倍にして」、フィレンツェを護ろうとしたミケランジェロに、深く共鳴しているのである。ルネサンスの

拠点自由都市フィレンツェ防衛のため、彫刻家ではあっても、拱手傍観することなく立ち上がって戦った人の生は、重い意味をもつ。光太郎は、ミケランジェロが「法王の虜」となっても、彫刻においては、「自由」で、「我がまま」で、「法王を無視し競争者を無視し」、「敵の敵たる義と純潔とに仕へた。」ことを賛美しているけれども、ここまでくれば、光太郎がミケランジェロから学びとったものが明確になる。フィレンツェの防衛をアジアの独立に見立てれば、「世界の富を壟断《ろうだん》するもの／強豪米英一族」(「十二月八日」)の「利に立つ」(「危急の日に」)立場を否定し、「われは義と生命とに立」(同)つという、戦争の論理と倫理は容易に導き出されることになる。

今、その光太郎に錯誤を見つけるのはたやすい。「アジアの独立」がフィレンツェの防衛と同質のものでなく、アジアへの日本の侵略という否定しようのない事実を見据えればいい。アジアの独立という大義の空洞化した現実に、光太郎はいささかうとく、しかも倫理的にかかわったのである。

光太郎は、ミケランジェロと同じように「市民と共にあ」ろうとし、誰よりも倫理的に生きようとした。その態度は自己に厳しく、組織の中では非の打ちどころがないほど立派である。「ちひさな利欲とちひさな不平と、／ちひさなぐちとちひさな怒り」(「最低にして最高の道」)を「もう止さう。」(同)という光太郎は、

こそこそと裏から裏へ

うす汚い企みをやるのは止さう。
この世の抜駆けはもう止さう。
さういふ事はともかく忘れて
みんなと一緒に大きく生きよう。
（「最低にして最高の道」）

とうたう。『道程』時代に「まこと」の倫理を生ききろうとし、戦中は「市民と共に」「最低にして最高の道」を文字通りに生きようとした。この倫理的態度は群を抜いている。そしてその立派さ故に、アジア独立の認識の錯誤が決定的な意味をもったのである。

　金子光晴は「くらげの唄」で浮游する生を捉えた後、「浮游ほど狡猾な処生法はない。狡さよりほかに僕らの身をかくす術が遂になかつたやうだ。／――路はローマに通ず。……狡さが誠実と通じあふうらぶれのはてにゐて、僕はただよふ。」（『人間の悲劇』）と記さずにはいられなかった。光晴は浮游する自分が「狡猾な処生法」をとっていることを、やはり認識していたのである。そこに現代詩人光晴の非凡さがある。

　光太郎の人生態度は誠実そのものであった。その誠実さが認識を一つ誤れば、「狡猾な処生法」よりも始末が悪いのである。私は今、戦争を肯定すれば、「いっさいの批判精神を放棄」したとみるようなオール・オア・ナッシングの裁断方法を捨てて、誠実と狡猾の両極の間にさまざまな生のもがき、疼きがあったことを見据えなければ、悲惨な体験に学んだことにならないと思う。

（平成四年）

注

（1）　北川太一編『高村光太郎詩集』（昭44・3、旺文社文庫）

第六章　金子光晴

一、「天邪鬼」の思想

金子光晴の思想の中心に座っていたものは「何にでも反対する」精神である。反対の姿勢をおし通すことによって、他の誰もがまねのできない独自の世界を形成した。

反対

近代の詩人たちのやさしく美しい詩の響きに、私たちは純粋な生を透視するように味わってきた。島崎藤村の流麗な調べや、萩原朔太郎の繊細な神経のふるえに、どれほど多くの人のこころが洗われたことか。また高村光太郎の誠実な自己鞭撻のうたに、どれほど多くのかなしみを懐いた人が励まされたことか。散文化した時代においても、詩は確実に人のこころの中で生きている。

ところが、ここにそうした純粋な詩とは全く異質の世界を作り出して、深い認識へと誘《いざな》う一人の詩人がいる。金子光晴である。光晴はすでに習作期に次のような詩を作っていた。

反対

僕は、少年の頃
学校に反対だった。
僕は、いままた
働くことに反対だ。

僕は第一、健康とか
正義とかが大嫌ひなのだ。
健康で、正しいほど
人間を無情にするものはない。
むろん、やまと魂は反対だ。
義理人情もへどがでる。

いつの政府にも反対であり
文壇画壇にも尻を向けてゐる。

なにしに生れてきたと問はれれば
躊躇なく答へよう、反対しにと。
僕は、東にゐるときは
西にゆきたいとおもひ、

きものは左前、靴は右左。
袴はうしろ前、馬は尻をむいて乗る。
人のいやがるものこそ、僕の好物。
とりわけ嫌ひは、気の揃ふといふことだ。

僕は信じる。反対こそ人生で
唯一の立派なことだと、
反対こそ、生きてゐることだ。

反対こそ、じぶんをつかんでることだ。

（「一九一七年頃の詩」、『金子光晴全集4』昭39・10、昭森社）

二十歳過ぎの青年が考える生き方としては、これはきわめて異様である。自分の将来進むべき方向をイメージし、前向きに身を起そうとする積極性はあえて隠す。もっとも青年らしくない青年のうたということになる。

愛知県海東郡津島町生まれの光晴は、二歳（満）のとき、清水組名古屋支店長の金子荘太郎・須美の養子になっている。家産が傾いた大鹿家から、十六歳でまだ子供のいない須美に、「人形を買うつもり」で貰われたという。その後、義父の転勤にともない、京都、東京と移り住み、勤勉と耽美的放蕩の同居した中産階級の子弟として養育された。学校教育は私立暁星中学を一年ダブッて卒業、早稲田大学英文科予科、東京美術学校日本画科、慶応大学英文科予科と、入退学をくり返している。この学歴一つとっても、忍耐強くものごとに対処するタイプでないことがわかる。光晴は後年、自伝『詩人』（昭32・8、平凡社）で、「実社会の生活に適応しない、平均のとれない人間」だと、自ら述べているが、適切なことばである。「反対」を作った頃の大正五年に、義父荘太郎は胃癌で死に、義母と折半した遺産が当時の金で二十万円（現在の金額で三、四億円ぐらいと推定される）ほど入ってきたけれども、それを数年で使いはたしたという。堅実に将来のことを考えて足もとを固めれば、一生生活にあくせくしなくてもいい額である。

「反対」をこうした光晴の生活の中で考えてみると、光晴の生涯をつらぬく生活態度、思想が見えてくる。学校に反対し、働くことに反対し、健康や正義に反対すれば、現実の社会生活に適応しようがない。

光晴が、「なにしに生れてきたと問はれれば／躊躇なく答へよう、反対しにと。」といい、「僕は信じる。反対こそ人生で／唯一の立派なことだと、／反対こそ、生きてゐることだ。／反対こそ、じぶんをつかんでることだ。」と高唱するとき、通俗的なモラルを完全に捨て去っている。世にいう天邪鬼であるが、ここで注意したいのは、その天邪鬼の意味をはっきりと自覚していることである。

年をとってから顧みれば、「軽はずみと、無定見のなかで、プランクトンのように跳ねまわって、はかない自己の優位を誇るためにおのれを偽装することに尊い情熱をつかいはたしていた」（『詩人』）にすぎないということになるけれども、光晴は、「反対こそ、じぶんをつかんでることだ。」という自己確認、自己定立をしていたということに私は注目したい。「じぶんをつかんでる」ことによって、現実を冷静に把握する通路が開かれる。反対、天邪鬼の意味は、現実的には消極的な自己肯定にすぎないが、現実の世界を逆転し、豊かな内部の世界を切り開く端緒となる。

反対の姿勢をおし通すことによって、光晴は現代詩壇で他の誰もがまねのできない独自の世界を形成した。それが他の詩人たちのように、何々主義に則った自己確認でなかっただけに、何々派、何々主義のうけ売りでない光晴独自の思想、文体となって、今輝いているのである。もちろん、それは破滅寸前の、苛烈な体験（反対）と引き換えにしたものであることはいうまでもない。

遅れて来た美観

光晴は大正八年（一九一九）二月から大正十年一月まで、残り少なくなった遺産で西欧へ渡り、ベルギーで詩の勉強にうちこんだ。一生のうちでもっとも向学心に燃えた時代である。西欧の詩を学びながら、ノートに詩を書きつけたという。

柳蔭暗く、煙嗚咽《おえつ》する頃、
黄丁子の花、幽かにこぼれ敷く頃、
新月《にひづき》、繊《ほそ》くのぼる頃、
常夜燈を廻る金亀子《こがねむし》の如く
少年は、恋慕し、歎く。

（「金亀子」冒頭）

ベルギーで作った詩の一部が『こがね虫』（大12・7、新潮社）で、西欧の高踏派（パルナシアン）に学び、色彩表現を多く用いて、「美の殿堂」を構築しようとしている。光晴は自ら、「余は、再びあひ難かつた、幼時代の純真と、放胆と、虚栄《ブアニテ》に依つて、此期間、専心自身の肖像《ポルトウレー》を画き続けた。」（「自序」）といい、「夫《それ》は埃《ほこり》と熱の現実の饗宴《きやうえん》ではなくて、余が心象に映る華やかな、幻灯《げんとう》に過ぎない。」（同）という。日本を離れることによって、「心象に映」った空想の美の定着である。大正期の一つの「美観」が提出されているが、しかしそれは明らかに遅れて来た時代の「美観」で、すでに社会主義の足音が聞こえる変革の時代にさしかかっていた。光晴の耽美的な「美の殿堂」は世の注目するところとはならなかったのである。

批判的リアリズム

『こがね虫』の「美の殿堂」がもろくもくずれ去った後、光晴は国内を流浪し、さらには東南アジアからヨーロッパまで、常識では考えられないような放浪の旅を続けて、「反対」の詩人が真に意味のある反対者となっていった。

関東大震災で家を失い、結婚した相手の森三千代が、東大生の土方定一と恋愛して出奔するというようなゴタゴタがあって、光晴は行く先々で旅費を稼ぐという旅に出、それまでの多くの留学者とは違った視座を獲得して帰ったのである。一旦は捨てた詩に、放浪の終り近くで復帰し、「――吾等は、基督教徒と香料を求めてここに至る。」(「鮫」部分)を「――吾等は、奴隷と掠奪品を求めてここに至る／と、するもよし。」(同)と表現したとき、現実の一切の価値を逆転し、相対化して見ることが可能になっているといわねばならない。日本の近代は、西欧の価値を有力な基準にしながら展開してきたが、その西欧の裏にひそむものを正確に見抜いているのである。もちろん「天皇イズム」を否定し、現実の民主主義や共産主義もその裏の野望を見逃さない。光晴は自分の手を汚し、金になることであれば何でもするという苛烈な体験を通して、一切の権威を否定するニヒリスト(否定主義者)になったのである。ひたすら西欧に学ぼうとした留学者たちと、放浪者光晴の差は決定的であった。

おお、やつらは、どいつも、こいつも、まよなかの街よりくらい、やつらをのせたこの氷塊が、
たちまち、さけびもなくわれ、深潭《しんたん》のうへをしづかに辷《すべ》りはじめるのを、すこしも気づかずに
ゐた。
みだりがましい尾をひらいてよちよちと、
やつらは氷上を匍《は》ひまはり、
………文学などを語りあつた。

うらがなしい暮色よ。

凍傷《しもやけ》にたゞれた落日の掛軸よ！

だんだら縞のながい影を曳き、みわたすかぎり頭をそろへて、拝礼してゐる奴らの群衆のなかで、
侮蔑しきつたそぶりで、
ただひとり、
反対をむいてすましてるやつ。
おいら。
おつとせいのきらひなおつとせい。
だが、やつぱりおつとせいはおつとせいで
ただ
「むかうむきになつてる
おつとせい」

（「おつとせい」終章）

詩集『鮫』（昭12・8、人民社）は、近代文学史に屹《きつ》立する高峰である。「おつとせい」「泡」「塀」「どぶ」「灯台」「紋」「鮫」の七篇を収めるにすぎないが、この詩集によって世界の価値が逆転してしまう。新しい視座という観点に立てば、これほど衝撃的な近代の文学作品はないといっていい。「お

つとせい」はその中で、自己の立場を把握し直した作品である。

「おつとせい」とは何か。第二章で「そいつら。俗衆といふやつら。」と光晴はいう。いつの世にも俗衆がおり、高貴をよそおう者がいる。世界中が戦争へとつき進んでいくとき、日本もまた独特の論理を展開し、戦争を必然のものと納得させようとする勢力があった。俗衆はそれとは気付かず、「文学などを語りあ」っているのである。「みだりがましい尾をひらいてよちよちと」「氷上を匍ひまは」る「やつら」の形象には、強い嫌悪感がこめられている。光晴は戦争をおし進めようとする者も、鈍感な俗衆も、ともにきっちりと視野におさめて批判的に形象していく。

宮城を向いて拝礼する群衆をこれほどに批判的にえぐり出した詩は少ない。そして、さらに注目すべきは、詩人の位置である。現実を一段高いところから見下し批判して、自分は安全圏にとどまっているという、通常の批判者の場を放棄して、批判の眼は自分にも向けられる。俗衆を「侮蔑しきつたそぶり」をしているだけであれば普通だが、「反対をむいてすましてるやつ。／おいら。」の本質に迫っていく。「おつとせいのきらいなおつとせい。」を、一段高く位置づけてしまえば、光晴もまた自己の高貴性を誇る詩人にすぎなくなる。そこを、「だが、やつぱりおつとせいはおつとせいで」と現実の中で把握し直し、しかし、やはり「むかうむきになつてる／おつとせい」という他者に同《どう》じない自己を確認しているのである。

何でも反対という、他に誇るべき何ものもない卑小な自己の確認、というより意味のない自己誇示から始めた光晴が、こうして現実の世界の一切を否定するニヒリスト（否定主義者）の立場に立ち、日本ではほとんど唯一といえる反戦詩人となったのであった。

日本の亡霊

光晴は肩肘はらない詩人である。一見ラフとも思える態度をとる。私は晩年の詩人に一度だけ会ったが、会うなりエロ話を始めて、まだウブだった一研究者の顔を赤くさせて楽しんでいた。

光晴は戦後『人間の悲劇』（昭27・12、創元社）の中でうたっている。

亡霊に鞄《かばん》をもつてもらはねば
通れない難所もある。
御承知の通り、人間ひとりでは
ちんころよりも弱いものだ。

僕らが孤独とよんでゐるのは
亡霊とさしむかひのことなのだ。
僕の存在じたいが、亡霊の振出した

から手形だつたとつゆしらず。

文字盤をあゆぶ時計の針が
0時にもどつてくるやうに
骨に刻んだNIHILまで僕は
出口で返さねばならぬとも気付かず

シニカルな亡霊のやつは
結局うろつき回つたことにしかならぬ
僕の一生をながし目でみていふ。
『君。それは、みんなCinéだよ』

（「No. 3──亡霊について」）

ここには老年期に入った光晴の、深いため息と、しかし一向ににぶることのない思惟のあとがはっきりと定着されている。詩と散文とを混交しながら、人間への容赦《ようしゃ》のない追求をする光晴は、「僕が話さうとするのは、もつとも始末のわるい実例で、莫大な被害をかうむりながら、本人はなに一つ気がついてゐないのだ。そんな不明の原因は、人間のさびしがりやな性質にもとづくもので、あひてほしさについ、心の要慎《ようじん》を忘れて、亡霊などにつけいられるにいたるのだ。」（「No. 3」）という。われわれは亡霊をこころに抱いている。人間はさみしい存在のゆえに、実に多くの亡霊を作りあげ、とりつかれている。何々思想というのも、もちろんその亡霊である。

光晴はあらゆるものに反対し、亡霊を追いはらったつもりでいた。しかし、よくよく考えてみると、その亡霊を追いはらうニヒリズムがまた亡霊の思惑によるものだったのである。「骨に刻んだNIHILまで僕は／出口で返さねばならぬ」と気付いたときの光晴の生の疼きが、『人間の悲劇』の主調低音となっている。

何にでも反対し、「じぶんをつかんで」いようとした光晴の生涯をたどってみると、自己愛の強さにいきつくが、それはまた深い人間愛といい換えていい広がりをもつ。徹底したニヒリズム（否定主義）は、徹底して人間を確かめ、愛しようとした光晴の生涯をかけた試みだったのである。

（平成四年）

二、「没法子《メイファーズ》」（仕方がない）

――中国人と日本人――

戦場視察

昭和十二年七月の日華事変勃発の頃、日本の詩壇は大きく座標軸を変えつつあった。高村光太郎の「堅冰《けんぴょう》いたる」（『中央公論』昭12・1）「秋風辞」（『都新聞』昭12・10）等がその一つの指標であることは、すでに多くの戦争責任論で明らかにされたところである。その時金子光晴はどうしていたか。

光晴の代表詩集の一つ『鮫』（人民社）が刊行されたのは昭和十二年八月で、そこには天皇制を始め世界の病巣をあばく批判的リアリズムと、それを象徴的に表現する技法が着実にそなわっていて、抵抗詩人光晴の懐の深さが読みとれる。しかし、そうした光晴も、戦争の論理に足場をすくわれかねない時期がなかったわけではない。

光晴は「戦争中の新聞雑誌の報道や論説は、いつでも眉唾《まゆつば》ものときまっているが、他の学説が封鎖されていると、公正な判断をもっているつもりの所謂有識者階級も、つい、信ずべからざるものを信じこむような過誤を犯すことになる。人間は、それほど強いものではない。実際に戦場の空気にふれ、この眼で見、この耳で直接きいてこなければ、新聞雑誌の割引のしかたも、よみかたもわからなくなってくるのだ。」(『詩人』昭32・8、平凡社、傍点筆者)という。体験に裏うちされた言葉である。自分の眼で確かめたことでなければ信じないリアリストの立場の表明である。「そこで、僕は、この年の十二月二十幾日の押しつまった頃になって、森をつれて、北支に出発した。」(同)というように行動を起す。籍をおいていた「モンココ」本舗の市場視察という名目で、上海、天津、北京、山海関、張家口と見てまわり、十三年の正月は万里の長城で迎えたという。「新聞雑誌の割引のしかた」をはっきりするために、危機を冒して北支に旅立った光晴は、一体何を見、どういうふうに態度を定めていったのか。

辛抱強い中国人

光晴は昭和十三年二月の『中央公論』に「没法子——天津にて」という紀行文を発表している。これは旅先で綴ったものだけに、光晴の感覚がどういうところで鋭敏に働くか、手にとるようにわかり、戦中のルポルタージュとしてもっと注目されていい文章である。

三等船客というものは、デッキにいるときに風体がへんなのですぐわかる。感心にワイシャツを着ていてもネクタイなしで、素足に冷飯草履をはいていたり、どてら姿によごれタオルで百姓かぶりをしていたり、婦人連中にしたところが、髪をばさばさにし、おしろい気もうせ、船酔いと疲れで揉み苦茶になった顔をちょっと出したかとおもうと、痛いような寒風とくらくらする外光に辟易《へきえき》して、たちまち首をすっこめ、ひょろひょろしながら船底の嘔吐用の小さな金盥《かなだらい》のおいてあるところへ降りてゆく。船に万一のことがあった場合の遭難注意掲示には、救助担任者、一等船客は事務長、二等船客は事務員、三等船客は貨物主任と書いて貼り出してあるところをみても、三等船客は人間よりも貨物の部類に属するもので、ボーイたちの扱いも貨物同様に手荒だし、したがって、どんなに紳士らしい風采をしてみたってはじまらないので誰もなげやりになるのである。特に、今年は各等の船切符がもう売切れというほど、猫も杓子もが北支へ志している際として、満員の上を通り越し、莫蓙《ござ》一枚の上に二人ないし三人という割あてで、あおむいて寝る等は贅沢《ぜいたく》で気がひけるくらいであった。すこしでも場席をつごうとするために他人《ひと》の頭のほうへ足をふみのばし、たがいちがいになって寝ているものもあった。人熱蒸《いきれ》、ペンキや船底ですえたもののにおい、半病人になって寝ている母親にとりついて、起《お》き、起きとせがんでは泣く子供たち。があがあいうラジオ。つきもどす声。まずい食事。だが、平時のように苦情を言いくらすものはなかった。

（「没法子」、『日本人について』昭34・10、春秋社）

光晴は、こうして中国へ渡る船の状況から書き始める。「満員の上を通り越」す人を乗せた船の中が克明に描写され、リアリズムは時を経ても死なないということを証明している。そこに乗りこんでいる人は、軍属、料理屋の関係者、女工、植民地ゴロ、大阪商人など千差万別であるが、「要するところは、新しい天地に活路をもとめ、まだ世間が動揺しているあいだに利権をものにし、泡銭《あぶくぜに》を摑《つか》もうと鵜《う》の目鷹《たか》の目の連中が大半」（「没法子」）であり、また軍人は、日常の「屈託ももう届かないところ」（同）におり、寝ている姿は「みるかぎり黄いろい土の起状のようにみえた。」（同）という。このように、戦火の燃え広がる中国へ押し寄せる「仕方がない」日本人の姿をきっちりと捉えた上で、光晴は中国の現実に足を踏み入れていく。

天津は戦火につづく三十年ぶりの大洪水に見舞われた後だった。「天津のまん中を、寒々として白河がながれる。／がさがさになって流れよった氷がそのままま凍って、綿ぼろをつづっている。（略）わが軍の爆弾のために大半は瓦礫《がれき》の地となって、牌楼と塀だけがのこっている市政府のあと」（同）という惨状である。しかし、夜の街は日本人でごったがえしている。日軍信頼、防共産党で商売する中国人も圧倒的な数で、「現在の天津は、日本になってしまいそうな勢いである。」（同）というすさまじさである。

そうした表面上の親日的な賑わいに対して、「支那人の真意なんかわかったものではないと考えている人もあるだろう。」（同）と光晴はいいながら、一見阿諛《あゆ》的と思われる態度も実は「彼らがどんな大きな天災地変にも対応して生きのこっては繁栄してきた歴史を考えるとき、とほうもない彼ら民族の辛抱の強さであることがわかってくる。」（同）と現象に流されない深い洞察を示すことになる。歴史的な視野の広さが、中国理解の根底にある。そこで、光晴は日本人の横暴と、洪水という天災により病弊し困憊《こんぱい》しながら「辛抱強」い中国人を、一つの言葉で象徴的に把握していく。それが「没法子」である。天津ルポの結びは、次のような詩を布置し、読者を深い思惟に誘うことになる。

凍氷《こおり》の底に忘れられてある鋤《すき》はいう……没法子《メイファーズ》！
驢馬《ろば》は、驢馬の目やにはいう。没法子！
皿を持ったままの掌《て》の骨。皿はいう没法子！
骨もいう。没法子！

そして支那には、没法子よりも強いものはないのだ。
収税役人《とりたてやくにん》よりも、
始皇帝よりも。

（「没法子」結び）

光晴は無惨な現実の中で、「没法子」という言葉が一斉に発せられているように感じとったのである。洪水がそのまま凍り、その底にある鋤が、まず「没法子！」という。そして、驢馬やその目やに、皿や掌の骨までが「没法子！」という時、中国の一切のものが「没法子！」といわずにはいられないものがあるということになる。光晴は、戦争をしかけ、一儲《ひともうけ》しようとたくらむ者とは全く異質の中国の現実を見ていたといわねばならない。

「没法子《メーファーズ》」は、『広辞苑』では「仕方がない」「しょうがない」の意で出ている。中国で生活した人の話によれば、かつての中国人は日常茶飯事「没法子」を口にしていたという。「仕方がない」と絶えず呟きながら生きているわけである。日本人が「仕方がない」といえば、何かを断念し、虚無的心情に支配されている場合が多い。従って、「仕方がない」といった後で、次にどういう行動に出るかを考察すれば、その人の人生態度を把握することが可能になる。ところが中国人の「没法子」は、行動の断念にはつながらないという。「仕方がない」からもうやめたとはならず、「仕方がない」ので又やり直そうというように、行為の持続性を指示するというのである。

光晴は、氷の下の鋤や驢馬、皿や掌の骨までが「没法子！」といっているような中国の惨状を感受している。これほどの惨状を、日本人が「仕方がない」といったのであれば、「方丈記」のような無常感に支配されるのが一般的であろう。ところが光晴は、「支那には、没法子よりも強いものはないのだ。」といい、「収税役人よりも、／始皇帝よりも。」と鋭く切り返している。「没法子」と言ってひたすら耐えている中国人の忍耐力を確認し、信じているのである。「彼らがどんな大きな天災地変にも対応して生きのこっては繁栄してきた歴史」を考えれば、「彼ら民族の辛抱の強さ」は絶大であるといえよう。現実が悲惨であればあるほど、それに耐えている民衆の力は見通し難くなり、現実の無力を信じがちになるが、光晴は現実を歴史の相において捉えることに成功した稀有な詩人ということになる。

侵略者と被害者の実像は、船上で見た次のような光景が一切を語っていた。即ち「便利社の男が、うわ背のある大男の荷役苦力《クーリー》の横っつらを、ぱきんぱきんと音のするほどつづけざまにはりつづけていた。私は『こいつは大変だぞ、ここから先の日本人はみんなこんな具合かも知れない』と、こころをしめてかからねばならなかった。鈍重なその苦力の表情をちらりとのぞきこんでみても、大きな図体で、無抵抗以外のどんな感情もみつからなかった。白河の濁った水のようなもので、その底にしずんでいるものを識別するのは困難であろうか。だがどこへ、なににむかって、この見わたすかぎり水と人の簇《むれ》が漲《みなぎ》ってゆくのか。水の肩にとまり、しず折れる水の背すじをかけ渉《わた》りながら、しめっぽい、なんとなく青黴《あおかび》くさい鷗が、うす陽を浴び、むらがって餌をあさっている。」（「没法子」）というような現実である。「ぱきんぱきんと音のするほど」頰を殴られても、「無抵抗以外のどんな感情」も表わさない苦力たちを、近視眼的に見れば全くの無力である。光晴は、「白河の濁った水」のような中国を見詰めみつめて、ついに「没法子」に集約していった。

光晴の主張は厳然とした現実批判である。「収税役人よりも、／始皇帝よりも。」強い「没法子」という俗語に焦点を当てた時、光晴は現実的な権威の一切を否定したことになる。無惨な生の営みの中に「民族の辛抱の強さ」を発見すれば、すぐに命を放り出す日本人の空威張《からいば》りなど、まことに底の浅いものにすぎない。日本の中国侵略を、こうして光晴はきっちりと批判していたのである。ただ「没法子」を現実批判の文章と読みとる人が、当時どれほどいたか。

反戦詩

「北支の旅から帰ってくると、僕は、この戦争の性格が、不幸にも僕の想像とちがっていなかったことをたしかめえて、その後の態度をきめることができた。」（『詩人』）と、光晴は書き記している。「支那の戦争に於て、日本の正義が大手をふって通れる義理合いはない。」（同）ということを、リアルに捉え、「没法子」という言葉に象徴的に集約していった光晴には、異邦人の眼といえるような冷静さ、現実との距離感があった。「没法子」を槓杆《こうかん》として現実批判をしていたのである。

それが、昭和十五年三月十五日作の「洪水」では、

光は永遠にさゝないか。
五千年のくり返しの
あらたまる日はこないのか。

およそいつになつたら

この氾濫と、
没有法子が解放されるか。

虹のやうなこゞえ。
漂流物、
鳥鼠同穴。

苦寒に生きのこつた老人と子供がしやがんで
堅氷のうへにまるい孔を穿つて糸をたれ、
あくた火によりくる魚くづを
辛抱づよく待つてゐる。

（「洪水」結び）

とうたう。「没法子」はすでに批評の槓杆ではなくなり、「卑俗なニヒリズム」として否定的に把握されることになる。現実の無惨さに耐えられなくなっているのである。

さらに昭和十九年四月十七日の日付のある「瞰望《かんぼう》」では、次のようにたたきつける。

兵火を避けて高士達が、紙の馬、紙の蛟《みづち》、紙の丹鶴など、おもひおもひにうちまたがつてとび去つた空に
雁行する爆撃機があそんでゐる。

襤褸《ぼろ》ぬのこのながい袖の手をくんで
いぶかしげにそれをみあげる老人と、
老人をいきうつしにした孫の
総角《あげまき》を赤糸でむすんだ稚児と。

神農の世からかれらはゐるのだ。おなし顔だ。おなしかつこうだ。
おなじやうに没有法子をつぶやく土偶だ。
血ぬられた石ころ。
血ぬられた草のそよぎ。
無からまたかれらははじめる。
その鋤を、先祖の灰のまた先祖の
無形の胴体にうちこむのだ。

あひかはらず、苦力どもはあらそつてゐる。
もの乞ひの唄、かうらい鴉《がらす》のしはがれた啼声のひまひまに、
せつかちな機関銃。
ま遠な砲声。

天父の教も人を殺した。
三民主義もそれを奉ずる人同士が
あひてを倒さねばならなかつた。
東洋平和の盟主の神兵も、
手あたり次第掠奪《りやくだつ》し、強姦した。
そして文明は文明の凶器をもつて。

僕らのぬぎすてた靴よりもゆびつで、はるかに小さい共栄圏の夢。
九天のしたの
蟻一匹匍つてゐない

赤はだの福地よ。
どこへいそぐ。

（「瞰望」部分）

戦局が逼迫《ひっぱく》するにつれて、現実の惨状にいらだってくる光晴の姿を彷彿とさせる詩である。「天父の教も人を殺した。」といい、「三民主義もそれを奉ずる人同士が／あひてを倒さねばならなかつた。」という時、光晴の眼は教えや理論の整合性ではなく、現実の相に向けられている。大東亜共栄圏も所詮小さな夢、しかも悪夢にすぎないが、それをリアルに描写した文学者はきわめて少ない。光晴は題名通りに戦渦にまきこまれた中国の民衆を捉えている。それも地団太踏む思いをしながら。

かつては、「没法子」を呟く民衆の辛抱強さをテコにして現実批判をした光晴が、もう辛抱しきれなくなって、「神農の世からかれらはゐるのだ。おなし顔だ。おなしかつこうだ。」といい、「おなじやうに没有法子をつぶやく土偶だ。」と叫ぶ。

光晴は冷静さを欠いているかに見える。しかし、それは日本人的な短気のなせるわざで光晴はそう叫びながら、「無からまたかれらははじめる。／その鋤を、先祖の灰のまた先祖の／無形の胴体にうちこむのだ。」というように持続する民族の姿にじれているのである。悪情況にのめりこめばのめりこむほど、現実の民衆との距離が保てなくなり、「没法子」の連続性にいらだち、変革を期待することになる。

勿論この時、光晴は日本人の態度も肯定していたわけではない。『落下傘』（昭23・4、日本未来派発行所）の巻末に付置された長詩「寂しさの歌」は、日本の寂しい風土を十分に描写した上で、有名な次の感懐を投げつける。「僕、僕がいま、ほんたうに寂しがつてゐる寂しさは、／この零落の方向とは反対に、／ひとりふみとゞまつて、寂しさの根元をがつきとつきとめようとして、世界といつしよに歩いてゐるたつた一人の意欲も僕のまはりに感じられない、そのことだ。そのことだけなのだ。」（「寂しさの歌」）と。一億一心で戦争にのめりこんでいった日本人は、「仕方がない」で態度を変えていったとみていい。戦後はまた「恬淡《てんたん》」としてアメリカ化していったわけで、「仕方がない」変節の連続である。

中国の「没法子」を抉《えぐ》り、日本の寂しさをつきとめ、見事に形象してみせた光晴の詩業は、日本人の視座を遥かに越えているが、それは彼自身が、「没法子」を呟かねばならないほど、生に耐えていたために可能になったのではないか。

（昭和六十三年）

三、「落下傘」

——日本人の悲しみ——

落下傘

一

落下傘がひらく。
じゆつなげに、
旋花《ひるがほ》のやうに、　しをれもつれて。
青天にひとり泛《うか》びたゞよふ
なんといふこの淋しさだ。

雹《ひょう》や
雷の
かたまる雲。

月や虹の映る天体を
ながれるパラソルの
なんといふたよりなさだ。

だが、どこへゆくのだ。
どこへゆきつくのだ。
おちこんでゆくこの速さは
なにごとだ。
なんのあやまちだ。

二

この足のしたにあるのはどこだ。
……わたしの祖国！

さいはひなるかな。わたしはあそこで生れた。
　戦捷《せんせふ》の国。
父祖のむかしから
女たちの貞淑な国。

もみ殻や、魚の骨。
ひもじいときにも微笑《ほゝゑ》む
躾《しつけ》。
さむいなりふり
有情《あはれ》な風物。

あそこには、なによりわたしの言葉がすつかり通じ、かほいろの底の意味までわかりあふ、
額の狭い、つきつめた眼光、肩骨のとがつた、なつかしい朋党達がゐる。

「もののふの
たのみあるなかの
酒宴かな。」

洪水《でみづ》のなかの電柱。
草ぶきの廂《ひさし》にも
ゆれる日の丸。

さくらしぐれ。
石理《きめ》あたらしい
忠魂碑。

義理人情の並ぶ家庇《ひさし》。

盆栽。

おきものの富士。

三

ゆらりゆらりとおちてゆきながら
目をつぶり、
双つの足うらをすりあはせて、わたしは祈る。

「神さま。

どうぞ。まちがひなく、ふるさとの楽土につきますやうに。

風のまにまに、海上にふきながされてゆきませんやうに。

足のしたが、刹那にかききえる夢であつたりしませんやうに。

万一、地球の引力にそつぽむかれて、落ちても、落ちても、着くところがないやうな、悲しいことになりませんやうに。」


（『落下傘』昭23・4、日本未来派発行所）

〘解題〙「洪水」とともに「詩二篇」として『中央公論』（昭13・6）に発表された「落下傘」には、「ながい外国放浪の旅の途次、はるかにことよせて、望郷詩一篇。」ということば書きがついていて、詩の内容を規定していたが、これは日本批判をカムフラージュするためのものである。詩の「三」の「双つの足うら」は、初出では「双つの掌」となっていた。詩集『落下傘』は、戦中に書きためた抵抗三部作の一つ。

〘研究の展望〙 詩「落下傘」を初めて丁寧に鑑賞批評したのは、伊藤信吉で、落下傘という題名について、「おそらくこれは落下傘が地上にむかって落ちてゆくときの、その落下の感覚を、心理のはてしない没落感にたとえたのであったろう。空にただよい、どこへ吹きながされるかも分らないたよりなさ、その孤独感。戦争のけわしさが生活の隅々までしみこんでゆくのにつれて、光晴は空にただよう落下傘にも似て、底ふかい寂寥にひきこまれたのであった。」（『現代詩の鑑賞下』昭29・4、新潮社）といい、そのテーマにまで踏みこんでいる。第一章、第三章に光晴独特のアイロニーがあり、第二章は、映画的手法により日本を俯瞰《ふかん》、『鮫』（昭12・8、人民社）所収の「紋」に共通する「風土的な貧寒さと封建的観念のとらわれ」が主題になっているという。その上で、もう一つ別の「この詩のほんとうの主題」について、「三」の「神さま」への祈りの言葉に注目し、「私はこの部分から、逆にどこか祖国の圏外へ、とおく離れ去りたいというようなかくされた意識を感じる。（略）この詩のかくされた主題を感じる。」という。やや深読みの感があるが、目配りのきいた鑑賞である。

戦後のもっとも犀利《さいり》な評論家吉本隆明は、本格的な光晴論は書いていないけれども、『中央公論』の「七十五周年記念再録評論集」欄に、「落下傘」の「解説」を寄せている。吉本は「もみ殻や、魚の骨、洪水のなかの電柱、義理人情の並ぶ家庇など、みんな思想のバーズ・アイ（空の鳥の眼）がとらえた日本批判の目じるしであることに注意しなければならぬ。このバーズ・アイは、けっして金子光晴の思想が、庶民の世界をこえるほど偉大であることを意味しない。日本の自然秩序的な感性、風俗、思想などにたいして、水と油のように異教的であるために、どうしても生活社会に入りこんだ眼をもちえなかったのだ。」（「金子光晴『落下傘』」、『中央公論』昭35・11）と捉え、示唆的である。バーズ・アイという視点の指摘で、光晴の重要な詩法が解明されたことになる。異教的な個性の形成についての言及はないが、「金子光晴が、ただひとり戦争に耐ええたのは、かれがじぶんのバーズ・アイのもつ宿命をよく自覚しえたことによっている。かれは、じぶんの思想が、けっして日本の社会に土着しえないことを識り、落ちても着くところがない宿命を忘れずにうたうのである。そして、これが金子光晴の戦争に耐えた方法のすべてを証している。この優れた詩人が、本当の孤独と絶望をかんじたのはじつに戦後であった。」（同）と、バーズ・アイをもつ詩人の宿命を見透している。戦争によく耐えたという光晴の抵抗の有効性を問題にするのではなく、詩法により詩人の存在にアプローチした卓見といえる。日本人の悲しみを明白に捉えているのである。

芹沢俊介は、戦中の光晴の「偽装」が必然的にもたらした対象の二重性を問題にしながら、「落下傘」について、「この詩を特徴づけているのは、内的な武装をとりはずしたときの国内生活をしいられた漂泊者の意識である。対象の二重性をうまく処理できた作品といっていい。」(「金子光晴の戦争期──自我のダンディズム」、『現代詩読本3金子光晴』昭53・9、思潮社）とのべ、つづけて「落下傘の下降を『目的地』の判然としない墜落、漂流と把握する不安な意識の本質は、内的な武装を自覚的に破棄したときの漂泊者の偽装のない落下の心情だといえる。」と論じている。光晴はさまざまな偽装をしており、この詩もことば書きに、「望郷詩」と記していたことをもち出すまでもなく、やはり偽装してはいるが単純ではない。

平岡敏夫は「落下傘」の「鑑賞」を詩の構成から始め、詩行の意味を解明しながら、「『ふるさと』に対して、詩人は異邦人や傍観者ではなく、密接にかかわっているが、かかわりつつもアイロニカルに対象化せざるをえない心情をうたった」(『現代詩鑑賞講座7』昭44・3、角川書店）ことを論じて説得力がある。田中美代子は、光晴の『現代詩入門』(昭29・4）の自解をもとに「ニヒリストの弄ぶ言葉の回転装置」が「圧政の解毒剤」(『金子光晴研究こがね虫』、平3・3）であるという。

〔問題点〕「落下傘」ではまず「偽装」が問題になる。ことば書きの「望郷詩」という言葉も、文字通りには受けとれず、落下の不安な心情表現によって、日本批判がより痛烈になっていることは明白である。桜本富雄は「金子光晴の虚妄地帯」(『文芸展望』一二、昭51・1）で「落下傘」と同時に『中央公論』に発表された「洪水」他を手がかりに、戦後の改変を問題にし、初出時の戦争肯定的な表現を批判したが、戦争下の言論弾圧に対する理解に欠けるところがある。光晴が、偽装することによって獲得できた言葉の斥力《せきりよく》が、日本人のさみしさをどう照射し、批判的に定着したかが問題である。

（平成四年）

付記　一筋縄ではいかない光晴は、絵本『マライの健ちゃん』（昭18・12、中村書店）についての質問に、次のように答えてくれたことがある。

あの出版は山之口貘君が浅草の出版屋さんから話をもってきてくれたものです。神保さんという女の人はあの頃子供の絵をかいている人のなかで評判のいゝ人でした。マレイの健ちゃんの趣旨は、マレイがすでに日本の統治に入った以上、友誼的に日本人と人間的理解をもってすゝめるべきが現実的に一番いゝことと思ったのです。小生の立場は人間相互の平和的関係平等主義であることは、一貫して変化しません。マレイは直接知っているところなので軍政の苛烈な圧制をおそれ、緩和のイミ《(ママ)》であの本を書いたものです。決してコムニズム的方法丈が人類の正道とは思いません。その為に多くの犠牲を出すようでは目くそ鼻くそを笑ふ《(ママ)》ことになります。但し小生の立場は終始（少年時代から）共和主義者でその点日本の前時代的な帝国主義的発展には賛成しかねるものです。ここには多分にことばの含みをお考え下さい。（略）

（筆者宛ハガキ、昭和42・3・19消印）

「落下傘」の「偽装」はやはり抵抗の手段であったと私は思う。

四、「くらげの唄」

——「仕方がない」人間透視——

くらげの唄

ゆられ、ゆられ
もまれもまれて
そのうちに、僕は
こんなに透きとほつてきた。

だが、ゆられるのは、らくなことではないよ。

外からも透いてみえるだろ。ほら。
僕の消化器のなかには
毛の禿《ち》びた歯刷子《はブラシ》が一本、
それに、黄ろい水が少量。

心なんてきたならしいものは
あるもんかい。いまごろまで。
はらわたもろとも
波がさらつていつた。

僕？　僕とはね、
からつぽのことなのさ。
からつぽが波にゆられ、
また、波にゆりかへされ。

しをれたかとおもふと、
ふぢむらさきにひらき、
夜は、夜で
ランプをともし。

いや、ゆられてゐるのは、ほんたうは
からだを失《な》くしたこころだけなんだ。
こころをつつんでゐた
うすいオブラートなのだ。

いやいや、こんなにからつぽになるまで
ゆられ、ゆられ
もまれ、もまれた苦しさの
疲れの影にすぎないのだ！

（『人間の悲劇』昭27・12、創元社）

一

光晴は変身の名手である。実に多くの「もの」に変身し、その「もの」を通して「仕方がない」人間に執拗なアプローチを試みる。「くらげの唄」も、そうした妙技の冴えを示した詩の傑作である。

第一連の「ゆられ、ゆられ／もまれもまれて」という歌い出しのリズムは、くらげの生態を活写したものである。「ゆられ、ゆられ」には一瞬の停止があり、「もまれもまれて」は連続している。海を浮游する動物の動きが、そのまま一つのリズムとなり、繰り返される。そしてついに、「そのうちに、僕は／こんなに透きとほつてきた。」という因果関係で捉えられることになると、その表現が精神性を帯びてくる。ゆられ、もまれることで、透明になったという「僕」の存在が、くらげの生態描写でありながら、体験の重みを感受する何かを示唆するのである。すでに科学的記述を越えたうたになっている。

それが、わずか一行からなる第二連で、あっさりと内面化される。「だが、ゆられるのは、らくなことではないよ。」とすべて平仮名書きで生存の苦渋を記し、漢字による滑《すべ》りを避けている。「ゆられていればいいのだから、こんならくなことはない」という観点がないわけではない。しかし、それとは逆の感懐を一行で言い切ったところに、詩人の立場がある。じっとしていることが許されなかった者の実感が、「ゆられるのは、らくなことではないよ。」と、弁解ではなく感覚で表現され、内部の重さに注意を喚起するのである。

第三連は形態の描写だが、非常に歯切れがいい。「クラゲの消化器官は、口から口道を経て胃腔につづき、胃腔からは傘の縁に向かって4本あるいは網目のような放射水管が出ていて、傘の縁で1本の環状管につながっている。これらの管は食物の消化や吸収ばかりでなく、呼吸、循環、排出器官も兼ねている。」（『万有百科大事典20』）というところを、光晴は「僕の消化器のなかには／毛の禿びた歯刷子が一本、／それに、黄ろい水が少量。」で言い切る。「毛の禿びた歯刷子」というくたびれた日常生活を思わせる比喩は、人間へのアプローチを一気に現実化する効用がある。くらげのイメージが、人間の世界に急接近してくるのである。

そこで、第四連では、たえず人間の問題となる「心」が取り上げられるが、いうまでもなくそれは否定的な描写とならざるをえない。くらげの場合、「はらわたもろとも／波がさらっていった。」といえば、それで十分である。心とはもっとも遠い存在の浮游動物くらげ。かつて人は、主義を持たず、考えの浮動する者をくらげと呼んだ。だが、その心のないくらげの立場に立てば、見方は逆転する。「心なんてきたならしいものは／あるもんかい。いまごろまで。」と、くらげとしてはたんかを切りたくなるのも当然であろう。心にも善心があり、悪心がある。つい先ごろ（戦中）までは赤心などと呼んだものを、敗戦と同時に棄却して顧みない。その転化の急に晒された者としては、「心なんてきたならしいもの」の持つ意味は、きわめて大きいといえよう。そこで、人間を縛り付けてきたものの根源をいったん断ち切らねばならない。

第五連の「僕？　僕とはね、／からっぽのことなのさ。」という表現は、きびしい自己認識である。さまざまな価値観の重圧から、自己を解き放ったのである。といっても、くらげの現実は、「からっぽが波にゆられ、／また、波にゆりかへされ。」という状態でしかない。

第六連もくらげの生態を的確に捉える。「夜は、夜で／ランプをともし。」という美しい表現がつづいている。

普通であればここで終っていいし、詩人の精神活動も抒情的な場で停止することが多い。しかし、光晴の精神は停止せず、もう一歩つき進む。

第七連で、「いや、ゆられてゐるのは、ほんたうは／からだを失くしたこころだけなんだ。」といい、第四連の表現を否定し、掘り下げる。「こころ」と、漢字ではすり落ちるものを平仮名で確認し、内部から取り出してくる。「こころ」はそんなに簡単に捨てられるものではない。くらげの形態としては、「こころをつつんでゐた／うすいオブラートなのだ。」と寒天質を捉え、強引に擬人化して当初の対象から離脱するようなことはしないのである。

光晴は最終連で、今一度それを捉え直していく。「ゆられ、ゆられ／もまれ、もまれた苦しさの／疲れの影にすぎないのだ!」と、くらげの生態を、生存の苦しさの象徴として形象してみせる。外界のくらげを通して、人間の内部を見事に定着した「くらげの唄」は、光晴とは関係のない空想の世界ではなく、外部（くらげ）と内部（詩人）の描写によって成立した特異な世界とみていい。

二

「くらげの唄」には強がりがない。光晴の高音部を示す詩「おつとせい」の有名な末尾、

だんだら縞のながい影を曳き、みわたすかぎり頭をそろへて、拝礼してゐる奴らの群衆のなかで、

侮蔑しきつたそぶりで、
ただひとり、
反対をむいてすましてるやつ。
おいら。
おつとせいのきらひなおつとせい。
だが、やつぱりおつとせいはおつとせいで
ただ
「むかうむきになつてる
おつとせい」

（「おつとせい」部分）

と比較すれば、「僕」と「おつとせい」の、ということは、「くらげの唄」を所収している『人間の悲劇』（昭27）と、「おつとせい」の『鮫』（昭12）との違いが明らかになる。『鮫』では、天皇制への、社会への、現実の世界への抵抗感が、詩のモチーフとして強く働いていた。「おいら」はあくまでも「むかうむきになつてる／おつとせい」なのである。ところが、戦後は抵抗するものさえ明確でないところから出発する外なかった。

光晴は日本人について、「無欲にして恬淡《てんたん》、自然をたのしんで人を怨まず、時とともにいういうと流れているこの人間群のなかにいて、僕は気楽さと、ある力落しを感じた。これくらいなら、僕は戦争中、あんないやな思いをして詩を書いて、自分をいじめるのではなかったと思う。だって、戦争が終われば、一億一心で、みんなアメリカ人にでもなってしまいそうな急変ぶりなのだ。」（「日本人というもの」）という。日本人に「気楽さ」と「力落し」を感じながら、人間の悲劇（弱さ）の根源に迫っていくこと、それは同時に、自己を解体し、腑分けすることに外ならなかった。光晴は当然のこととして、戦後詩人の自己主張とは違った、とらわれない認識者として日本の現実に深く入りこむことになる。変身につぐ変身で人間の諸相を抉り出し、「くらげの唄」では、「おつとせい」の自我とは対蹠的な柔軟な自我の所在を示しているのである。

詩と散文を混交した『人間の悲劇』は独特の文体を持つ詩集だが、「くらげの唄」は、次のような文章の後に布置されている。

浮游ほど狡猾な処生法はない。狡さよりほかに僕らの身をかくす術が遂になかつたやうだ。
——路はローマに通ず。……狡さが誠実と通じあふうらぶれのはてにゐて、僕はただよふ。

（『人間の悲劇』）

光晴は「浮游ほど狡猾な処生法はない。」ときっぱりという。生の貴さは何ものにも替えがたいが、光晴の場合、徴兵忌避の問題一つとっても、「狡い」方法ではあったのである。そこで、「狡さが誠実と通じあふうらぶれのはてにゐ」るという際どい認識に立って、初めて「くらげの唄」はうたい始められる。主義・定見のない「くらげ」の復権である。

といっても、「心なんてきたならしいものは／あるもんかい。」を核にした六連で終っては、左から右への移動にすぎない。光晴はそこで思考停止せずに、視座をまた左に戻すのである。その往還によって、生存の痛みに鋭く切りこんでいったとみていい。「もまれ、もまれた苦しさの／疲れの影」は、屈辱に満ちた光晴の生の象徴である。

（昭和六十二年）

五、「仕方がない」日本のキリスト

キリスト教はアクセサリー

金子光晴はいわゆるキリスト者ではない。詩を書き始めてから半世紀をこえるが、キリスト者として詩を書いたことは今のところない。従って、光晴におけるキリストを信仰の問題として論究しても、われわれは失望させられるだけである。といっても、キリストは光晴にとって信仰とは直接関係ないが、確実に何かではあったし、現にある。その何かにここでは少しばかりかかわってみたい。

光晴は詩人として出発する以前に、銀座竹川町のプロテスタント教会で、洗礼志願式なるものを受けていた。小学校高学年の頃のことである。自伝によると、「説教はなにをきいても素通りだったが、キリスト教の神秘的な雰囲気と、従順なるものへの郷愁が僕をつかんで離さなかった。」「僕のキリスト教入門は、多分に少年のセンチと虚栄からのものだったが、その他に西洋への憧れがあった。しかし、それも表面的な理由で、根本の動機には、稚《おさな》い罪の意識にさいなまれつつ、享楽と、日々の不安のなかで、明日をもしらぬおもいで生きていた僕にとって、そんなしずかさを希《ねが》う気持もあったのだ。」(『詩人』昭32・8)というように説明されている。ここには間違いなく一つの宗教体験がある。

光晴自身は、このことを「キリスト教は遂にアクセサリーに終ってしまったが、それでも、そのことが僕の生涯にとって重大な契機となっていることは、後年になってはっきり、その足跡をふりかえってわかるのである。」（同）と書きつけている。少年時代の体験が後に予想もしなかった大きな意味を持って来るということは十分考えられることである。

青少年時代の光晴は穏和な秀才ではなかった。自己顕示欲が強く、盗癖があり、破天荒な行いのかぎりをつくしている。江戸町人的な生活をする義父荘太郎のもとで、淫靡な遊びに耽るそうした光晴にとって、キリスト教はいわば反日常的な、自己確認の場であったとみていい。「血のさわぎ」（同）のままに行動する時、本人には自分が見えていない。光晴がたとえ虚栄心からだとしても、教会に通い、西洋のにおいをかぎながら、「しずかさを希」ったということは、振幅の激しい自己の態様に目を開き、絶対的なものに帰依する心を耕していたということになる。実際は教会内だけの信仰であったが、仏教や儒教とは違った世界がこうして光晴には比較的早い時期に訪れていたのである。勿論この時期の光晴に日本人とは、あるいは西洋人とはという明確な問いがあったわけではない。「キリスト教は遂にアクセサリーに終ってしまった」という言葉を私はそのまま肯定する。しかし、そのアクセサリーはやがて現実に切りこむ一指標となるのである。

キリスト教と天皇制を批判する視座

光晴の詩の中にキリスト（教）の問題が持ちこまれ、注目されたのは詩集『鮫』（昭12・8）以降である。

——吾等は、基督教徒と香料を求めてここに至る。
ヴスコ・ダ・ガマの印度上陸のこの言葉は、
——吾等は、奴隷と掠奪品を求めてここに至る。
と、するもよし。

（「鮫」部分）

少年時代の光晴のキリスト教への接近には西洋への憧憬があった。ところが、ここにあるのは痛烈な批判であり、もはや憧憬など全く入り込む余地のない憎悪がこめられている。昭和四十年五月に出版した『IL』には、「教え《ママ》てください。主よ。僕たち日本人はあなたの神について、ほんとう《ママ》は、なに一つ知らないのです。知つてゐることは、あなたの神が、西洋人の福祉利益のまもり神で、彼らに優越感と勇気を与え《ママ》、開明と自由主義の名で、わがまま勝手に世界を荒しまはるやうになつた、非理非道の共犯者だといふことだけです。」という言葉がある。これも『鮫』と同様の視座であることはいうまでもない。

こうした西洋、その象徴としてのキリスト教批判に光晴はいかにして到達したか。それは抵抗詩人光晴へのアプローチですでに多くの論者が注目しているように、東南アジアからヨーロッパに至る放浪旅行中、自分の手を汚して生きたということに関連していよう。光晴はヨーロッパやその植民地で、自ら底辺の現実を生き、かつての多くの文化人たちが素通りした弱者の現実の世界、心の襞《ひだ》に食いこんで行って、強者（国家）の神の恐ろしさを実感として把握したのである。彼は手を汚して西洋の梁《うつばり》を取り払ったが、そこでまた本卦《ほんけ》帰りするというには、彼はあまりにも傷つきすぎていた。妻の恋愛によって日本を脱出したという経緯について、彼は今も倦《う》まず語り続けており、そこには敗者としての怨念が感じとれる。従って、西洋の帝国主義的侵略の告発と同時に、日本及び日本人への批判も痛烈をきわめている。つまり光晴は西洋と東洋（日本）の二者択一というような単純な裁断の上に立ってはいず、いうならばローファーとして何ものにもとらわれず、一切の固定観念を排除して現実の方向を見据えようとしているのである。

昭和十年代に再び詩壇に復帰した光晴は、こうしてキリスト教を指標とする西洋と、日本の天皇制に執拗にかかわって行くことになる。光晴は「いまの日本人ほどの文化教養がありながら、いきなり飛びついてゆける天皇イズムの強力な魅力の正体について、どうしても合点のゆかないところがあった。」（「政治的関心」）という。そして、天皇制ファシズムの熱狂に対して、鬼の児が生れた。産声をきかなかつたか。
鬼の児が生れた。一から十まで気に入らぬげな産声を。
怖るべき批判と達識を養ふため、母の痩乳を吸ひ、
つのあり、尾あるみどり児は
寝くたれてゐた。のんだくれのやうに。

（「鬼の児誕生」第一連）

と、自分の立場を明らかにして行く。私はこの姿勢を貴重なものだと思う。詩集『鬼の児の唄』（昭24・12）は全体的には惰弱なインテリの諷刺に堕しているが、この「鬼の児誕生」などは、見事な抵抗のアレゴリーになっているといわねばならない。「一億一心」で戦争を遂行しようとする現実の状況に、「怖るべき批判と達識を養ふため」「寝くたれてゐ」る「鬼の児」のイメージは、繊細な感覚を誇る近代詩の中では稀にみるしぶとさを獲得している。

ところで、今問題になるのは、この「鬼の児誕生」がキリストに捧げられているということである。光晴は「――この画額をイエス・キリストにささぐ」という献辞をつけている。そこで、「鬼の児」とキリストとはどう関連するのかという疑問がわく。

中島可一郎氏はかつて、「キリストと鬼の児とのアナロジーはぼくには結びつかない。しいて結び

つければ、鬼の児は、かれ金子にとってのエンジェルだということである。兇の相をもったエンジェルがすなわち鬼の児であれば、キリストは、かれにとってどういう意味づけをされるのであろうか。これ以上の憶測は、もはやぼくのふみ入るべき領域ではないだろう。ただ、あやまちをおかしていえば、かれにとってのキリストは兇相の大宗でなければならぬとの《（ママ）》いうことだ。悪のみが悪をほろぼすという逆説の論理のゆえにである。」（「神との対話」、『現代詩手帖』昭40・5）と書いて、一つの見方を提出している。

「鬼の児誕生」の後半には、「風景は傾き、手ずれ、垢じみた思想によごれはて」ており、「生涯ぬけられぬ貧困」と、身体障害、病苦という悪状況が描出されているが、そうした現実の悪状況を鋭く感受すればするほど、その徹底的な救済が与えられなければならない。光晴はそこで下降を続ける己の歩みを力に転化しようとする。それが「鬼の児」のイメージであったわけだが、その時、救済への志向がキリストのそれと同方向にあったのではないかと私は思う。「この画額をイエス・キリストにささぐ」というのは、「鬼の児」がキリストとアナロジーであるといっているのではなく、悪状況への対応の仕方は違いながら、その所期するところの同質性を表明しているのである。

「鮫」の批判から「鬼の児誕生」の親近感の表白へ、昭和十年代の光晴のキリスト観は一見大きく変質したかに見える。しかし、実際はそうではない。ヴスコ・ダ・ガマの言葉のパロディは、キリスト教の神が「西洋人の福祉利益のまもり神」に堕していることを鋭くついているが、キリストへの批判を試みているのではない。光晴は神の歪みを批判した後、神の子キリストの神秘のヴェールをはいで考えようとする。もはや信仰の対象としてのキリストではない。悪状況にのめりこんで悪戦苦闘する人間キリストが問題なのである。従って、少年時代のキリスト教体験を下地にして、光晴は主体的な場を模索しているといわねばならない。

無惨なキリスト像

キリストとは、なんだらう。
へつ。しらないのか。あれは
畸型胎児だ。

つひに日のめをみなかつた
なまじろいそのからだが
無限に拡大された奇怪な影を
海底におとしてさまようてゐるのだ。
……さうだ。もつともいたましいものによつて
この世界は償はれなければならない。

（「海底をさまよふ基督」第一、二連）

戦後、光晴はこうしてキリストにアプローチし始める。「海底をさまよふ基督」は『人間の悲劇』（昭27・12）の「No. 8」に布置されており、作品の出来はモチーフが十分に熟さないうちに定着されたという感が強いが、光晴におけるキリストの位置を告げるものとして、やはり私は注目したい。いうならばこの時、『IL』の方向は定まったのである。

『人間の悲劇』は日本の戦後を一切の観念にとらわれずに描いている。たとえば、「僕らが孤独とよんでゐるのは／亡霊とさしむかひのことなのだ。／僕の存在じたいが、亡霊の振出した／から手形だつたとつゆしらず。」（「No. 3」）といい、「骨に刻んだNIHILまで僕は／出口で返さねばならぬとも気付かず」（同）というように、骨がらみの人間の弱さを抉り出している。こうした骨がらみの人間の悲劇、「敗北の唄声」（「海底をさまよふ基督」）に接して、光晴はキリストを呼びよせたのだと私は思う。つまり「……さうだ。もつともいたましいものによつて／この世界は償はれなければならない。」という詩行に、光晴のキリストの基本構造があるとみていい。「海底をさまよふ基督」では、「もつともいたましいもの」（キリスト像）がふくらみを欠いているが、『IL』になると、その意図が十全に生かされ、光晴独自の像となっている。即ち、

日本に上陸したとき、キリストは、わざと跛《びつこ》をひいてみせた。

一目みてすぐ、僕は、やつこさんだな、と見やぶつた。（『IL』一）

まづ、植物とすれば、あけびづる。からきし正態もない水母《ヒドラ》か、蝓《ゆむし》か、白なまこ。

すり切れていたい砂浜。

目を病んで、まぶたがふくれ、赤くただれた姥鮫《うばざめ》か、雁木鱏《がんぎえい》。（同）

と定着されたキリストは、いたましさにおいて全く他の追随を許さない。宗教上のキリストから離れているといえば、実際これほど遠い存在はないであろう。しかし、くり返すが光晴はキリスト者ではない。このいたましいキリストは、現実の無惨さそのものであり、敗者の象徴である。従って、こうしたキリストの上陸によって、日本及び日本人の実態が微細に洗い出されて行くことになる。

光晴のキリストに宗教上の教訓を求めても無駄であるが、私はその一見きわめて主観的な語り口の中に、強靭な批判精神の策動を見る。下降する人生で、現実の無惨さを徹底的に照射する視座を獲得した光晴が、神や孔子の強者の倫理に毒され、「ノイローゼにおちいってしまった」（「日本人について」）人間の悲劇を、敗者の典型によって描出して行く時、真に批判的リアリズムの威力が発揮されるのである。

光晴の長い詩的道程は容易には把握出来ない。キリスト像についても同様である。ただ以上のように見て来て小論を結ぶ場合、次のようにはいえるであろう。即ち、光晴は戦前は「鬼の児」の攻撃性に、戦後はキリストのいたましさにその主体をかけていると。ともに放浪するローファーであるが、それは現実の状況への主体的なかかわりの中で結実したイメージであり、敗者の情念の表象である。私は言葉を自由に駆使する光晴に、敗者のしぶとさを感じる。彼のキリストは決定的にいたましいが、それ故にわれわれに人の生の重たさを強烈に喚起するのである。

（昭和四十七年）

本書のテキストは『定本金子光晴全詩集』（昭42・6、筑摩書房）による。

第七章　伊東静雄

「わがひとに与ふる哀歌」
──「仕方がない」愛、遠方のパトス──

「魂を苛めつけられた人」のうた

伊東静雄の名作「わがひとに与ふる哀歌」（『コギト』昭9・11）の研究展望の機会を与えられて、私は詩の「読み」のむつかしさを改めて痛感した。『国文学』（平4・3）の「作品別　現代詩を読むための研究事典」で、「わがひとに与ふる哀歌」（以下「哀歌」と略す）を担当しながら、読みのための読み、研究のための研究が、行きつくところまで行っていると思った。「哀歌」の世界が、枠にはめられ、あまりにも窮屈になっているのである。抒情詩はやさしく解釈できるものならやさしいほどいい。難解なものが高度であるとはかぎらない。

そこで、私は「哀歌」を現実に引きつけて読んでみようと思う。

太陽は美しく輝き
あるひは　太陽の美しく輝くことを希《こひねが》ひ
手をかたくくみあはせ
しづかに私たちは歩いて行つた
かく誘ふものの何であらうとも
私たちの内の
誘はるる清らかさを私は信ずる
無縁のひとはたとへ
鳥々は恒《つね》に変らず鳴き
草木の囁きは時をわかたずとするとも
いま私たちは聴く
私たちの意志の姿勢で
それらの無辺な広大の讃歌を
あゝ　わがひと
輝くこの日光の中に忍びこんでゐる
音なき空虚を

歴然と見わくる目の発明の
何にならう
如《し》かない　人気《ひとけ》ない山に上《のぼ》り
切に希はれた太陽をして
殆ど死した湖の一面に遍照さするのに
（「わがひとに与ふる哀歌」）

「哀歌」の世界に逸早く反応した萩原朔太郎は、頌歌とも思える一文をものしている。「『わがひとに与ふる哀歌』は、一つの美しい恋歌である。浪漫派や藤村氏の詩やが、本質的に皆美しい恋歌であつたやうに、伊東静雄の詩の歌ふところも、本質的に皆美しい恋愛歌である。しかしながらこの『美しさ』は、そのエスプリに惨虐な痛手を持つた美しさであり、むしろ冷酷にさへも意気悪く、魂を苛《いじ》めつけられた人のリリックである。ああしかし！　これもまた一つの『美しい恋歌』であらうか？」（「わがひとに与ふる哀歌」、『コギト』昭11・1）という言葉に接すると、こころで詩を読んだ朔太郎の炯眼《けいがん》に改めて驚嘆せざるをえない。「哀歌」が、「そのエスプリに惨虐な痛手を持」ち、「冷酷にさへも意気悪く、魂を苛めつけられた人」のうたであるということをキッチリと押えているのである。それを看過して「読み」に耽る研究者の心の痛みを伴わない言葉は、自由自在に跳梁《ちょうりょう》し、自分に都合のいい論理を組立てていく。

冒頭二行の諸説

杉本秀太郎『伊東静雄』（昭60・7、筑摩書房）は、刊行以来、『わがひとに与ふる哀歌』（昭10・10コギト発行所、以下『哀歌』と略す。作品は「哀歌」と一重のカギ。）の「読み」の一つの極北を示したものとして注目されている。

杉本は『哀歌』の「わがひと」は、女性ではなく「私」の分身（ドッペルゲンガー）で、今一人の「私」＝「半身」を愛している「私」の存在を想定した上で、「哀歌」はその「半身」のうたであるという。これは、詩集『哀歌』の冒頭に布置された「晴れた日に」の、

とき偶《たま》に晴れ渡つた日に
老いた私の母が
強ひられて故郷に帰つて行つたと
私の放浪する半身　愛される人
私はお前に告げやらねばならぬ
（「晴れた日に」部分）

という表現等にポイントをおいた読みである。この「私」と「半身」の関係を杉本は、「哀歌」まで

押し広げて「これを最後とする『半身』の祈り。」（『伊東静雄』）という。そして、さらに「いま『半身』は、祈りの通じないことは百も承知のうえで、ただひとりの希求、聞き入れる相手でないことの分かっている相手への希求を歌わなくてはならない。（略）歌われていることが少しも歌われていないことになるような歌。歌が熱烈で、しかも空虚な形骸になっている歌。熱烈、空虚な形骸が主題であり内容そのものであるような歌。」（同）と断定している。「哀歌」の主題がはたして「熱烈、空虚な形骸」であろうか。

太陽は美しく輝き
あるひは　太陽の美しく輝くことを希ひ

この冒頭の二行にほとんどの読者が躓《つまず》いてしまったが、杉本は、「冒頭のあの二行、衝突し、齟齬《そご》し、矛盾するあの表現には、何やらただならぬものがひそんでいる気がする」（同）といい、「『半身』と『私』をいずれも盲目の人と考えてみてはどうか。ふたりは盲目なのだ。ふたりは意志して盲目となった――もっとも『私』を勝手に盲目にしたのは『半身』である。冒頭の二行、絶対矛盾の自己同一とでもいうほかはないようなあの二行」（同）といい、「希求というものは盲目状態に似ている。第二行と同時に、『半身』は希求のために盲目となっている自己を自覚し、みずから盲目を招き、意志的に盲目となることによって、希求に支配されるままになる愚かしさを免れる。」（同）と論を進めていく。杉本の想像力はとどまるところを知らず、ついに「私」「半身」を盲目にしてしまった。

しかし、これはあまりにも強引な解釈ではないか。「絶対矛盾の自己同一」というような表現を、現実に視力を失った盲目の人にしてしまえば、評者に都合はよくなるが、それだけに恣意《しい》は免れない。「哀歌」だけが急に盲目の人のうたになるというのも、自然な読みではない。

杉本がこのように想像をふくらませていくまでには、実に多くの評者の苦闘があった。今少し例を挙げれば、

第一行のあかるい嬉ばしい断定が、ここでは、第二行でたちまち打ち消されて、かすかな断念を秘めた希求に転化されてしまう。（菅野昭正「曠野の歌」、『文学』昭39・1、2）

ここで、太陽は輝いていて、同時に輝いていないものとしてとらえられる。現実に両立し得ない二律背反が、ロゴスの世界では両立させられ、ただちに、その言葉を発した主体の精神状態を透視させるのである。言いかえれば、太陽の輝きは、存在し、かつ存在しないことによって透視脱落し、あとには言葉のみが残る。しかもその言葉は、論理的に矛盾したことをのべているという事実そのものによって、これまた脱落し、あとにはそのような二律背反的精神状態を保ちつつ、太陽の輝き

を希って歩んでゆく意志の純粋な指向性だけが残るのである。

（大岡信「抒情の行方」、『文学』昭40・11）

というように、冒頭の二行の把握にてこずっている。この「二律背反」「透視脱落」から杉本の盲目の人に至るまでに長い時間がかかっているが、思考の態度としては同一方向を向いたものとみていい。最近では、田中俊広が二行目の注として、「第一行目の明るい展望を予見させるイメージを留保・断念・屈折させ、作品の〈現在〉を非在化・抽象化。」（『日本の詩』平4・4、桜楓社）しているという。そして、「この恋人達の道行きは、その背景とともに現実・日常を超えた思念上の道程であることを提示。」（同）しているというのである。

太陽への指向——曇りの日の逆表現

太陽は美しく輝き
あるひは　太陽の美しく輝くこと希ひ
手をかたくくみあはせ
しづかに私たちは歩いて行つた

これが盲目の人の歩みであり、「二律背反的精神状態」を示していると考えられるか。私は何度読み返しても、これは視力のある人の、決して「二律背反的精神状態」などではない道行であると思う。詩の現実をそのままイメージすることができるのである。

「哀歌」の冒頭二行は、矛盾などでは決してない。明快この上ない表現である。これまでの評者は、冒頭二行に注目するあまり、これが「私」と愛する「わがひと」の道行であることを軽くみていたのである。道行は瞬間でないことはいうまでもない。晴れたり曇ったりしている中を、私たちは歩いて行っているのであり、当然のこととして時間の経過が考えられねばならないだろう。(1)

小川和佑は『伊東静雄論考』（昭58・3、叢文社）で、「私たちの青春の出発は、この私たちを照らす太陽のように輝き、あるいは曇れる日には太陽のように美しく輝くことを希求しながら、私たちはいま清らかな厳しい至純の愛に生きるものとして手をかたくくみあわせてしずかに歩いていった。」と、一歩踏みこんだ把握をしながら、冒頭の二行の表現は、「事象ではなく、願望である。」と指摘している。しかし、これは晴れたり曇ったりする事象の願望表現である。

冒頭の二行は「即」で結ばれれば矛盾するが、「あるひは」という接続詞で結ばれて、列挙するかたちをとっている。その際、情景を直叙するのではなく、心情の指向性で逆の表現を試み、事象を主体化、内面化していく。曇り空の表現であれば、誰もが納得するところを、逆に太陽を希うかたちで意表をついたのである。ということは、伊東静雄の場合、それだけ「太陽」への思い入れが強かったということになる。

俳句では、名月の夜、曇りか雨で月がなくても、無月といい、雨月といって、やはり月を詠む。

禱り石こころに積むも無月かな　渡辺恭子
旅人よ笠島語れ雨の月　与謝蕪村
無月か雨月か阿蘇の寝釈迦を思い寝る　窪田丈耳

ここに、日本人の月への指向性の強さを感じとることができるが、伊東静雄はひたすら太陽を指向したのである。その心情の指向性の強さが、一見矛盾し、二律背反と思えるような表現を可能にしたとみていい。

ともかく、「私たち」は曇っても「美しく輝く」太陽を「希ひ」、山に入って「無辺な広大な讃歌」を聴くことになる。この言葉の誇張の大きさは、逆の現実、「私たち」の関係の危うさに比例してようやくバランスがとれている。「私」は、「私たちの内の／誘はるる清らかさ」を信じているが、「かく誘ふもの」の本質を特定できないような関係である。「清らか」だが、何か危機的なものが内包されているのである。それは、後半で顕在化する。

「仕方がない」愛――遠方のパトス

「哀歌」は、後半に入って急に調子を変え、独白となる。

あゝ　わがひと
輝くこの日光の中に忍びこんでゐる
音なき空虚を
歴然と見わくる目の発明の
何にならう
如かない　人気ない山に上り
切に希はれた太陽をして
殆ど死した湖の一面に遍照さするのに

「私たち」の道行の叙述、「自然の讃歌」に反応する愛の讃歌は、ここで急に一体化することのない「私」の愛の独白となっている。「あゝ　わがひと」と、「私」の昂った思いは、一気に不可能な愛の内実を表明する。愛の不可能性の原因が、「わがひと」の「音なき空虚」を「歴然と見わくる目の発明」にあるということは容易に理解できる。

「わがひと」は、「私」とこころを一つにし、一体化することが出来ないでいる。杉本秀太郎は、「哀歌」を「半身」の「祈り」とする立場から、ここで『半身』は『わがひと』＝『私』を見捨てるのだ。」(前掲書)という。しかし、「見捨てる」といえば、それは「わがひと」が「私」を見捨てようとしているのである。「音なき空虚」、つまり、非日常的な愛の道行にむなしさを感じる現実の「わがひと」と「私」とのこころの空隙は、埋めようがないまでに大きいのである。「わがひと」は「私」から離れていく。「私」が、いかに「希はれた太陽」を静かな「湖の一面に遍照さする」意義を説いても、「わがひと」にはとどかないのである。

幸福な道行を思わせた二人の愛が、「私」の不可能な愛の独白となって終る。伊東静雄はその不可能な愛を、しかし単なる失恋のうたとして形象しているのではない。不可能な愛ゆえに、太陽への希求をより強くしてうたっているのである。曇り日を、「太陽の美しく輝くことを希ひ」といい、遍照の美を、「切に希はれた太陽」をして「湖の一面に遍照さする」と精神の能動性を強調する。この希求、「意志の姿勢」を重視するあまり、杉本は登場人物を盲目の人にしてしまったけれども、希求の裏に、不可能な愛、「仕方がない」成就しない愛のかなしみがある。希求の強さは喪失の大きさと拮抗している。「私」が「わがひと」を「見捨て」て、太陽への希求を一途にうたうのであれば、「わがひと」へ与える哀歌など、今さら必要としないであろう。ところが、伊東静雄は「わがひと」へ与える「哀歌」を間違いなく提出しているのである。

「目の発明」が、「希はれた太陽」を「湖の一面に遍照さする」のに「如かない」と表現しても、「あゝ　わがひと」と切迫して表現する「私」は、「わがひと」への愛恋を断ち切れていない。その恋着の強さ、愛の深さが、太陽を「遍照さする」無償の行為の純粋性を際立たせ、「哀歌」を痛切に響かせる。

「哀歌」は日常を超えた思念のみをうたっているのではない。不可能な愛の現実をうたい、それに流されることなく自立し、飛翔する内部の存在を提示し、形象してみせているのである。「哀歌」の構造はそうなっている。もちろん、詩の現実はそのまま詩人における事実であるとはかぎらないが、「哀歌」が不可能な愛をうたっているという、その現実を看過すると、詩が理屈っぽい筋書きのみの「形骸」となってしまう。詩は太陽への希求を強くし、不可能な愛に耐えている男の恋歌、つまり哀歌である。そこで、「わがひと」と共に盲目になって太陽を希求するというのは、詩のモチーフを完全にとり違えているといわねばならない。「哀歌」からひびいてくる哀切感を切り捨てた「読み」は、味のない食物の栄養価を問題にしているようなものである。不可能な愛へのこだわりがなければ、「哀歌」につづいて、

私が愛し

そのため私につらいひとに
太陽が幸福にする
未知の野の彼方を信ぜしめよ
そして
真白い花を私の憩ひに咲かしめよ
（「冷たい場所で」前半）

というような絶唱もうまれない。伊東静雄における不可能な愛という詩と真実は、いかなる事実においてか存在していたのである。辻邦生は福永武彦について論じながら、「どのような作品も、作家がその主題を真に自己の精神の中心問題として生きぬき、悩みぬいたものでないかぎり、人を動かすことはありえない。」（「解説」、『福永武彦集』昭45・8、新潮社）と明らかにしたことがある。これは詩においても全く変わるところはない。詩人も、「主題を真に自己の精神の中心問題として生きぬき、悩みぬい」ているのである。

「私が愛し／そのため私につらいひと」の存在（想定）を軽くみてはならない。「哀歌」の「わがひと」への愛恋の深さを抜きにして、非現実的な希求にのみ焦点を当てる読みなどは、ここで脱却しなければならない。

「哀歌」は哀歌である。一体化することのない不可能な「仕方がない」愛に、ひたすら耐えることを己に強いた遠方のパトスである。詩人の強靱な精神は、太陽への希求の強さとなって形象されたが、その強い心情の指向性のために、冒頭の二行が矛盾し、非現実的な世界の表出と解されることになってしまった。曇り日を、「太陽の美しく輝くことを希ひ」と表現しえた詩人は、断ちがたい愛恋に苦しんでおり、その呻吟を聞きとるのでなければ、「哀歌」は形骸となってしまう。

「哀歌」の詩と真実

「哀歌」の成立について、杉本秀太郎はセガンティーニの二枚の絵の影響を指摘している。一八九六年作「いのちの泉のほとりの愛 L'amore alla fonte della vita」と、一八九八年作「夜のサン＝モーリッツ Saint-Moritz di notte」によって、「哀歌」の「プロットを編み出している」（前掲）という。「哀歌」も他の詩篇と同様に、あるいはセガンティーニの影が落ちているのかもしれない。しかし、セガンティーニの絵にプロットの似かよいがみられるとしても、詩の世界は画讃ではなく、詩人の精神の燃焼を示している。杉本は自説を強調するあまり、先行研究の小川和佑の説を激しく否定した。

小川は、小高根二郎[2]によって「わがひと」のモデルとされた恩師の娘、酒井百合子への手紙に注目している。

> この前お逢ひしたとき私の哀歌はモルゲンに似てゐる。又拒絶といふ題は独逸のリードに似て

ゐるといはれましたが、あれは私の詩の今迄の批評の内で一番正しいものです。身近かな人はやはり正しいと感心し、満足しました。『コギト』の一月号に私の詩の評がかなりのります。まちがつたところをさがし出して私に教へて下さい。

（酒井百合子宛、昭10・12・21）

さらに小川は、川副国基宛(3)の百合子の手紙、「私がシュトラウスの『モールゲン』という歌のレコードを聞かせようとしたとき、竹久夢二の幻想的な絵のついた楽譜の日本語の歌詞を読みながら意味がよくわからぬといい、ドイツ語の方の意味もわからぬといいながらいつまでも見ていましたが、その表紙の絵が若い男女が手を組み合わせて海の方へ行っているものでしたし詩の内容は『わがひと』のもそれをとったと思われる位で、『わがひと』にはその絵が頭にあったせいと思います。詩はJ・H・マッケイの由です。」により、「夢二装画のセノオ楽譜『モールゲン』」を探索、竹久夢二伊香保記念館でそれをさがしあてている。それをもとに、小川は、「哀歌」の「格調高い冒頭の詩句はリヒャルト・シュトラウスの原曲、マッケイの原詩、そして、夢二の表紙絵『独乙古版画』の模写の三つの要素に起因する静雄の詩化であった。」（前掲）と、「哀歌」成立の事情を明らかにしているのである。

これに対して、杉本は、「何よりもまず、『わがひとに与ふる哀歌』を着実に読み解いたうえで、マッケイの詩との関係を十分に説明してもらいたかった。第一行と第二行とのあの矛盾の解き方、

『あゝ　わがひと』以下おわり八行のつながり方、いずれも全く示されていない。」（前掲）と批判し、竹久夢二の表紙画についても、「セガンティーニの作品二点『いのちの泉のほとりの愛』『夜のサン＝モーリッツ』をながめ飽かした目には、夢二の絵は何ひとつ訴えかけるところがない。セガンティーニの精神性から、これほど遠い絵はない。こんなに低俗な絵が、どうして伊東静雄の『詩的形象』と相通じるかは、私の理解を絶している。」（同）と全否定する。「セガンティーニの精神性」から遠く、いかに「低俗な絵」と杉本には思われても、それゆえに「高貴な詩人」に影響を与えないとはかぎらない。伊東静雄の詩を「少しも読み解けていない」（同）という酒井百合子に、恋着し、先の手紙について杉本がいうように「媚態」を示しているとすれば、人の生はそれほど明快に割り切れるものではない。卑俗なものから高貴な芸術を生み出した例はいくらでもある。

　創作は過去の体験をとりこむ。したがって、センガンティーニの絵に向っていて、「モールゲン」や、青春期に惹かれ心を寄せた酒井百合子との体験他が、詩の「主題と発想」にかかわってくることが全くない、と言い切ることはできない。俳句の吟行で同じものを詠んでも、体験の差、つまり人により、大きく句の世界が違ってくるということを、私はしばしば経験している。

「哀歌」のプロットは、セガンティーニの二枚の絵に似ていないとはいえないが、「私たち」を盲目の人と解さねばならないような世界ではない。「モールゲン」のジョン・ヘンリー・マッケイの詞は、小川によると、

明日もまた太陽が輝くだらう
そして私の行く路の上で
幸福者《しあはせもの》の彼女は私達と一緒になるだらう
この日光を吸ふ大地の真ん中で。
そして広々とした濤《なみ》の蒼い海岸に
私達は静かに緩々《ゆるゆる》と降りて行くだらう
その時、私達の上には沈黙の幸福が
降りかゝつて来る。

（柴田柴庵訳「あした」）

となっている。酒井百合子の手紙にあるように、やや難解だが、太陽の輝きと二人の道行を示唆するものがある。しかし、「モールゲン」が愛の讃歌であるのに対して、「哀歌」は不可能な愛のうた、哀歌で、それゆえにそれに見合う「太陽」への希求が一際強く、曇りに、「太陽の美しく輝くことを希ひ」という表現を獲得していったことを考えれば、「モールゲン」の世界とは異質の伊東静雄の内部を強く支配している不可能な愛の問題に逢着する。それは、実生活上の結婚とは直接関係のない詩人の内部生命、遠方のパトスの問題である。伊東静雄は不可能な愛にこだわり純化することによって、詩の世界を構築していったのである。『哀歌』刊行時にも、酒井百合子に「媚態」を示さずにいられなかった特異な愛を看過して、「哀歌」の成立は語れない。不可能な「仕方がない」愛が遠方のパトスに遍照され浄化されて魂の映える抒情詩となったと私は思う。

（平成四年）

注

（1）　小高根二郎は、「逆説的な意向はいきなり第一、二行から始まる。〈太陽は美しく輝き〉〈あるひは太陽の美しく輝くことを希ひ〉と、晴れと曇りというまさに対蹠《たいしょ》的な天候のもとで歌いだされる。」（『詩人伊東静雄』昭46・5、新潮社）と捉えているが、これは同一時間の逆説的表現ということになる。

（2）　小高根二郎『詩人、その生涯と運命』（昭40・5、新潮社）。小高根は『詩人伊東静雄』では、ヘルダーリンの影響を指摘している。

（3）　川副国基「詩人伊東静雄の報われぬ愛」（『近代文学の風景』昭51・6、桜楓社）

初出誌（書）・原題一覧

夏目漱石

一　「仕方がない」先生の心——漱石『こゝろ』私解——（『国語国文学研究』平14・2、収録『近代文学と熊本』平15・10、和泉書院）

二　夏目漱石の「仕方がない」態度——「現代日本の開化」と「草枕」——（熊本大学「地域」研究II『東アジアの文化構造』平9・5、九州大学出版会）

芥川龍之介

一　「羅生門」論——下人の行動を中心に——（『方位』昭57・5、収録『芥川龍之介作品論集成 羅生門』平12・3、翰林書房）

二　芥川龍之介の出発——ロマン・ロランの影響——（『キリスト教文学研究』平10・5）

三　芥川龍之介「羅生門」の構造——『ジャン・クリストフ』と『こゝろ』の受容——（『キリスト教文学』平10・5）

野間宏

野間宏「暗い絵」私解（『国語国文薩摩路』平16・3）

遠藤周作

一　遠藤周作の小説の構図（『解釈と鑑賞』昭50・6）

二　「海と毒薬」論（『国語国文学研究』昭61・2）

高村光太郎

一　「高村光太郎」（『日本文芸史近代Ⅱ』平17・7、河出書房新社）
「内と外」（『解釈と鑑賞』昭51・5）
二　光太郎の芸術論（『解釈と鑑賞』平10・9）
三　作品
(1)「高村光太郎」（『日本文芸史近代Ⅱ』前掲書）
(2)「秋の祈」（『解釈と鑑賞』昭59・7）
(3)「ぼろぼろな駝鳥」（『国語展望』平4・11）
(4)「高村光太郎――つゆの夜ふけに――」を中心に――（『日本文学研究の現状Ⅱ近代』平4・10、有精堂）

金子光晴

一　「天邪鬼」の思想（『鳩よ』平4・8）
二　金子光晴の「没法子」（『金子光晴研究こがね虫』昭63・3）
三　落下傘《金子光晴》（『国文学』平4・3）
四　金子光晴「くらげの唄」（『国文学』昭62・3）
五　金子光晴のキリスト（『ユリイカ』昭47・4）

伊東静雄

「わがひとに与ふる哀歌」考（『方位』平4・8）

後　記

日本人はしばしば「仕方がない」という。さまざまな情況、局面で「仕方がない」といって諦めたり、異常行動をとったりする。辞書では「仕方無い」の意味を、

①やむを得ない。「運命だから——い」
②どうにもならない。「おかしくて——い」
③はなはだしく悪い。改めようがない。「——い奴とあきらめる」

（『広辞苑』）

とまとめている。しかし、このことばを使う人の場合は、軽い諦めから、重い人生態度の表明に至るまで実に多様である。

私は日本の近代文学を、この「仕方がない」をキーワードにして考察してきた。きっかけは詩人金子光晴の「没法子《メイファーズ》」であった。中国にいたことのある義父が、中国人のメイファーズは日本人の「仕方がない」とは違うと話していたことが気になり出したのである。そこで、「仕方がない」を頭の隅

において日本の文学作品を読んでいくと、いつ、どこで「仕方がない」というかで、その人の生の様相が見えてくるようになった。漱石、芥川など、私には「仕方がない」で一層面白くなった。

しかし、日本人のこの「仕方がない」は海外では評判がよくない。あるジャーナリストは、

この言葉があるから日本人たちは、今日も政治的な檻《おり》(political cage) のなかで暮らしていると考えられる。「シカタガナイ」のひとことの力が、その檻の格子をいよいよ堅牢《けんろう》にし、その扉をしっかりと閉ざしつづけている。「シカタガナイ」という言葉が、家庭や職場での、また大学や役所での日常的な政治的議論の結論になっているかぎり、日本人がよりよい暮らしを手に入れる可能性はほとんどない。

自分の人生をより自由に生きたいと思う市民は、「シカタガナイ」という一句を自分の辞書から追放したほうがいい。しかし、そうするためには、まず勇気が必要だ。

(カレル・ヴァン・ウォルフレン『人間を幸福にしない日本というシステム』平6・11、毎日新聞社)


と書いている。日本人を外側から裁断すればこうなる。しかし、日本人の内部はそれほど単純ではない。「仕方がない」を「辞書から追放」してすむような情況にはないのである。野間宏は「暗い絵」で、革命のために身を投じる学生の生き方を「仕方がない正しさ」と鋭く捉え、共鳴しつつ否定した。

「やはり、仕方がない正しさではない。仕方のない正しさをもう一度真直ぐに、しゃんと直さなければならない。それが俺の役割だ。」と考えて困難な道を歩き始める。しかし、やはり日本の「仕方がない」情況は依然としてある。

本書は『仕方がない』日本人」と題したが、正しくは「仕方がない」日本人のもがきに焦点を当てた試（私）論・小論である。「仕方がない」といいつつ内部を切開し、主体にかかわった日本人のもがきに、私は強く心を惹かれている。他にも論じたい文学者がいるが、今は体調のせいで「仕方がなく」諦めることにした。

出版に当っては和泉書院の廣橋研三氏に、校正等は金田佳子氏にお世話になった。ここに記して厚くお礼申し上げる。

平成二十年二月

著　者

著者略歴

首藤 基澄（しゅとう もとすみ）

昭和12年、大分県大野町生まれ。東京都立大学大学院博士課程中退。文学博士。別府大学講師、熊本大学助教授を経て昭和50年より熊本大学教授。平成14年、同名誉教授。

研究書

『高村光太郎』（昭41・10、神無書房）、『金子光晴研究』（昭45・6、審美社）、『福永武彦の世界』（昭49・5、審美社）、『藤村の詩』（昭58・5、審美社）、『福永武彦・魂の音楽』（平8・10、おうふう）、『近代文学と熊本』（平15・10、和泉書院）

句集

『己身』（平5・11、角川書店、熊本県文化懇話会賞）、『火芯』（平8・6、東京四季出版）、『魄飛雨』（平19・1、北溟社）、『阿蘇百韻』（平20・3、本阿弥書店）

「仕方がない」日本人　　和泉選書　163

2008年 5 月15日　初版第一刷発行©

著　者　首藤基澄

発行者　廣橋研三

発行所　和泉書院

〒543-0002　大阪市天王寺区上汐5－3－8

電話 06-6771-1467／振替 00970-8-15043

印刷・製本 シナノ／装訂 森本良成

ISBN978-4-7576-0465-0　C1395　定価はカバーに表示